KB271648

幻功

新환희밀공

설룡 新무협 판타지 소설

FANTASTIC ORIENTAL HEROES

환희밀공 4

설봉 新무협 판타지 소설

초판 1쇄 찍은 날 § 2009년 5월 21일
초판 1쇄 펴낸 날 § 2009년 5월 29일

지은이 § 설봉
펴낸이 § 서경석

편집장 § 문혜영
편집 § 서지현 · 문정흠

펴낸곳 § 도서출판 청어람
등록번호 § 제1081-1-89호
등록일자 § 1999. 5. 31
어람번호 § 제2-1747호

주소 § 경기도 부천시 원미구 심곡2동 163-2 서경B/D 3F (우) 420-822
전화 § 032-656-4452 팩스 § 032-656-4453
http://www.chungeoram.com
E-mail § eoram99@chollian.net

ⓒ 설봉, 2009

ISBN 978-89-251-1817-8 04810
ISBN 978-89-251-1747-8 (세트)

환희미공

目次

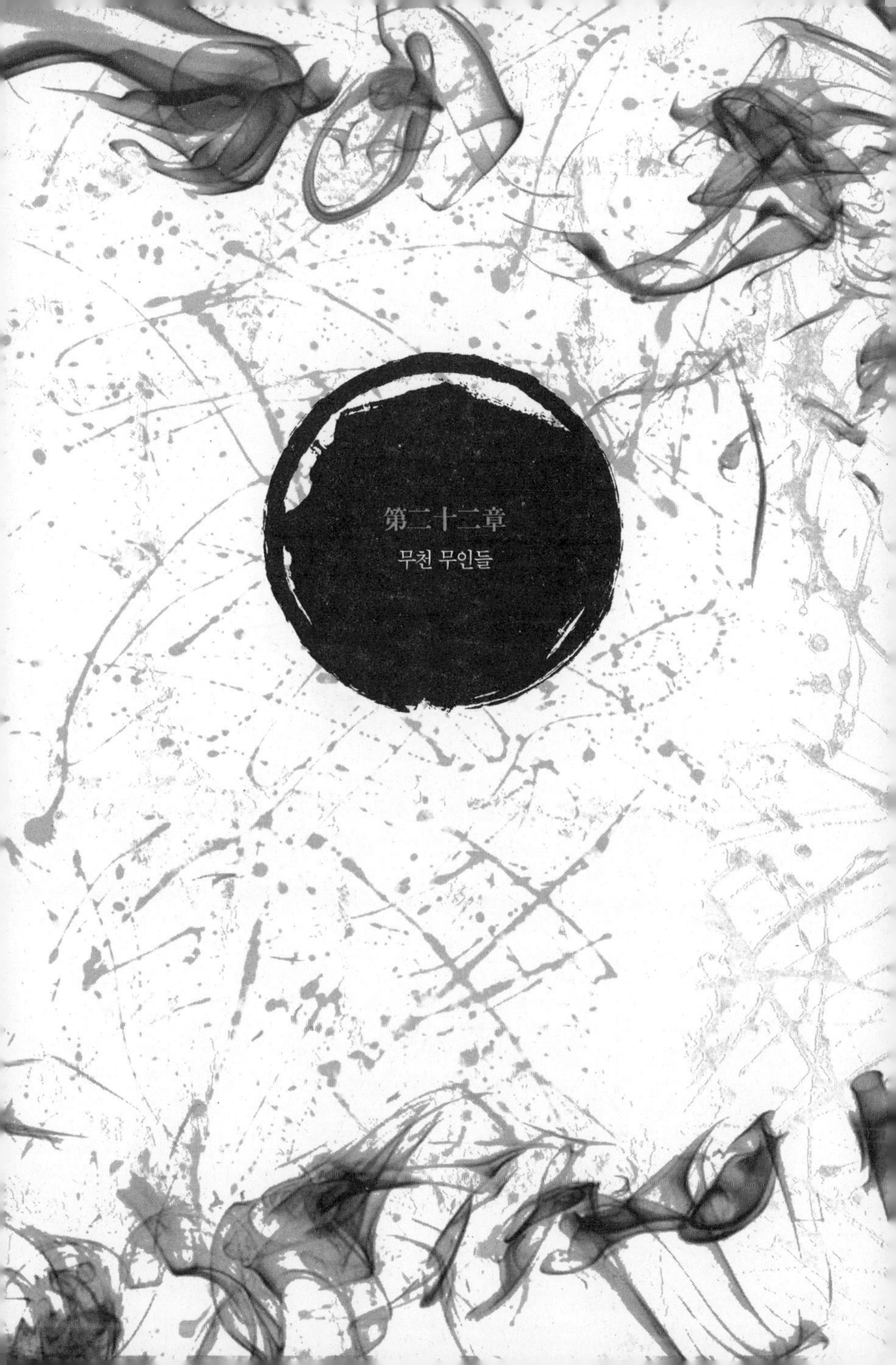
第二十二章
무천 무인들

환희밀공
功

1

루검비는 방 안으로 거칠게 밀쳐졌다.

"살 닿지 마라, 저런 꼴이 되기 싫으면."

"요물, 요물, 세상 요물 다 뒤져 봐도 이런 놈은 없을 거야. 사람을 어떻게 저런 꼴로 만들 수 있지?"

옷에 땟물이 자르르 배인 거지들은 루검비를 짐승처럼 쳐다보았다.

마당에 놓인 시신 십여 구는 루검비와 하등 관계없다. 살았을 적에나 죽었을 적에나 한 번도 본 적이 없는 사람들이다. 진정코 이곳에 와서 처음으로 봤다.

하나 거지들은 그렇게 생각하지 않았다.

"세상에 저런 요물이 몇 명이나 나돌아다니는 거야?"

"글쎄…… 위에서는 뭐 하는지 몰라. 저런 놈들은 눈에 띄는 족족 잡아 족쳐야 되는 거 아냐?"

"이해할 수 없는 건 모적방(毛賊幫) 놈들이야. 저런 놈에게 뭘 주워 먹겠다고 달라붙는 거지?"

"소월신투가 저놈 때문에 상사병까지 걸렸다는 말 못 들었어? 미친 것들이 미친 짓거리 하는 거지 뭐."

그들은 루검비가 듣거나 말거나 개의치 않았다.

루검비는 두 가지 사실을 알았다.

유수신투, 소월신투, 채의마옹이 모적방이라는 방파에 속해 있다는 사실이다. 또 한 가지는 환희밀공에 대한 관심이 상상 이상으로 널리 퍼졌다는 거다.

기녀들이 죽는다. 사내가 그리워서 목을 맨다.

흔한 일은 아니지만 없는 일도 아니다. 거기까지는 지나가는 바람처럼 흘려보낼 수 있다.

자진하는 기녀들이 늘어난다. 한두 명이 아니다. 십여 명을 넘어서더니 사십 명에 육박한다.

도대체 어떤 놈이기에 산전수전 다 겪었다는 기녀들의 마음을 훔치는가?

의문이 생길 수밖에 없다.

여기서 무인들의 촉각을 자극하는 일이 벌어진다.

기녀들의 시신이 이상해진다. 죽을 때까지는 멀쩡했는데,

닷새가 지나고 나면 바짝 마른 목내이가 되어버린다.

기녀들은 죽는 즉시 버려진다.

장사? 그런 호사를 누릴 수 있나. 그만한 돈을 낼 놈이 있나. 살았을 적에는 어떻게 해서라도 품에 안아보려고 발버둥치던 놈들이 죽은 후에는 나 몰라라 등 돌린다.

세상이 이렇다.

결국 기녀들의 시신은 거적때기에 둘둘 말려 이름없는 야산에 묻히는 것이 일반적이다.

장사를 지내주는 경우도 있다.

노류장화(路柳墙花)일망정 시신을 거둬줌으로써 그래도 인정이 살아 있구나 하는 말을 들을 수 있을 때다. 기녀가 돈만 밝히는 게 아니라 사내의 정에 죽을 수도 있다는 사실을 널리 알리고 싶을 때다.

기루로서 득이 된다고 판단될 때, 관에 담기는 호사를 누린다.

몇몇 기녀는 봉분도 없이 땅에 묻혔고, 몇몇은 평민들처럼 사흘장으로 치러졌다.

그래 봤자 죽은 지 사흘이다.

시신이 닷새가 흐른 뒤에야 목내이로 변한다면 시신의 변화를 알 도리가 없다.

무인들이 아주 우연히 시신의 변화를 알게 되었다.

광성루(光星樓)는 사흘장을 치르지 않고 오일장을 택했다.

난화(蘭花)는 이제 막 머리를 올린 동녀(童女).

사내의 정이 무엇인지도 모를 어린 소녀가 하룻밤 정리를 잊지 못해 목을 맸다.

광성루가 현판을 달고 영업을 시작한 지 꼭 한 달 만에 벌어진 사단이다.

당연히 광성루는 이 기회를 놓지지 않았다.

기녀들의 죽음이 환희밀공과 연관있다는 사실이 알려진 후부터 한 여인의 죽음보다는 환희밀공을 사용하는 자에게로 관심의 대상이 옮겨가기는 했다.

기녀의 죽음은 사내가 그리워 목을 맨 것이 아니라 마공의 피해자로 전락해 버렸다.

그래도 광성루가 환희밀공의 표적이 되었다는 사실만으로도 일급 기루로 인정받은 것이나 다름없다. 환희밀공이 아무 데나 가나? 좋은 기녀가 있는 곳만 골라가지 않는가.

오 일 후, 관 뚜껑을 덮으려는 순간 사람들은 보았다.

그곳에 난화는 없었다. 바싹 마른 목내이만 존재했다.

무천은 땅에 묻힌 기녀들을 파냈다. 그리고 그것이 환희밀공이 만든 작품이라는 사실을 알아냈다.

통령 서자묵을 급히 파견하여 루검비를 잡아들인 까닭이기도 하다.

문밖에 있는 거지들은 무료해서인지 온갖 이야기를 주고받았고, 루검비는 가만히 앉아서 돈을 주고도 살 수 없는 여러 가지 고급 정보들을 주워들었다.

"새끼는? 얌전히 있어?"

지금까지 들은 목소리가 아니다. 전혀 다른 음성이다.

"제까짓 게 별수있어? 까불기만 해보라고 해. 이 타구봉(打狗棒)으로 대갈빡을 빠개 버릴 테니까."

"문이나 열어."

덜컹!

문이 열리며 소반(小盤)을 든 거지가 들어왔다.

김이 모락모락 피어오르는 밥과 참기름, 들기름으로 맛 좋게 무쳐진 야채들.

보기만 해도 침이 꿀꺽 넘어간다.

루검비는 밥을 떠 넣었다.

기름진 밥알의 감촉이 입안에 맴돈다.

이번에는 초록빛 윤기가 자르르 흐르는 냉이를 먹었다. 순간,

'응?'

루검비는 미간을 찌푸렸다.

들기름에 무쳐진 냉이는 향기로운 내음을 풍겼다. 맛도 기막혔다. 하지만 향기로움 속에 쌉싸래한 맛이 감춰져 있다.

나시 한 번 혀를 굴려 맛을 음미했다.

냉이의 맛이 아니다. 무엇인가가 인위적으로 가미되었다.

루검비는 아무것도 모른 척 밥과 나물을 먹었다.

문밖에서는 거지들이 두런두런 이야기를 나누고 있다. 소반이 들어오기 전과 조금도 다르지 않다. 하나 루검비는 그들 외에 한 명의 존재를 더 알아냈다.

너무도 손쉬운 일이다. 사람의 품고 있는 화룡은 너무나 강렬해서 멀리 있어도 단숨에 알아낼 수 있다.

그 사람, 소반을 가져온 사람은 물러나는 척하다가 되돌아와서 동정을 살피고 있다.

"우적! 우적! 후루룩!"

그는 루검비가 맛있게 밥 먹는 모습을 지켜본 후에야 사라졌다.

스스스스! 스스스스……!

작은 벌레들이 꾸물거린다.

이놈들이 어디로 가나 지켜볼까?

뇌호혈(腦戶穴)을 자극하고, 아문혈(瘂門穴)도 건드리고…… 뇌의 기능을 전반적으로 약화시킨다. 아니, 무력화시킨다.

오장육부(五臟六腑)는 멀쩡하다.

숨 쉬기도 편하다.

단순히 정신만 잠시 잃게 만든다.

'수면제였나?'

꾸르르릉!

화룡이 보다 못해 성질을 내며 일어섰다.

화룡은 거칠었다. 폭풍처럼 일어나 질주했다. 광풍폭우가 되어 바다에 들어온 거룻배를 집어삼켰다.

꼴깍! 꼴깍!

음식을 통해 들어온 불순물이 단숨에 태워졌다.

수면제뿐이 아니다. 어지간한 독도 루검비의 몸 안에 들어오면 힘을 전혀 쓰지 못한다. 화룡이 몸을 해치도록 내버려 두지 않기 때문이다.

웬만한 독에는 중독되지 않는 몸이 된 것이다.

루검비만 그런가? 아니다. 누구나 그렇다. 누구든 자신의 몸에 그만한 힘을 지니고 다닌다. 누구나 몸 안에 있는 화룡이란 존재를 의식하고, 인식하게 되면 독에 중독되지 않는 몸이 된다.

몸에 상처가 생기면, 몸은 알아서 치유해 준다.

금창약(金瘡藥)을 바르지 않아도 세월이 지나면 자연스럽게 나아 있는 것을 볼 수 있다.

이게 화룡의 힘이다.

상처를 치유하고, 병균을 잡아먹고…… 몸에서 자연스럽게 일어나는 면역(免疫) 또한 화룡의 힘 중 하나다.

화룡을 키워야 한다.

화룡을 키우면 불로불사(不老不死)의 몸이 된다.

이는 자신의 말이 아니라 도교(道敎)의 가르침이며, 많은 도인들이 하는 말이다. 단지 내면의 존재를 화룡이 아니라 다른 말로 지칭할 뿐이다.

'원한다면 해주는 게 도리겠지.'

루검비는 화룡을 일으켜 뇌호혈을 건드렸다.

화룡이 잠시 움찔거렸다.

정말 건드려도 괜찮냐고 묻는 듯했다.

당연한 현상이다. 사람은 자해(自害)를 할 때 누구나 망설인다. 한 점의 망설임도 없이 자신의 몸에 칼질을 할 수 있는 사람은 없다. 과거에 자해 경험이 있다면 모를까.

화룡은 자신의 안식처가 최고인 줄 안다.

항상 최고로 가꾸고, 청소하고, 돌본다.

그런 곳에 흠집을 내려 하니 망설이는 것은 당연하다.

'안심하고 건드려.'

타악!

화룡이 뇌호혈을 쳤다.

"놈은?"

"꿈나라에 간 지 오래야."

"끌고 나와."

"이동하는 거야?"

"끌고 나오기나 해."

두런두런 말소리가 들렸다.

화룡이 작심하고 뇌호혈을 쳤다면 즉사(即死)를 면치 못했을 게다.

무인들이 스스로 심맥(心脈)을 끊어 목숨을 버리는 것과 같은 현상이다.

약간 강하게 쳤으면 정신을 잃었을 것이고, 살짝 건드리기만 하면 루검비처럼 가면(假眠) 상태에서 주위를 인식할 수 있다. 몸은 수면(睡眠) 중이나 의식은 깨어 있다.

"여기?"

"뭐 어때. 끌고 가기만 하면 되지."

"에라, 모르겠다."

몸이 허공을 날았다.

따각! 따각! 따각!

가면 상태를 뚫고 말발굽 소리가 들려왔다. 그리고 그때마다 몸이 심하게 요동쳤다.

마차에 태워져 어딘가로 옮겨지고 있다.

왜 이렇게까지 하는 것인지. 그냥 마차에 타라고 하면 탈 텐데. 도망갈까 봐 그랬나? 환희밀공을 지녔다는 이유로 천하의 공적과 같은 취급을 받고 있으니… 하긴 그럴 만노 하지.

이해 못하는 바는 아니다.

한데 등에 뭔가가 걸려서 불편하다. 굴곡이 심한 곳에 눕혀진 듯 딱딱한 것이 계속 걸린다. 어깨도 뭔가에 닿아 있고, 발을 짓누르는 것도 있다.

'눕히려면 좀 좋게 눕히지.'

생각이 일자 정신이 일순간에 맑아졌다.

루검비는 몸을 일으켜 주위를 둘러봤다. 순간!

'이……! 이……!'

기가 막혀 말도 나오지 않는다.

목내이, 목내이, 목내이…….

마차에 태워진 건 십여 구의 기녀 시신이다. 그리고 자신은 목내이처럼 그녀들과 섞여 있다.

어떻게 사람을 이리 취급할 수 있단 말인가.

루검비는 잠시 갈등했다.

여기서 빠져나가 자신 스스로 무천을 찾아갈까? 그리하여 어찌 인간답지 않은 취급을 하냐고 추궁해 볼까?

이번에도 생각을 떠올리자마자 화룡이 일어났다.

사나운 놈이다. 번개가 내리꽂힐 때처럼 요란한 소리를 내며 온몸을 휘젓고 다닌다. 누가 옆에 있으면 당장에라도 덮칠 기세다.

외형도 변했다.

눈꺼풀에 힘이 들어가더니 살광(殺光)이 번뜩였다.

아!

잊고 있던 예전의 모습도 되살아났다.

　양물이 일어선다. 머릿속에 교주의 나신과 소월신투의 얼굴이 동시에 떠오른다.

　그녀들이 옷을 벗는다. 나신이 되어간다.

　"후우우웁!"

　루검비는 급히 숨을 들이마셔 뛰쳐나가려는 화룡을 달랬다.

　천법을 수련한 순간이 이랬다. 화룡을 의식하고 키우기만 했지, 달래거나 조종할 줄을 몰랐다.

　지금도 능숙한 것은 아니다.

　성난 말이 콧김을 불어내면 고삐를 움켜잡고 '워워!' 하며 달래는 정도다.

　정작 달랠 수 없을 정도로 성이 나면 어떻게 될까? 앞발을 들어 내리찍고 달려나가면 무슨 수로 막을까?

　그래서 겁이 난다. 언제 누구를 죽일지 몰라서, 누구를 겁탈할지 몰라서 늘 조마조마하다.

　'환희밀공이 일으킨 업보.'

　좋게 생각하자 목내이가 정겹게 느껴졌다.

　시지묵이 지켜볼 때는 겉모습밖에 살펴보지 못했지만, 지금은 같이 있으니 속속들이 살펴볼 수 있지 않는가. 하늘이 그에게 잘 살펴보라고 이런 기회를 마련해 준 것이다.

　'환희밀공과 연관되었다면 내가 살펴보는 것도 도리.'

　루검비는 목내이를 향해 묵념(默念)부터 했다.

두 번, 세 번…… 열 번, 스무 번…… 보고 또 보고, 살피고 또 살폈다.

모든 시신을 샅샅이 살폈다.

머리칼에서부터 변색되기 시작한 손톱, 발톱까지 전부 보았다.

환희밀공에 정혈이 갈취당해 죽었다는 것만은 분명하다. 이론의 여지가 없다.

여인들은 흡정대법에 죽었다. 환희밀공이 아니라 흡정대법이다. 이렇게 우길 수만 있다면 얼마나 좋을까. 정혈을 갈취당해 죽은 것은 틀림없지만 갈취한 수법이 환희밀공이 아니라고 말할 수만 있다면 마음이 홀가분할 텐데.

승장혈에 파인 자국이 있다. 진기가 들어갔기 때문이다. 수분혈은 볼록 솟구쳤다. 진기가 빠져나왔기 때문이다.

들어가고 나온 흔적이 분명하다.

한 구만 그렇다면 우연이라고 말할 텐데, 시신 열 구에 똑같은 흔적이 있으니 변명의 여지가 없다.

무척 혼란스럽다.

누가 이런 짓을 했느냐보다 어떻게 이럴 수 있는지 궁금하다.

환희밀공은 시간적인 여유를 두면서 쓰지 못한다. 공격 즉시 바로 결과가 나온다. 정혈을 갈취하면 그 순간 즉사한다.

용케 목숨을 부지한다고 해도 예전의 자신이나 서화처럼 폐인 중의 폐인으로 전락한다.

기녀들은 정사를 나눴다.

환희밀공을 썼다면 그 순간뿐이다.

이후, 기녀들은 극성한 수룡을 견디지 못하고 자진했다. 사내가 그리워 죽었다는 말이 일면은 맞고, 일면은 맞지 않는다. 극성한 수룡을 정사로 착각할 여지는 다분하다.

실제로는 이렇다. 목숨을 끊을 수밖에 없을 정도로 수룡의 기운이 극성했다. 너무 음기가 강해져서 차라리 죽는 게 나을 것이라는 생각이 들었던 게다.

아니, 생각조차 없었다. 무엇에 홀린 사람처럼 목을 맸다. 술에 취한 사람처럼, 양귀비에 취한 사람처럼 정신이 혼미해져서 자신이 무슨 짓을 하는지도 모른 채 죽었다.

죽고 싶어서 죽은 게 아니라 몸이 죽음을 택한 것이다. 그것이 몸이 편해지는 길이었으니까.

여기서 시간적인 공백이 생긴다. 기녀들은 죽기까지 최소한 반나절, 길게는 하루가 걸렸다.

무김비는 도저히 이렇게 못한다.

목내이를 만들 수도 있고, 즉사시킬 수도 있다. 하시만 이런 식으로 죽이지는 못한다.

기녀들은 죽은 후에도 목내이가 되기까지 닷새가 걸렸다. 즉, 죽은 후에도 기운이 서서히 빠져나갔다는 뜻이다.

생기가 빠져나갔다는 것은 말도 안 된다.

생기란 그런 게 아니다. 살아 있으면 있고, 죽으면 없다. 살았을 때는 생기고, 죽으면 사기(死氣)다.

어떻게 닷새나 걸쳐서 목내이로 만든 것일까?

모르는 사람들은 닷새도 짧다고 하겠지만 환희밀공을 아는 사람은 '어떻게'라고 물을 수밖에 없다.

결론은 하나다.

환희밀공에 자신도 모르는 부분이 존재한다.

화룡의 모든 것을 안다고 생각했던 것은 착각이다. 화룡을 모르는 사람이 루검비를 보며 요물로 보는 것처럼, 환희밀공 속에 자신이 전혀 모르는 부분이 존재한다.

기녀들은 죽인 자는 자신보다 높은 단계에 있다.

'전대…… 수문장……'

있다면 오직 한 사람, 그 사람뿐이다.

이럴 줄 알았으면 전대 수문장에 대해 소상이 알아두는 건데.

현재는 전대 수문장에 대해서 말해줄 사람이 없다. 그를 아는 사람은 전부 죽었거나…… 실종! 실종이 있다. 아직 죽지 않은 사람들이 있다.

상관세가에 서화가 있다. 그녀라면 뭐라도 알고 있지 않을까?

첨화도 있다. 그녀도 중원 어딘가에는 살아 있다. 틀림없

다. 유화…… 형당에서 가장 다정했던 여자, 늘 상처를 보살
펴 줬기에 누구보다도 반가웠던 여자도 있다.

기대하지는 않지만 그래도 없는 것보다는 나은 사람도 있
다.

얼마 전에 만났던 흑화녀다.

환희밀공에 대해서 시시콜콜 캐묻고 다니던 여자였으니
어쩌면 형당 화녀들보다 더 많은 것을 알고 있지 않을까? 더
군다나 그녀는 언제든 찾아가기만 하면 만날 수 있는 곳에 있
다.

'흑화녀부터 찾아야 해!'

무엇부터 할까?

이대로 빠져나가 흑화녀를 만나는 것이 먼저인가, 아니면
무천부터 들르는 것이 나을까.

무천에 가는 건 길(吉)보다 흉(凶)이 많다.

기녀들의 시신과 함께 실려가고 있으니 좋게 차나 마시며
대화를 나눌 분위기는 아닐 것이다.

그렇다고 가지 않을 수도 없다.

어느새 자신은 혼자 몸이 아니다. 걱정해야 할 사람이 생겼
다.

모적방도라는 유수신투, 소월신투, 채의마옹은 자신 곁에
있었다는 이유만으로 한패가 되었다.

지금 자신이 사라진다면 이유를 불문하고, 어찌 된 영문인

지 살필 생각도 하지 않고 그들부터 절단 낼 것이다.

이래서 혼자 다니려고 했던 것인데.

금방이라도 눈물이 쏟아질 것 같던 눈, 소의 눈망울처럼 큰 눈…….

소월신투의 마음을 이해하려 했던 게 실수다. 그녀를 이해하면 앞으로 가까이 다가올 모든 수룡을 이해해야 한다. 이는 세상 모든 여자를 이해하고 다독여야 한다는 뜻이니, 참으로 큰 여난(女難)이다.

실수는 그때부터 시작되었다.

이해하고, 다독이고, 어찌해야 할까 하고 망설이는 사이에 벌써 세 사람이나 그의 곁에 붙어버렸다. 소월신투 한 명이니 뭐 어떠랴 싶었는데, 그녀와 연관된 유수신투와 채의마옹까지 다가와 버렸다.

'선택의 여지가 없는 건가…….'

루검비는 기녀들의 시신을 베고 누웠다.

도리는 아니지만 어쩔 수 없다. 마차를 끌고 가는 자들이 자신을 이들 위에 눕혀놨으니까.

2

"조심. 조심해서…… 그래. 정중하게……."

기녀들의 시신은 아주 조심스럽게 다뤄졌다. 짐짝처럼 이리저리 툭툭 굴리던 지금까지의 태도는 온데간데없이 사라지고 손길 하나하나마다 정성이 배어 나왔다.

'이들이라면……'

루검비는 한가닥 희망을 가졌다.

무천에서 마중 나온 사람들은 그래도 인간의 도리가 무엇인지를 안다. 시신이라고 해서 함부로 다뤄져서는 안 된다는 것을 안다. 인간성을 안다는 것, 그것만으로도 희망을 품기에는 충분하다.

"손대지 마!"

느닷없이 고함이 쩌렁 울렸다.

누군가가 루검비를 만지려다가 급히 제지당한 것이다.

"그놈은 아주 위험해. 손대면 죽는다고 생각해라. 이 기녀들처럼 순식간에 목내이가 되고 말 거야. 단단히 명심해!"

"하면 이자는 어떻게…… 옮기긴 해야 하는데요."

"놔둬. 그자는 옮길 사람들이 따로 있어."

루검비는 속으로 피식 웃었다.

이들은 자신이 돌림병자나 된 듯이 생각한다. 아니, 그보다 훨씬 심하다. 만지면 죽는다니. 하기는 기녀들의 시신을 직접 눈으로 보았으니 그럴 만도 하다.

잠시 후, 몇 사람이 걸어오더니 멀찍이 떨어져서 밧줄을 던져 팔과 다리에 걸었다.

휘익! 척!

밧줄은 당겨졌고, 루검비는 사지를 큰대자로 벌린 채 대롱대롱 매달렸다.

"묶어!"

한 명이 머리 위쪽으로 다가서며 말했다.

그의 몸에서 날카로운 기운이 느껴진다. 날카로움이 너무 강해서 화룡의 뜨거움을 능가한다. 예기(銳氣) 때문에 양기가 드러나지 않는 경우라고 할까?

이자는 여인을 보아도 성욕을 느끼지 못하리라.

여인이 발가벗고 유혹을 해도 차디찬 표정으로 무심히 검을 쓸 수 있는 자다.

당연히 기루 같은 곳은 가지 않을 터이고.

특이한 공부를 한 자다.

루검비는 돼지를 움직일 때처럼 큰 나무에 두 손 두 발이 묶인 채 번쩍 들어 올려졌다.

그가 말했다.

"만나서 반갑다. 다른 놈에게 넘어가면 어쩌나 싶었는데."

누구에게 한 말인가? 다른 사람에게? 다른 사람은 없는데. 그럼 자신에게?

"후후후! 그렇지. 너 같은 놈은 항상 그래. 늘 잔머리만 쓰지. 눈꺼풀이 떨렸어. 정신이 들었다는 뜻이지. 이렇게까지 말했는데도 계속 잠자는 척할 건가?"

자신에게 한 말이다.

루검비는 민망해져서 눈을 떴다.

그곳에 안색이 백짓장처럼 하얀 사람이 서 있었다.

"난 백면(白面)이다. 후후! 오늘…… 잘 지내보자."

그의 말에서 섬뜩한 한기가 풍겼다.

[백면…… 백면 구욱동(裘旭東). 하필이면 저놈이…… 무천에는 무천을 위해서라면 애비 에미도 죽일 놈들이 일곱 명 있다. 그중에 두 놈은 이미 봤을 것이고, 저놈이 그중 한 명인 백면 구욱동이다.]

머릿속에서 잔잔한 울림이 일었다.

채의마옹이 전음(傳音)을 보내온 것이다.

[재수없다, 재수없다 해도 이렇게 재수없을 줄이야. 지금부터 내가 하는 말, 잘 들어라. 무천 통령에게는 일문의 문주나 원로, 원로 급에 해당하는 자를 제외하고는 보고하지 않고도 고문할 권한이 있다. 무슨 말인지 알겠냐?]

'고문.'

새삼스러운 말이 아니다.

언제부터인지 머릿속 한 켠에 자리 잡은 채 지워지지 않는다. 이제 끝났다 싶으면 다시 시작하고, 또 끝났다 싶으면 시작되고. 살아가면서 영원히 떼어놓지 못할 말이 고문인가 보다.

[놈은 색마를 지독히 싫어해. 왜 그런지 알아? 자기가 여자

를 건드리지 못하거든. 한수절혼공(寒水絶魂功)인가 뭔가를 수련해서 그게 서지 않는다더라. 그러니 여자를 마음대로 주무르는 놈만 보면 죽이지 못해서 안달 내는 거야.]

음성은 점점 희미해졌다.

긴 나무에 대롱대롱 매달려 끌려가는 거리만큼 전달 거리가 멀어지는 탓이다.

[다른 놈 같으면 어떻게 해보겠는데, 저놈은 안 되겠다. 영 싸가지가 없는 놈이거든. 위아래를 몰라요. 네놈에 대해서 뭐라고 말만 하면 당장 때려죽이려고 덤벼들 놈이야. 아까 말했지? 무천을 위해서는 뭐든 할 놈이라고.]

채의마옹은 같은 말을 두 번이나 반복했다.

그가 정작 하고 싶은 말이 달리 있다는 뜻이다.

루검비는 말속에 깃든 의미를 눈치챘다. 아니, 이미 눈치채고 있었다.

시신과 함께 마차에 태워져 끌려오는 동안 채의마옹은 일정한 거리를 유지하며 뒤따라왔다.

항상 거리가 일정했다.

뒤로 빠지지도 않고 가까이 다가오지도 않았다.

다루에서 서자묵을 만난 이후부터 채의마옹은 자신이 넘지 말아야 할 선을 철저히 지켰다.

일정한 거리 이내로 들어서지 않는 게 바로 그렇다.

한편으로는 어떻게든 해보려고 했다. 약정이라도 된 듯한 거리를 놓치지 않으려고 애쓴 데서 그의 노력이 엿보인다.

한마디로, 무천에게는 대항하지 못한다는 뜻이다.

채의마옹처럼 자유분방한 사람이 마음대로 하지 못할 거대 문파가 무천이다.

서자묵은 그날 이후로 보이지 않는다.

초라한 농가에서 만났던 거지도 보지 못했다.

남몰래 뒤따라오는 것도 아니다. 그들이 풍기던 화룡의 기운이 읽히지 않는다.

그래도 채의마옹은 가까이 다가와 말을 걸지 못했다.

무천이란 곳의 힘이 절절이 읽힌다.

채의마옹은 도와주고 싶지만 어쩔 수 없으니 혼자 힘으로 뚫고 나오라고 말한다. 조심하라고 당부한다.

[루검비, 널 며칠밖에 보지 못했지만 네가 허튼 놈이 아니란 걸 믿는다. 하니 슬기롭게 헤쳐 나오거라.]

채의마옹의 전음은 더 이상 들려오지 않았다.

백면 구욱동이 비웃는 투로 말했다.

"너구리 한 마리가 떨어져 나갔군."

싸움꾼이 있다.

언제든 걸려들기만 하면 단번에 끝내 버릴 위인도 있다.

기도가 너무 날카로워 그 앞에서 숨조차 조심해서 쉬어야 할 인간은 어떤가.

초진량, 서자묵, 구욱동.

한 명은 이제 막 만났고, 다른 두 명은 말까지 주고받아 봤다.

모두 대단하다. 그들이 무천에 있다는 것만으로도 무천은 복받은 문파다.

여인도 있다.

수룡의 움직임이 산뜻하면서도 강렬하다.

단아한 얼굴 뒤에 불꽃같은 열정을 지녔다. 하나 수룡의 기질이 얼음처럼 차가우니 좀처럼 마음을 열지 않으리라. 잔인함 속에 열정을 담으리라.

그녀의 적이 되면 상당히 피곤해진다.

보나마나 무천 칠통령 중 한 명일 것이다.

그녀의 기도가 그렇다고 말해준다.

하나 루검비는 그녀를 주시하지 못했다. 머릿속에 떠오른 모든 사람들을 능가하고도 남을 사람이 옆에 있다.

그는 조용하다.

움직일 때도 발걸음 소리조차 죽이며 살며시 걸을 것이다. 몸의 움직임은 제비처럼 유연할 것이며, 뱀처럼 빠를 것 같다.

그는 단연 뛰어나다.

그가 지닌 화룡은 결코 서둘지 않는다. 자신의 화룡이 기웃거려도 눈길조차 주지 않는다. 도전할 자신이 있으면 언제든 도전하라는 듯 여유만만하다.

초진량, 서자묵, 구욱동은 그를 이기지 못한다.

물론 무림과 자신이 느끼고 판단하는 화룡의 기준은 상당한 차이가 있다. 뛰어난 화룡을 지녔어도 무공을 수련하지 않았거나, 화룡의 존재를 인식하지 못하는 평범한 사람이라면 삼류무인조차도 당해내지 못한다.

이자는 화룡을 알까?

루검비는 그를 쳐다봤다.

그도 루검비를 쳐다봤다.

잘생겼다. 키가 조금 작은 것이 흠이지만 빼어난 용모가 단점을 가리고도 남는다. 나이는 이십 후반이거나 서른 초반쯤 되는 것 같고, 전체적으로는 강하다는 느낌보다 날렵하다는 인상을 준다.

눈과 눈이 마주치는 순간, 그가 부드러운 미소를 보내며 말했다.

"이렇게 만나는군."

"……"

"언젠간 만날 줄 알았지. 후후! 자네 첫 작품을 기련산에서 봤네. 기련산 들쥐들을 흡정대법으로 죽였을 때, 나도 기련산에 있었지. 간발의 차이로 흡정대법이 펼쳐지는 건 보지 못했고. 당시는 정도인지 사도인지 분간이 가지 않아서 추적하지 않았네만…… 언젠가는 만날 것이라고 예상했네."

그가 조리있게 차근차근 말했다.

기련산에 아픈 기억이 있다.

들쥐들을 죽인 것은 개의치 않는다. 그들은 백 번 죽어도 마땅한 흉적들이다. 하나 서화…… 그녀를 괴롭혔다. 영원히 잊지 못할 기억을 남겼다.

"나, 모초권이라고 하네. 우린 또 만날 거야. 후후후! 나중에 보지."

그가 빙긋 웃었다.

역시! 맞다!

이자는 정말 강자다. 말로만 강한 게 아니라 정말 강하다. 순간에 불과하지만 두 눈을 통해서 화룡의 정기가 번뜩였다.

이자는 화룡을 알고 있다. 뿐만 아니라 화룡을 운용할 줄도 안다. 무공으로 익힌 것이든, 도교나 불교 같은 종교에서 터득했든 간에 분명히 안다.

"이런 말을 하면 어처구니없겠지만, 한마디만 묻겠습니다."

"물어보게."

모초권은 당연히 물어올 줄 알았다는 듯 흔쾌히 승낙했다.

"자신이 뭐라고 생각합니까?"

듣기에 따라서는 상당히 기분 나쁘게 들릴 수도 있다.

루검비는 진중하게 물었다. 진중한 대답이 나오기를 기대했다.

나는 하늘이다. 맞다.

나는 신이다. 맞다.

나는 아무것도 아니다. 맞다.

나는 신선이다. 맞다.

나는…….

뭐라고 말해도 맞다.

모초권이 어떤 대답을 하든 루검비가 어떻게 받아들이냐에 따라서 맞는 답이 되기도 하고 틀린 답이 되기도 한다.

"나를 뭐라고 생각하느냐. 질문이 맞나?"

루검비는 고개를 끄덕였다.

"생각해 보지 않았네. 다음에 만날 때까지 생각해 봄세. 그럼 나도 물어야겠군. 자넨 자네가 뭐라고 생각하나?"

"지금은 불붙은 장작이지요."

내면의 화룡이 활활 타오르고 있다. 마른 장작에 붙은 불처럼 활기있게 타들어간다.

딱 좋다는 뜻을 말했다.

"하하! 선문답(禪門答)이라면 자신없군. 어쨌든 좋은 질문을 받았으니 생각해 봄세."

루검비의 눈에 실망이 드리워졌다.

모초권이 아는 것은 화룡을 모방한 무공이다.

화룡을 아는 사람이라면 단번에 질문의 요지를 꿰뚫어 봤으리라.

모초권이 빙긋 웃으며 나갔다.

구욱동이 여인을 보며 말했다.

"별일 아니면 나중에 하지? 넘길 시간이 얼마 남지 않아서 말이야. 시간 좀 달라기에 뭐 대단히 중요한 일이라도 있는 줄 알았더니, 겨우 한다는 말이라고는……."

그는 이미 나간 모초권을 향해 눈살을 찌푸렸다.

"잠깐이면 돼요."

그녀가 다소곳이 말했다.

그녀가 가까이 다가왔다.

그녀는 흡정대법이 무섭지도 않은가? 얼굴이 맞닿을 정도까지 가까이 다가오더니 귀에 대고 속삭였다.

"조하 알지? 곡조하. 모른다고 할 거야?"

"소월신투."

"그래, 소월신투 곡조하. 조하는 천방지축 날뛰지만 세상 물정 모르는 어린애야. 그런 애를 망쳐? 부디 죽어서 나오기 바라. 그렇게 바라란 말이야. 살아서 나오면…… 우리 서로 피곤해지잖아?"

수룡이 일어선다.

얼음을 깨고 얼굴을 내민다. 독기가 어린 파란 이빨이 섬뜩하게 빛난다.

"헉!"

루검비는 나직하게 헛바람을 토해냈다.

수룡이…… 수룡이 춤을 춘다. 몸에 묻은 얼음을 털어내며 푸른 창공으로 비상하려고 한다.

한데 화룡이 문제다. 자신의 화룡이 숨을 죽인다. 수룡과 어울릴 생각을 하지 못하고 점점 움츠러든다.

이런 경우는 처음이다.

자신의 화룡은 삼법으로 토대를 쌓았기에 크기로는 이 세상 무엇과도 견줄 것이 없다.

그릇만 크기 때문일까?

환희밀공을 수련하지 않은 탓에, 화룡이라고 해봐야 간신히 명맥만 유지하고 있기에 훈련된 수룡을 상대하지 못하는 것일까?

어쨌든 자신이 수룡에 밀리기는 처음이다.

그런데 그녀는 루검비의 헛바람 소리를 야릇한 비음 소리로 착각하고 말았다.

"이 자식이!"

퍽! 퍽퍽! 퍽퍽퍽!

순식간에 십삼지(十三指)가 펼쳐졌다.

왼쪽 가슴에 오지(五指), 복부에 삼지(三指), 오른쪽 옆구리에 오지(五指)가 떨어졌다.

"끄윽!"

루검비는 기도가 꽉 막혀 몸을 비틀며 간신히 숨을 짜냈다.

"뭐 하는 거야!"

"호호! 이 자식이 날 기녀쯤 되는 걸로 생각하잖아요."

백면과 여인은 음성을 높였다.

"그렇다고 십삼단백지(十三斷魄指)를 써!"

"어차피 죽일 거였잖아요!"

"죽이긴 누가 죽여! 넌 화풀이와 죽이는 것도 구분하지 못해! 지금 이놈을 죽여서 어쩌자는 거야!"

"미안해요."

"미안하다면 다야! 어서 해혈(解穴)해!"

"어멋! 어쩌죠? 전 펼칠 줄만 알지 해혈은 못하는데. 사람 살릴 일은 없는 줄 알았죠. 지금까지 그래 왔고요."

"박빙(薄氷)! 정말 이럴 거야!"

"정말 모르는 걸 어쩌라고요!"

루검비는 백면과 박빙이라는 여인이 다투는 소리를 들었다.

'박빙. 살얼음이라…… 어울리는 별호군.'

정식 별호는 따로 있을 것이다. 백면이니 박빙이니 하는 것은 자신들끼리 주고받는 별명(別名)이리라.

사내는 백면이 잘 어울린다. 여인은 말 그대로 박빙이고.

그렇다. 사람들은 타인을 볼 때 겉모습만 보지 않는다. 물론 처음에는 키라든지 생김새를 보지만 나중에는 성격에 가려져 겉모습 같은 것은 보지 않게 된다.

추녀(醜女)도 자꾸 보면 정이 든다고 했다.

미녀도 삼 년을 살면 추녀로 보인다는 말도 있다.

백이면 백, 시간이 지나면서 겉모습을 보지 않게 되고 성격을 보게 된다.

별명은 그래서 탄생한다.

겉모습을 보고 짓는 경우도 있지만 대부분은 성격 따라 짓는다.

루검비는 두 손을 들어 복부를 움켜잡았다.

"끄으윽!"

신음이 절로 새어 나왔다.

창자가 제멋대로 꼬인다. 폐는 절반으로 줄어들어 호흡을 곤란하게 하고, 옆구리는 창으로 관통당한 것처럼 무지막지하게 쑤셔온다.

족양명위경(足陽明胃經) 중 다섯 혈이 찔렸다.

결분(缺盆), 기호(氣戶), 고방(庫房), 옥예(屋翳), 응창(膺窓)이 제 위치를 찾지 못하고 좌충우돌(左衝右突)한다.

복부도 마찬가지다.

불용(不容), 승만(承滿), 관문혈(關門穴)이 뒤틀어졌다.

옆구리는 더욱 가관이다.

복결(腹結), 대횡(大橫), 복애혈(腹哀穴)을 한 점에 모아놓은 것처럼 집어버렸다.

인법에서 겪은 고통이 최상의 고통은 아니다. 안다. 상관세가에서 혈귀라는 자에게 당한 곤설인도 인법 못지않은 고통을 주었다.

그러나 박빙이란 여인이 펼친 독수만은 못하다.

이건…… 죽을 것 같다.

그때다!

쏴아아아아!

수룡의 기세에 짓눌려 일어서지 못하던 화룡이 슬그머니 일어나 척추를 타고 치솟았다.

족양명위경이 단숨에 뚫렸다.

가슴 통증과 복부 통증이 씻은 듯이 사라졌다.

옆구리 통증도 바로 뒤를 이어서 지워졌다.

무인들은 진기를 일 주천(一週天)하는 데 온 정력을 기울인다.

한 호흡에서 두 호흡으로, 두 호흡에서 일다경(一茶頃)으로…… 길게 길게 늘인다.

소주천(小周天)이 되었든 대주천(大周天)이 되었든 진기를 통제하는 힘이 강해질수록 시간이 길어진다.

환희밀공은 그렇지 않다. 피가 혈관을 따라 한 바퀴 도는 시간이면 충분하다. 그렇다. 굳이 일 주천하는 데 걸리는 시간을 말하라면 최고로 길게 해봤자 피가 온몸을 순환하는 순간이다.

몇 번을 말하지만 환희밀공은 무공이 아니다. 몸 안에 내재

된 힘을 깨닫고 쓰는 것뿐이다.

그런 힘이 몸에 있다면 무공을 익힌 사람들은 바보란 말인가? 지금까지 극고의 무공을 수련한 사람들은 모두 바보 멍청이였나? 아! 그렇구나! 몸 안에 천 년 내공이 있는 줄도 모르고 일 년, 이 년 차분히 적공(積功)하며 진기를 키웠구나.

비웃는가?

사람들은 화룡을 안다.

스님이 참선을 하는 것이나 도인이 도를 닦는 것이나 매한가지다. 무인이 무공을 수련하는 것도 심신 수양이다.

모두 화룡을 알기에 인고(忍苦)의 수련을 한다.

선각자(先覺者), 깨달은 자, 고승(高僧)…….

그들은 화룡을 탐구하여 얻었거나 얻으려고 했다.

한데 봐라. 그들 중에 몇 명이나 화룡을 얻었는가. 죽는 순간까지 사력을 다해 투구했으나 결국 대부분은 아무것도 얻지 못하고 빈손으로 돌아갔다.

이제 환희밀공의 우월함을 알겠는가.

환희밀공은 당신을 인간 세상보다 한 차원 높은 세상으로 단숨에 데려다 준다.

환희교에 와서 교리를 충실히 따르기만 하면 된다.

경건한 마음으로 세상을 보고, 사랑이 충만한 마음으로 운우지락을 나눠라. 하면 억지로 이끌어내지 않아도 몸속에 내재된 기운이 움직일 것이다. 본인이 화룡의 존재를 알게 될 것이며, 세속에 구애받지 않는 마음을 얻으리라.

부족한가?

당연하다. 화룡이나 수룡의 존재를 감지해 내도 크게 키우지는 못한다. 단지 느낌으로만 알 뿐이지, 눈으로 보듯이 생생하게 그려내지는 못한다.

무능력해서가 아니라 인간이기 때문이다.

인간이 자연의 힘을 눈으로 볼 수 있는가? 벼락의 이치를 깨달았다고 해서 육장으로 펼쳐 낼 수 있는가? 아는 것과 펼쳐 내는 것은 별개의 문제다.

선각자들이 그래 왔다.

벼락의 이치를 알아냈고, 육장으로 펼치려고 했으나 일부 몇몇 사람을 제외하고는 끝내 이루지 못했다.

사람이 벼락의 힘을 육장으로 펼쳐 낼 수 있다니, 믿기지 않는가?

당연하다. 사람이기에 당연히 드는 의심이다. 먼 옛날 돌을 다듬어 무기를 만들어 쓰던 사람들은 쇠란 것이 있는 줄도 몰랐다. 그들에게 쇠를 불에 녹여 검을 만든다고 하면 어떤 말이 돌아올까? 미친놈 소리를 듣지 않을까?

그래서 굳이 화룡의 존재를 부각시키지 않는다. 무엇을 믿으라는 말도 하지 않는다. 자신의 몸속에 성신이 있으니, 자신만을 믿으라고 한다.

성신을 일깨우는 방법으로는 운우지락을 택했다.

정통 종교에서는 이단(異端)으로 취급하겠지만…… 사랑이 충만한 마음으로 정사만 나누면 십년면벽(十年面壁)한 것과 같은 효과를 얻을 수 있다고 말한다.

얼마나 쉬운가.

여기서 수문장이라는 존재가 개입한다.

수문장이 문을 단단히 지키고 서 있다.

들어오려는 사람을 통제하지 않는 기묘한 수문장이다.

오는 사람은 얼마든지 오라. 들어오라, 들어오라 손짓하면서 제 발로 찾아오는 사람을 막을 이유가 있나. 또한 일단 성내로 들어서기만 하면 바깥세상 따위는 염두에 두지 않을 터, 오고 가는 사람을 막을 이유가 없다.

수문장은 성안으로는 들어서지 못한 채 기웃거리기만 하는 사람을 살핀다. 그들이 성안으로 들어오려는 마음이 들면 그때서야 나서서 들어오는 것을 도와준다.

막는 수문장이 아니라 끌어들이는 수문장이다.

화룡의 존재를 자각한 사람이 수문장을 만나면 대성한다. 수룡을 깨달은 여인이 수문장을 만나면 운우지락을 나눔과 동시에 삼법을 겪은 것과 같은 힘을 얻는다.

환희밀공은 특별한 수련을 요구한다.

화룡을 키우기 위해서는 수룡이, 수룡을 키우기 위해서는 화룡이 반드시 필요하다. 그래서 하늘은 이 세상에 남과 여를 만들어냈다. 자연을 음과 양으로 구분해 놨다.

그들은 자신의 몸속에 있는 성신을 만날 것이며, 결국 극락을 볼 것이다.

"어서 해혈해!"

"해혈법을 모른다니까요!"

백면과 박빙이 몇 마디를 주고받는 사이, 루검비의 숨은 정상으로 돌아왔다.

화룡에게 인간이 뒤틀어놓은 경혈을 바로잡는 것 정도는 어린아이에게서 과자를 빼앗는 것보다 쉬웠다.

3

백면과 박빙은 즉각 루검비의 변화를 눈치챘다.

"어떻게!"

"이런 귀신 곡할 일이 있나……."

두 사람은 할 말을 잃어버렸다.

십삼단백지는 박빙의 절기다. 그녀는 지법 하나로 무천에 선발되었고, 통령이 되었다. 그리고 십삼단백지는 그녀가 애용하는 몇 가지 지법들 중에 단연 최고다.

그녀가 지법을 잘못 전개했을 리는 없다. 어느 절기나 마찬가지이지만 십삼단백지는 특히 손에 익을 대로 익어서 꿈을 꾸다가도 펼칠 수 있다.

생각할 수 있는 건 딱 하나다.

루검비가 스스로 해혈했다.

"굼벵이도 구르는 재주가 있다더니, 네놈이 그렇군. 감탄했어. 정말이야. 정말 무서운 재간을 지녔어. 살이 닿기만 하면 내공을 빨아들이고, 점혈(點穴)은 감쪽같이 풀어낸다. 이보다 실용적인 무공이 어디 있나. 후후후!"

백면이 박빙의 앞을 가로막으며 말했다.

그의 뜻은 분명했다. 더 이상 시간을 줄 수 없으니 물러나라는 것이다.

박빙은 멍하니 서 있었다.

백면 구욱동이 앞을 가로막아 섰지만 움직일 줄 몰랐다. 그럴 수밖에 없는 것이, 솔직히 그녀는 구욱동의 존재 자체를 까마득히 잊어버렸다.

그녀는 루검비만 쳐다봤다.

'불가능해. 불가능한 일이야. 불가능해……'

그녀는 속으로 같은 말만 되풀이했다.

십삼단백지에는 숨겨진 비밀이 있다.

그 비밀은 너무도 잔인해서 같이 한솥밥을 먹고 있는 백면 구욱동이나 은창(隱彰) 모초권도 모른다.

십삼단백지는 해혈법이 없다.

점혈(點穴)이라면 당연히 해혈법이 있다. 하지만 파혈(破穴)에는 대책이 있을 수 없다. 위에서 아래로 쑥 훑어 내리는 간단한 일수에 십삼혈이 단숨에 망가진다.

　백면처럼 급한 마음에 해혈하라고 다그치면, 해혈법을 모른다고 버텨왔다. 무천 무인이 해혈법조차 없는 일수필살(一手必殺)의 무공을 아무 때나 펼친다는 건 문제의 소지가 많기 때문이다.

　그러는 가운데 상대는 죽는다. 잠시 동안 숨이 막혀 바동거리다가 일시에 심장이 파열되며 즉사한다.

　심장이 깨졌는데 살아날 방도가 있나. 화타(華陀)가 살아와도 불가능하다. 십삼단백지에 당해서 꼬꾸라진 사람은 이 시대 최고의 의원이라는 구생 갈굉축이 살펴도 어쩌지 못한다.

　루검비는 십삼단백지 아래서 살아난 최초의 인간이다.

　박빙은 백면의 손에 떠밀려 방 밖으로 밀려났다.

　덜컹!

　등 뒤로 문이 닫혔다.

　박빙은 그제야 한마디를 중얼거렸다.

　"불가능해."

　백면 구욱동은 루검비와 마주 앉았다.

　그는 박빙과 많은 나날을 함께 보냈다. 그녀가 자신과 함께 칠통령으로 거론되자 특별히 아끼는 마음도 들었다. 그렇다고 연인으로 발전하거나 그럴 생각이 있는 것은 아니다.

　무림에 몸담은 자, 언제든 적이 될 수 있다. 여인이든 사내든 마음 한 번 고쳐먹으면 적이 된다.

그럴 때 마음 놓고 검을 쓰려면 늘 일정한 거리를 벌려놓는 것이 좋다.

하나 같이 지낸 세월이 많은 만큼, 이제는 낯빛만 봐도 그녀의 마음을 짐작할 수 있다.

박빙은 당혹했다.

루검비의 해혈에 큰 충격을 받은 게 틀림없다.

그녀는 십삼단백지가 완벽하다고 자부해 왔다. 누구든 걸려들기만 하면 뼈도 못 추린다고 장담하곤 했다. 한데 풀렸다. 그것도 눈앞에서 말 몇 마디 나누는 사이에 없었던 일이 되고 말았다.

하기는 누군들 이런 상황에서 당황하지 않을까.

무천 칠통령 중에 한 명의 비기를 너무도 손쉽게 무너뜨린 사내가 눈앞에 있다.

그는 고수인가, 아닌가.

지금 무공을 사용할 수 있는가, 못하는가.

십삼단백지를 해혈할 정도라면 운기를 할 수 있다는 것이고, 하면 무공을 사용해야 정상이다. 마치 점혈이라도 당한 사람처럼 꼼짝 못하는 것은 가식 중에 가식이다.

"난 널 죽일 생각이다."

구욱동의 눈에서 살기가 줄기술기 뻗어나갔다.

"쉽게 죽이지는 않는다. 박빙처럼 점혈이나 뭐 그런 걸 사용할 생각은 없다. 단순 무식하게 이걸로."

그가 소도(小刀)를 꺼내 들었다.

"관절을 하나씩 잘라내다 보면 언젠간 죽겠지."

눈이 빨갛게 충혈되었다. 마치 붉은 눈의 악마를 보는 듯하다. 반면에 안색은 더욱더 하얗게 질려갔다. 얼굴에 있는 모든 핏기가 눈으로 쏠리는 듯했다.

"우선 양물부터 잘라내야겠지? 다시는 여인을 겁탈하지 못하게 하려면…… 역시 네 건 잘라내는 게 좋겠어."

백면이 살기에 흠씬 파묻힌 채 소도를 만지작거렸다.

살기는 살기를 불러온다. 악마는 악마를 끌어들인다. 검은 검을 부르고, 피는 피를 부르며, 죽음은 연이어진다. 세상을 무너뜨리는 파괴의 힘은 주위가 평화롭도록 놔두지 않는다.

이른바 동화(同化)다.

루검비는 전신을 부르르 떨었다.

화룡이 일어난다. 평상시처럼 말 잘 듣는 화룡이 아니라 악마의 화룡이다. 백면의 살기가 거칠게 부딪쳐 온 탓에 자연적으로 반응해 버렸다.

'안 돼!'

"후웁! 후웁! 후우우웁!"

루검비는 연신 숨을 들이켰다.

마음이 평화로울 때의 호흡을 기억했다. 그때로 돌아가고자 했다. 어떻게든 화룡을 잠재워야 한다. 지금 화룡은 세상에 나서는 것보다 차라리 잠을 자는 게 낫다.

그때, 백면이 한마디를 더 던져 왔다.

"후후! 그래, 이제야 제대로 살기가 치미는군. 본색이 드러나고 있어. 좋아, 어느 정도인지 볼까?"

파파파파팟!

살기가 줄기줄기 피어난다.

이른바 기투(氣鬪)다. 심력(心力)의 싸움이라고도 하며, 움직이지 않으나 천 초를 나누는 것보다 격렬하다고 하여 무법살투(無法殺鬪)라고도 한다.

'안 돼!'

루검비는 아랫입술을 잘끈 깨물었다.

입가로 피가 흘렀다. 이가 입술을 뚫고 들어가며 진한 고통을 몰고 왔다.

"숨기려고 하지 마라. 드러내야지? 어디, 본색 좀 보자."

스으웃! 스웃! 파파파팟!

구욱동의 살기는 지독했다. 소름 끼쳤다. 당장에라도 소도로 목을 찔러올 것 같다는 착각을 불러왔다.

'이, 이것…… 하려던 게…… 이것……'

루검비는 백면 구욱동의 의도를 읽었다.

그는 자신이 직접 환희밀공을 보고자 한다. 소문으로 들은 것으로는 만족하지 않고, 몸으로 알아보려 한다. 그러려면 루검비에게 자유를 주어야 한다. 손발에 족쇄를 채워놓고 살기를 전해봤자 환희밀공은 나타나지 않는다.

발목을 움직이자, 움직인다. 손목을 꿈지럭거리자, 밧줄이 힘없이 스르르 미끄러진다.

확실하다. 그는 환희밀공을 원한다.

"위, 위험…… 제발 살기를…… 거둬……."

"위험. 좋은 말이야. 한데 어쩌나? 난 위험이 좋은걸. 짜릿하지 않나? 백척간두(百尺竿頭)에서 검을 휘두르는 인생이 말이야. 이기면 다음을 기약하고 지면 끝나는 거고."

파파파팟!

살기가 더욱 강렬해졌다.

이제 백면의 눈동자는 오직 빨간색밖에 보이지 않는다. 얼굴은 새하얗다. 하얀 물감을 칠해놔도 이보다 하얗지는 않으리라.

꾸르르르릉!

기어이 사단이 벌어졌다.

루검비는 치솟는 화룡을 제어하지 못했다. 백면의 살기가 워낙 강해서 지금 당장 죽을 것이라는 환상에 빠졌다.

몸은 죽음을 원치 않는다.

죽음에 저항한다. 그것이 병균이면 병균을 죽이고, 싸움이면 피한다. 어쩔 수 없이 싸워야 한다면 젖 먹던 힘까지 쥐어짜 내 힘을 보태준다.

그렇다. 몸은 스스로 싸우는 것이 아니다. 싸울 수 있도록 힘만 보태준다. 그럼 누가 싸우나? 본인이다. 본인에게 싸울 의사가 있어야 한다. 의사가 아주 강하면 전조(前兆)가 일자마자 싸움이 시작될 것이고, 의사가 전혀 없으면 몸이 보태준 힘을 의식하지도 못한 채 당하고 만다.

루검비는 몸을 안다. 너무 잘 안다.

쒜엑!

루검비의 신형이 영활한 뱀처럼 움직였다.

"그랫!"

백면이 기다렸다는 듯이 소도를 휘둘렀다.

쒜에엑!

소도는 루검비의 이마에 붉은 혈선(血腺)을 그어냈다. 가느다란 실선이 쭉 그어지며 붉은 핏물이 붓으로 그린 듯 곱게 배어 나왔다. 하나 그 순간, 루검비는 두 다리를 쭉 뻗어내어 백면의 가랑이 사이로 파고들었다.

쒜엑!

오른 다리가 백면의 왼 다리를 걸어찼다. 왼 다리도 움직였다. 바닥에 등을 대고 누우면 두 다리를 자유자재로 활용할 수 있다는 장점이 있다.

백면은 어림없다는 듯 왼다리를 살짝 들어 피해냈다. 하나 연이은 왼 다리의 공격은 막아내지 못했다. 그는 서 있있고, 루검비는 누운 상태였다.

따악!

장작개비 부러지는 소리가 났다.

슈우웃!

루검비의 공격은 그것으로 그치지 않았다. 그는 누웠던 시체가 일어나듯 다리와 허리를 굽히지 않은 상태로 몸을 벌떡 일으켰다. 아니다! 일어서는 듯하더니 허리를 구부리며 백면의 옆구리로 바싹 안겨들었다.

쉬익!

백면은 발을 차올렸다. 무릎으로 낮게 수그리며 달려드는 루검비의 안면을 강타했다.

결국 루검비가 물러났다.

한 번의 공격은 절반쯤 성공했고, 이어진 공격은 실패로 끝났다.

백면 구욱동이 예상외로 강했기 때문이다.

다른 사람들 같으면 왼 다리로 정강이를 강타당하는 순간 풀썩 꼬꾸라지고 만다. 싸움을 계속 이어갈 수 없을 만큼 타격이 강력하기 때문이다.

이어진 공격은 그런 점을 염두에 두고 짜여졌다.

몸을 일으켜 넘어지는 자를 껴안는다. 서로가 서로의 허리를 맞잡은 자세가 되고, 고개만 살짝 젖히면 승장혈끼리 얽힌다.

남자끼리 입맞춤을 하는 묘한 자세이지만 물러설 수도, 피할 수도 없다.

그리고 그 순간, 환희밀공이 펼쳐진다.

백면은 뼈마디가 부서지는 아픔을 참아냈다. 뿐만 아니라 무릎을 올려 가격까지 해왔다. 빠른 판단으로 기민하게 움직이지 않았다면 지금쯤 안면이 묵사발 났을 게다.

"대…… 단하군!"

백면은 진정 놀란 듯 입을 쩍 벌렸다.

그렇다고 질린 것은 아니다. 이제야 비로소 싸울 흥미가 생겼다는 듯 살기가 더욱 짙어졌다. 손에 들고 있는 소도도 유난히 더욱 밝은 빛을 토해냈다.

"후우우웁!"

루검비도 숨을 깊이 들이삼켰다.

화룡을 진정시키려는 의도는 없다. 아니, 그런 생각도 하지 않는다.

싸움을 피하지 않겠다. 백면의 살기가 진하다면 자신은 더욱 진한 살기가 있다. 누구든 앞에서 거치적거리는 사람이 있다면 모조리 박살 내버리련다.

양손을 깍지 껴 우두둑 소리가 나게 관절을 꺾었다.

백면…… 넌 큰 실수했다. 넌 이제 죽는다. 내가, 내가 죽인다. 네놈의 양기를 모두 빨아먹을까? 아니면 세상에서 가장 지독한 고통을 받다가 죽게 할까?

"크크크크!"

루검비의 입에서 괴소가 터져 나왔다.

그때다! 방문이 덜컹 열리며 괴인이 불쑥 들어섰다.

"물러섯!"

커다란 고함이 방 안을 쩌렁 울릴 때,

쒜엑! 쒜에엑!

루검비의 신형이 빛살처럼 쏘아졌다.

화살보다 빠르다. 번개만큼 빠르다. 느낌보다 훨씬 빠르다. 하니 위험을 감지했을 때는 이미 늦은 게다.

지법 석화의 백팔십 자세는 단순한 체위가 아니다.

지법을 모두 수련하기 위해서는 몸의 관절을 최대한으로 꺾어야 한다. 곡마단에서 접시를 돌리는 여인 정도는 울고 가게 만들 만큼 굴신이 자유로워야 한다. 더군다나 쌀 한 가마니는 족히 될 인간을 안고, 업고, 들쳐 메고 취해야 한다.

루검비는 바위와 씨름했다.

안고, 업고, 메고…… 체위를 수련했다.

하나 더 있다.

이체관통으로 간공, 상공, 반공을 펼치려면 상대에게 생각할 틈조차 주지 말아야 한다.

잡는 순간이 펼치는 순간이다.

얼마나 빨라야 하는가.

산을 뛰어다니며 이용할 수 있는 모든 것을 써먹었다.

그중에 가장 좋았던 것은 박쥐와 씨름한 것이다.

박쥐는 눈이 퇴화되었다. 하지만 음파를 쏘아내어 눈보다 더 밝게 볼 수 있다.

쏘아낸 음파는 물체에 맞아 반사된다.

박쥐는 반사된 음파의 파형(波形)을 감지하여 사물을 파악한다. 나무, 돌, 먹이인 나비의 움직임까지 낱낱이 꿰뚫어 본다. 나비가 날아가는 방향까지 예측하니, 나비가 박쥐를 피하기란 하늘의 별 따기다.

루검비는 박쥐의 음파를 이용했다.

화룡으로 음파를 감지한다. 음파가 쏘아진 것을 느끼면 가만히 있다가 몸에 닿을 순간 피한다. 하면 박쥐는 아무것도 없다 생각하고 계속 날아간다.

당시는 화룡이라는 생각을 하지 못했다.

그때도 화룡이라는 말을 쓰기는 했다. 현재 깨닫고 있는 성신으로써의 화룡이 아니라 내공심법처럼 갈고 다듬으면 되는 진기의 일종인 줄 알았다.

이런 연공법으로는 먼 길을 빠르게 달릴 수는 없다. 높은 산을 진기 몇 모금으로 달려올라 갈 수도 없다. 하나 찰나의 순간에 환상처럼 움직일 수는 있다.

퍼억!

육장(肉掌)이 육신을 격타했다.

당한 사람은 루검비다. 그는 실 끊어진 연처럼 맥없이 뒤로 훌훌 날아가 나뒹굴었다.

비명을 지를 틈도 없었다. 아픔을 호소하지도 못했다. 무엇인가가 가슴을 거세게 격타하는 것까지는 느꼈는데, 그다음은 까마득하다.

그는 백면을 노리고 짓쳐 갔다.

백면은 급하게 소도를 쳐냈지만, 루검비보다 한 수 늦었다는 것은 그도 알고 루검비도 알았다.

공격은 전혀 뜻밖의 곳에서 터져 나왔다.

방금 문을 밀치고 들어와 고함을 친 자가 어느새 앞을 가로막으며 일장을 쳐냈다.

루검비로서는 감당할 수 없을 만큼 빠르고 강력한 공격이었다.

"죄송합니다."

백면은 머리를 수그렸다.

"뭐가? 이놈을 어쩌지 못해서?"

"제가 진 싸움입니다."

"쯧! 뭘 그렇게까지 생각하누. 상관세가의 용검대는 만만치 않지. 우리 통령들 중에서도 용검대를 상대로 승리를 장담할 사람은 없을걸? 한데 그런 용검대가 이 아이한테 걸리니 장난감이 되고 말았어. 네가 약한 게 아니라 이 아이가 강한 것이니, 오늘을 잊지 않고 더욱 정진하면 된다."

말을 한 사람은 노인이었다.

네모진 얼굴에 단아한 이목구비를 지녔고, 작은 키에 작은 체구여서 이웃집 할아버지처럼 친근해 보였다.

"환희밀공이 강한 줄은 짐작하고 있었습니다만, 그건 내공의 힘. 신법까지 이토록 강할 줄은 몰랐습니다."

"상관가주가 무림공적이 되는 것도 아랑곳하지 않고 매달릴 때는 그만한 이유가 있었던 게지. 사기(四奇)까지 잡아놓지 않았나. 사람이 생각을 바로 하지 못할 때는 이 머리……."

노인이 자신의 머리를 가리켰다.

"이 머리를 마비시키는 큰 이유가 있는 거야."

"이자를 어찌할까요?"

"흠! 어쩐다? 이 아이는 환희밀공을 수련했으니 세상에 나가면 해악만 끼치겠지. 살인, 강간…… 해서는 안 될 짓만 할 게 뻔한데……. 허! 그렇다고 죄도 없는데 죽일 수도 없고."

"용검대를 죽인 것만으로도 죽을죄는 충분합니다. 흡정대법을 펼치지 않았습니까?"

"그렇게까지 얽는다면야 죽여야겠지."

"살려…… 두실 생각이십니까?"

"환희밀공을 쓰는 자가 잡히지 않았잖나."

그 한마디로 총통령(總統令)의 뜻은 분명하게 전달되었다.

총통령, 광전신군(光箭神君) 장해파(莊海波)가 말했다.

"무천에 들이기 전에 환희밀공을 본 건 잘했어. 어떤 방법으로 몸을 붙잡는지 궁금했는데…… 굉장한 신법이었지? 촬

나의 변(變)만큼은 단연 최고야.”

또 뜻이 전해졌다.

할 일이 생겼다.

무천에 도착하기 전에 신법을 알아내야 한다.

무천에서 파견한 초진량을 불러들이고, 멀쩡하게 운송하던 서자묵을 따돌리고, 자신을 직접 지명하여 호송을 명한 데는 어떤 명이든 충실히 받든다는 신뢰가 담겨 있었다.

그는 총통령의 신뢰를 거부할 생각이 없었다.

무천에 도움이 된다면 마공인들 수련하지 못할까.

‘이제 시작인 건가…….’

그는 착잡한 눈길로 혼절해 있는 루검비를 쳐다봤다.

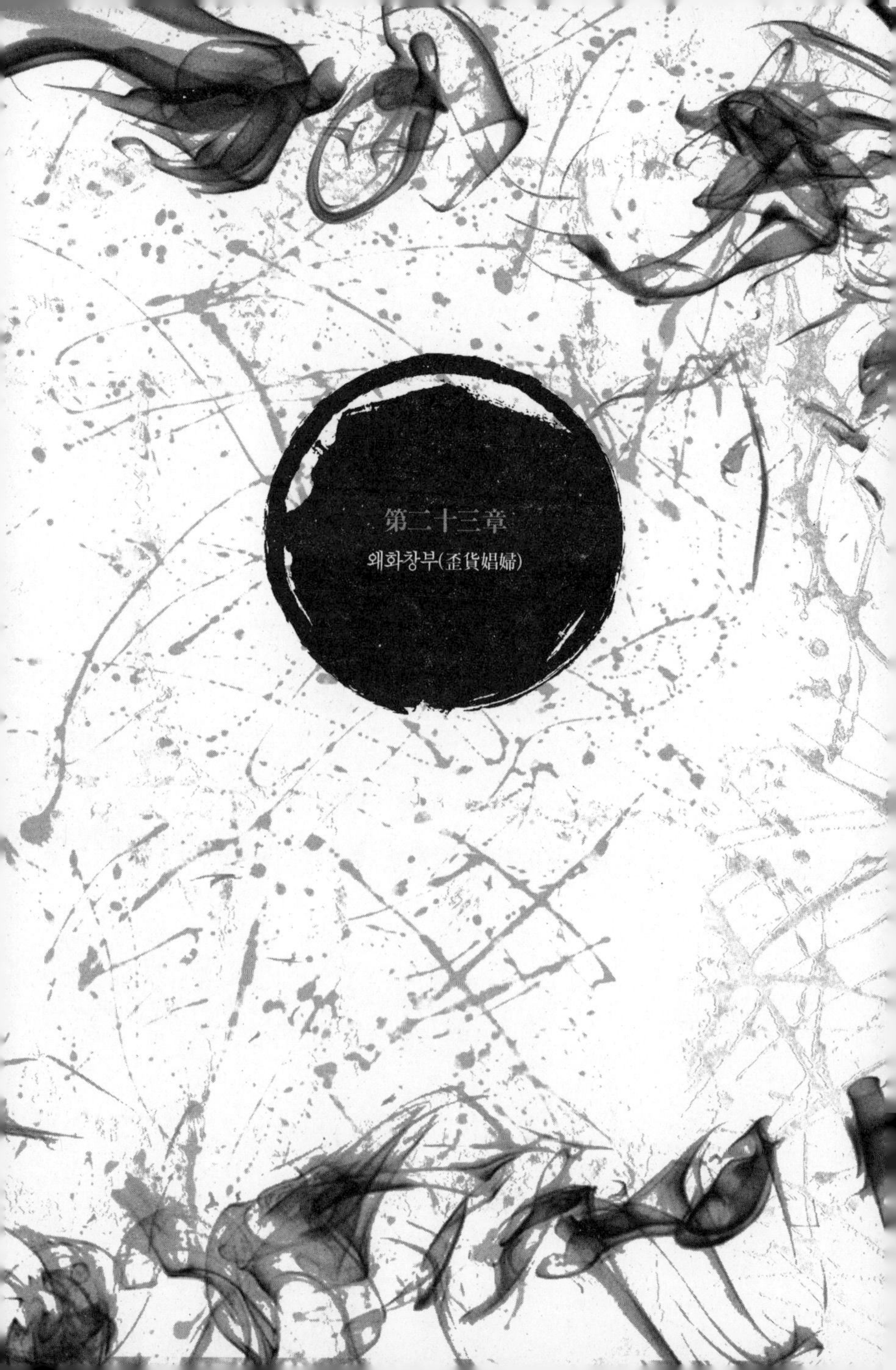

第二十三章
왜화창부(歪貨娼婦)

歡喜密功
환희밀공

1

세상은 그녀의 치마폭에 휘감겨 빠져나오지 못했다.

절염절색(絶艷絶色)의 미모를 전가(傳家)의 보도(寶刀)처럼 휘두르며 뭇 사내를 희롱했다.

그녀는 사내와 정을 통했다.

무인, 상인, 관원…… 직업이나 귀천을 가리지 않았다. 마음만 통하면 되었다.

그녀는 시서가무(詩書歌舞)에 능통하다.

글을 쓸 때는 단아한 모습이 한 폭의 그림 같고, 춤을 출 때는 선녀가 내려와 하늘거리는 것 같다.

그녀는 주는 돈을 받았다.

자신이 먼저 달라고는 하지 않았다. 주는 것을 받기만 했다. 그것도 서로 마음이 통하고 있을 때만.

하지만 그녀는 실수를 저지르고 말았다.

요즘 세상은 사내가 싫어졌다고 해서 싫은 표정을 짓거나 입에 담으면 안 된다. 헤어진다는 것은 더더욱 말이 안 된다. 그건 사내의 자존심을 거스르는 행위다.

그녀는 그런 행위를 서슴지 않고 했다.

좋으면 만나고, 싫으면 헤어진다.

그녀의 법칙은 너무도 간단했다.

한데 사람들은 그녀가 정을 통하는 동안 사내에게서 돈을 받았다고 하여, 정을 통한 사내가 한두 명이 아니라고 하여 왜화창부(歪貨娼婦)라는 이름을 붙였다.

탕부(蕩婦)를 일컫는 왜화(歪貨)와 창부(娼婦)를 같이 붙여서 불렀으니 그녀를 어찌 생각하는지는 미루어 짐작할 만하다.

그녀는 사라졌다.

사내들에게서 받은 돈이 막대하니 어디 조용한 곳에 집을 사서 잘 먹고 잘산다는 풍문이 나돌기는 했지만 소문일 뿐, 그녀를 봤다는 사람은 없다.

세상을 떠들썩하게 뒤흔들었다가 소리 소문 없이 사라진 것이다.

"사람들이 왜화창부라고 부르더군요."

루검비는 여인을 봤다.

왜화창부에 대해서는 들어봤다.

자신이 환희교에서 모진 고문을 받고 있을 때 세상을 뒤흔들었던 여자다. 하니 아무리 못 잡아도 서른 중반은 넘었다. 스물세넷 정도밖에 보이지 않는데.

"무천에 잡혀 있다가 이제 막 풀려났어요. 당신을 유혹하라는 조건을 붙이더군요."

"그런 말을 해도 됩니까?"

"우린 어차피 한 몸이 될 거예요. 난 첫눈에 알았는데."

그녀는 고혹적이다. 손짓 하나, 고갯짓 하나에도 짙푸른 유혹이 넘실거린다. 서른 중반의 나이는 그녀를 농익은 여인으로 만들어놨다. 게다가 사내를 많이 아는 몸이다.

말과 행동에 거침이 없다.

그녀가 루검비의 허벅지에 손을 얹었다.

"환희밀공인가 하는 거…… 대단한가 봐? 지하 감옥에 처넣을 때는 결코 빼내줄 것 같지 않더니 순순히 꺼내주는 걸 보면 말이야. 말 놔도 되지? 내가 누나잖아. 몇 살?"

"을미생(乙未生)……."

"어멋! 아직 스물도 안 된 거야? 난 조금 더 되는 줄 알았는데."

"그렇습니까?"

“경험은? 아직?”

루검비는 옅은 웃음을 지어 보였다.

“하아! 아쉽다. 조금만 더 일찍 만났어도 내가 첫 경험일 텐데. 여자들이 왜 첫 경험에 목매는 줄 알아? 처음이라고 하면 무조건 좋아하잖아. 첫 경험은 잊지 못하기 때문이야. 몇 년이 가도, 몇십 년이 지나도 첫 경험만은 잊지 못해. 한마디로 날 잊지 말아달라는 애원인 거야.”

루검비는 눈썹을 꿈틀거렸다.

교주가 생각난다. 그녀와 나눈 정사는 황홀했다고 할 수 없다. 많은 사람이 지켜보는 앞에서 동물적인 본능만 앞세웠던 관계다. 하지만 정말 소중한 기억이다.

“거봐. 말만 했는데도 그 여자가 생각나지? 그게 첫 경험이야. 그건 그렇고…… 을미생이라고 했지? 열여덟…… 정말 좋은 나이다. 호호! 앗! 을미생! 을미생이 용케 살아남았네?”

“……?”

“을미생 중에 살아남은 아이는 별로 없잖아. 왜 그때 서역(鼠疫:흑사병)이 한참 창궐해서 시체 태우는 연기로 온 세상이 새까맣게 물들고…… 어른도 펑펑 나가떨어지는 판인데 아이는 말할 것도 없지. 몰랐어?”

태어나던 해에 생긴 일을 어찌 알까. 말해주는 이도 없고, 말해줄 사람조차도 없었는데. 아니, 십여 년이라는 세월 동안 사람이라고는 그림자도 찾아볼 수 없었는데.

"돈 있고 권세있는 사람만 살아남았지. 빈부귀천(貧富貴賤)은 없다고 하지만 엄연히 존재하는걸. 호호! 우리 헛소리 그만하고 용건부터 끝내는 게 좋겠다. 난 환희밀공 신법 구결이 필요해. 그걸 줘야 자유를 얻어. 줄래?"

루검비는 왜화창부를 쳐다봤다.

순진해 보인다. 티없이 맑다. 서른 중반임에도 이제 갓 스물을 넘겨서 여인 태가 붙기 시작한 듯 보였다. 피부는 잡티 하나 없이 깨끗하고, 이목구비는 선이 가늘면서 또렷하다.

누구든 첫눈에 호감을 갖고 달려들 게다.

이런 여인을 어찌 미워하랴.

이런 여인이 달라는데 무엇인들 아끼랴.

'사룡(邪龍)……'

안타깝게도 여인의 수룡은 사기(邪氣)에 물들었다.

자신이 남자만 보면 죽이고 싶고, 여인만 보면 품고 싶었을 때처럼 세상을 증오하는 마음으로 가득하다.

그녀는 자신이 가진 무기를 잘 알고 있다.

미염미태(美艶美態)로 할 수 있는 일을 안다.

세상을 증오하는 마음은 세상으로부터 무엇이든 빼앗고자 하는 소유욕(所有慾)으로 바뀌었고, 그 도구로 자신을 사용한다.

루검비는 여인의 수룡을 만났다.

뛰어나다. 탁월하다. 탐난다…… 좋다는 말은 모두 갖다 붙여도 부족한 감이 든다.

사내들이 왜화창부라고 부르면서도 그녀의 치마폭에 휘감기는 것은 그녀의 미색(美色) 때문만은 아니다. 그녀가 지닌 수룡이 화룡을 보듬어 안기 때문에 자신도 모르게 끌리는 것이다.

그렇다. 그녀의 수룡은 화룡을 끌어당길 줄 안다.

본인은 단지 자신이 아름다워서 사내가 쉽게 넘어온다고 생각하겠지만 수룡이 아니었다면 아름답다는 생각만 하고 지나쳤을 게다.

세상에 아름다운 여인은 많다. 하나 모든 걸 다 주더라도 한 번만 안아봤으면 좋겠다고 생각되는 여인은 흔치 않다. 거의 없다. 온 세상을 다 뒤져도 그런 여인은 한두 명 만날까 말까 한다.

그녀도 처음에는 수룡을 알지 못했다.

누군가가 그녀를 보고 아름답다는 말을 했을 것이다. 본인도 자신이 아름답다고 느끼고, 그런 느낌은 자신감으로 표현되고, 자신감에 이끌린 사내들이 끌려오고, 또 아름답다는 말을 하고…….

그런 일이 반복되면서 자신감은 더욱더 커져 갔다.

수룡이 단련되기 시작한 것이다.

그녀는 보통 여인이 일생에 걸쳐서 해내야 할 과정을 일이 년 만에 해냈다. 그만큼 많은 사내를 만났고, 진심으로 정을 주었으며, 가슴 아픈 이별을 했다.

이 모든 게 거짓이었다면 수룡은 발전하지 못했다.

그녀는 돈만 밝힌 것이 아니다. 헤어짐도 사실이었지만 만남에도 거짓이 없었다. 그녀가 사내 품에 안길 때, 그녀는 진정으로 그 사람을 원했다.

'사기만 제거한다면……'

나쁜 기운을 몰아내어 맑은 수룡으로 만들 수 있다면 환희교도가 되기에 더없이 적합한 여인이다.

"환희교라고 있습니다. 말해주고 싶군요."

"사이비? 미안해서 어쩌지? 난 사이비는 관심없는데."

"환희밀공 신법이라는 거…… 이미 세상에 알려졌습니다. 상관세가의 가주에게 물어보면 잘 알 겁니다. 마침 상관가주도 무천으로 온다고 하니 지법 석화를 물어보라고 하십시오."

"그러지 말고 써주면 안 돼?"

왜화창부의 눈빛이 반짝였다.

욕심이다. 루검비가 신법을 순순히 내놓자 자신도 갖고 싶다는 욕심이 든 게다.

"먼저…… 백면이 당신을 내게 보냈을 때는 말만 하라고 보내지는 않았을 겁니다."

"아! 호호! 그건 염려하지 마. 최선 다해줄게."

루검비는 그녀의 허리를 휘감았다.

"서둘지 말고 천천히 해. 나 어디 안 가. 그건 내가 벗을
게."

정사는 그녀가 주도했다.

그녀는 능숙했다. 옷을 벗고, 품에 안기는 일련의 과정이
물 흐르듯 자연스럽게 이어졌다. 그녀를 품에 안을 때까지 루
검비는 아름답다는 생각밖에 하지 못했다.

상황이 바뀐 건 서로의 살이 닿으면서부터다.

"이상해! 살이…… 살이 날 빨아들이는 것 같아."

환희밀공은 일으키지도 않았다. 살과 살이 닿으면서 서로
의 기운이 빠르게 움직이기 시작했다. 왜화창부는 그것만으
로도 몸을 비비 틀며 못 견뎌 한다.

꾸르르릉……!

루검비는 일어나는 화룡을 거침없이 쏟아냈다.

입술이 입술을 빨아들였다. 혀와 혀가 얽혔다. 승장혈과
승장혈도 만났고, 수분혈은 수분혈을 찾았다. 인진(引津)이
교차한다. 서로가 서로를 완벽하게 탐구한다.

쏴아아아……!

승장혈을 통해 화룡이 건너갔다. 수분혈을 통해서는 왜화
창부의 수룡이 건너왔다.

이체관통을 통한 음양교류다.

요색천의 퇴기에게 환희밀공을 처음 써보았다. 그녀의 수

룡을 최대한 자극했다. 숨이 끊어지기 직전인 수룡을 다시 건강한 수룡으로 탈바꿈시켜 놓느라고 긴 밤을 하얗게 지새웠다.

왜화창부와의 운우지락은 그때와는 전혀 다르다.

왜화창부의 수룡은 크게 키울 필요가 없다. 지금 현재로서도 건강하기 이를 데 없다. 커다란 옹기에 물이 가득 고인 것처럼 언제 넘칠지 모른다.

키울 필요가 없으니 당장 교류부터 시행한다.

이는 루검비도 첫 경험이었다. 음양교류가 불러올 사단이 무엇인지 짐작조차 하지 못했다. 왜화창부는 어떻게 되고, 자신은 어떻게 되는지 알 도리가 없었다.

주변에 환희밀공을 수련해 본 사람이 없으니 누가 말해줄 수 있을까.

앞에 뭐가 있는지 알 도리가 없다. 그렇다고 가지 않을 수도 없다. 악마가 튀어나올지, 선녀가 반겨줄지 모르지만 환희밀공이 가라고 지시하니 가야 한다.

"허억! 허어억!"

왜화창부는 합궁(合宮)이 시작되기도 전에 숨넘어가는 소리를 내질렀다.

쏴아아아아!

자신에게 건너온 수룡이 승장혈을 통해 다시 건너간다. 화룡이 쉬고 있던 그릇에 사기를 남겨놓고 깨끗해진 몸으로 건

너간다. 수분혈을 통해서는 화룡이 건너온다. 수룡이 담겨져 있던 그릇에서 사기를 물어 들고 건너온다.

"하악!"

왜화창부의 허리가 활처럼 꺾였다.

본격적인 음양화합이 시작되었다.

문답무용(問答無用).

수룡이 잘 발달된 사람은 화룡의 진가를 알아본다. 화룡과 수룡의 어울림을 이해한다. 환희교가 어떻고, 환희밀공이 어떻고…… 구구절절 이야기할 필요가 없다.

"환희교…… 요색천보다 더한 곳이라고 들었어. 거기 사람들은 아예 옷을 벗고 산다며? 걷다가도 하고, 일을 하다가도 하고. 아무나 마음에 들면 달려들고. 여자는 무조건 응해야 하고."

왜화창부가 먼저 환희교에 대해서 입을 열었다.

"그 말을 믿어요?"

"아니."

왜화창부는 루검비의 품속으로 바싹 안겨들었다.

그것이면 족했다. 서로가 서로를 원하고 있다는 사실만 알면 된다. 더 이상 무슨 말이 필요할까.

루검비는 마음 편히 깊은 잠에 빠져들었다.

왜화창부는 요조숙녀가 되었다.

"세면해."

그녀가 세숫물을 내밀었다.

"이렇게까지…… 나가서 씻어도 되는데."

"내가 해주고 싶어서 그래. 부담 갖지 않아도 돼. 어젯밤 훌륭해서 내리는 상이야."

세면을 끝내자 그의 손을 이끌고 탁자 앞으로 갔다.

밥과 반찬이 정갈하게 차려져 있었다.

"내가 누굴 위해서 밥해보기는 처음이다."

진심일 것이다.

루검비는 묵묵히 밥을 먹었다.

어젯밤 정사는 자신이 생각해도 훌륭했다.

운우지락만 가지고 논하면 지법 백팔십 가지 체위 중에 서른 가지 이상이 사용되었다. 쾌락이 정점에 치닫기를 십여 번이니 황홀하기 그지없는 정사였다.

환희밀공으로 말하면 더욱 훌륭했다.

왜화창부의 사기는 삼 할 이상이 제거되었다.

그녀가 사심없이 한 남자만을 위해서 세숫물을 떠오고, 아침밥을 차리고…… 이런 행동들이 나타날 수 있었던 것도 사기가 일부 제거되었기 때문이다.

그녀의 사기는 자신이 스스로 만든 것으로 증오에 뿌리를 두고 있다. 그렇기 때문에 사기가 제거된다는 것은 세상에 대한 중오가 사라진다는 뜻이다.

중오를 버리고 순수한 여인의 마음으로 돌아온다.

한 남자를 만나고 남자의 따뜻한 면, 사랑스러운 면만 본다.

이것이 환희밀공의 힘이다. 수룡을 정화시킨 결과다.

그녀의 사기는 뿌리가 깊다.

장장 삼십여 년 동안이나 깊이깊이 묻어왔다.

하루아침에 중오가 사라질 수는 없다. 정사 한 번 나눴다고 악인이 부처가 되는 건 아니다. 좋은 결과를 얻으려면, 중오를 버리려면 본인이 노력해야 한다.

사기를 더 이상 심지 않고 깨끗한 수룡을 만들려고 분투해야 한다.

왜화창부는 그러지 못한다. 아직은 혼자 힘으로 밝게 선다는 건 무리다. 깨끗한 면보다 사기 쪽이 더 깊기에 지금 이 순간에도 루검비를 이용할 생각만 하고 있을 것이다.

밥을 짓는다, 세숫물을 떠온다.

그녀는 그런 행동을 하면서 오랫동안 지하 감옥에 갇혀 있다가 사내 맛을 봤기 때문에 자신이 약간 들떴다고 생각할 게다.

아직은 기껏해야 그 정도다.

왜화창부가 진정한 수룡을 깨달으려면 적어도 보름 이상 정사를 나눠야 한다.

"무천까지 얼마나 걸리는지 압니까?"

"여기서 멀지 않아. 사오 일이면 갈걸?"

"보름으로 늘려줄 수 있습니까?"

"왜?"

"신법은 글이 아니라 그림입니다. 장장 백팔십 장이나 되죠. 그만한 그림을 그리려면 보름 정도 소요됩니다."

"동생! 정말 줄 거구나!"

"후후! 준다고 했으니까요. 이미 세상에 알려진 것이니, 굳이 감출 필요도 없죠. 그동안 누님과 같이 있고 싶은데요."

"그건 걱정 마. 나…… 너무 좋았어. 동생이 없으면 못 살 것 같아. 동생은 나쁜 사람이야. 날 이렇게 만들어놨으니. 책임지라고 떼나 써볼까?"

"하하!"

"웃기는…… 책임지라고 조를까 봐 겁나는구나?"

루검비는 정말 웃고 싶었다. 마음껏 소리 내어 푸른 창천에 고하고 싶었다.

고맙습니다. 감사합니다.

환희교를 알게 해주어 고맙고, 수문장을 시켜줘서 감사합니다.

수문장은 세상에서 가장 성스러운 직업이다.

세상을 널리 이롭게 하는 스님이나 도인들처럼 사람의 영혼을 맑게 해준다.

보름 동안 왜화창부를 깨끗한 여인으로 변모시키리라.

수룡의 존재를 깨달아서 또 다른 사내와 정사를 나누더라도 증오나 소유욕, 탐욕이 끼어들지 않고 충만한 사랑만 느낄 수 있는 여인이 되게 하리라.

왜화창부는 무천이 지하 감옥에 가둘 만큼 요부(妖婦)였다.

그녀는 돈만 가진 것이 아니니라. 사내들을 버렸다고 해서 무천이 나설 까닭도 없다. 알 수는 없지만 무천이 직접 나서서 가둘 만큼 큰 죄를 지었을 게다.

그런 여인이 자신 앞에 나타난 것도 운명이다.

더렵혀진 자가 정화시켜 주는 자 앞에 왔다.

이것이 어찌 우연일까.

그는 정이 담뿍 담긴 눈길로 왜화창부를 바라봤다.

'저 자식!'

그녀는 주먹을 불끈 쥐었다.

벌어져서는 안 될 일이 벌어졌다. 이런 일은 일어나서는 안 되는 거였다. 어떻게 압송 중인 죄인이 여인을 품에 안고 희희덕거릴 수 있단 말인가.

그녀는 때때로 총통령의 지시가 마음에 들지 않았다.

"박빙, 너와 소월신투의 관계를 안다. 하지만 이 일에 끼어드는 건 용납 못한다."

백면이 그녀의 등 뒤로 다가오며 차갑게 말했다.

"창피하지 않아요? 왜화창부를 이용할 수밖에 없었나요?"

"창피하다. 그리고 그럴 수밖에 없었다. 저놈은 무력으로 어찌할 수없는 놈이란 걸 알았으니까. 미인계(美人計)라는 거, 내가 처음은 아니잖나."

"환희밀공에 대한 판단은 어떻게 내려졌죠?"

"아직 지시를 못 받았다."

"마공으로 판단되면 죽일 건가요?"

"솔직히 말해주마. 죽이지 않는다. 아직 바깥에 환희밀공을 쓰는 놈이 있으니까 이용할 데가 있겠지. 대신 한 가지는 확실히 약속하마. 앞으로 환희밀공을 수련하거나 넘보는 자는 신분 고하를 막론하고 무천 뇌옥에 갇힐 것이다."

"확실해요?"

"확실하다."

"그럼 저자는 다시 세상에 나올 일이 없겠군요."

"장담한다."

박빙은 그제야 돌아섰다.

"그 말, 확실히 지켜야 할 거예요. 그리고 총통령과 사통령. 제가 항시 지켜보고 있다는 사실도 잊지 마세요."

"잊지 않고 있지. 나도 넌 항시 지켜보고 있으니까."

백면 구욱동은 멀어져 가는 그녀의 등 뒤에 대고 소곤거렸다.

루검비는 내용을 알지 못하고 보면 낯 뜨거운 춘화(春畵)를 하루에 열두 장씩 그렸다.

정성을 다해 그렸다.

얼굴 모습도 생생하게 드러났고, 팔에는 혈관까지 비쳤다.

"이거, 정말 하는 거 같아."

오죽하면 왜화창부까지 감탄했다.

석화의 그림은 이처럼 정교하지 않았다. 비교적 자세히 그린 편이었지만 내용을 알아보는 선에서 그쳤다. 오랜 세월을 거치면서 어쩔 수 없이 퇴색된 부분까지 있었다.

"보름 동안 같이 있으려면 이렇게라도……."

"쉬잇! 밖에서 들어."

루검비는 싱긋 웃었다.

엿듣는 사람은 없다.

예전보다 훨씬 왕성해진 화룡이 반경 십 장 이내에 다른 화룡이나 수룡이 없다고 말해준다.

십 일이라는 시간을 뜨거운 정사 속에 보냈다.

왜화창부의 사기는 거의 칠 할 이상이 소멸되었다. 이제는 악심(惡心)이 들어도 그녀 스스로 조절할 수 있는 지경이 되었다. 최소한 예전처럼 아무런 죄의식도 느끼지 못한 채 세상을 증오하는 일은 없을 것이다.

루검비는 그녀에게 큰 은혜를 주었다. 또한 받았다.

루검비의 화룡은 그녀를 만나기 전보다 두 배는 커졌다.

이제는 십 장 안의 동정쯤은 가볍게 읽어낼 수 있으니, 무인들의 표현을 빌리자면 진기가 급상승했다고 할 수 있다.

그는 왜화창부의 수룡에서 사기를 수거해 왔다. 그녀의 몸에서 자신의 몸으로 날라왔다. 그녀는 사기가 줄어들었지만 그의 몸에는 축적되는 양이 늘어갔다.

이치대로라면 루검비의 화룡이 사악함에 물들었어야 한다.

한데 그게 아니다. 수룡이 만든 악기(惡氣)는 수룡의 성질을 닮았다. 즉, 음기를 띤다. 큰 물줄기인 수룡은 화룡과 음양교합을 이루지만 작은 갈래인 악기는 먹이로 전락한다.

화룡은 악기를 먹으며 더욱 커진다. 그런 상태에서 수룡과 어울리니 탄력이 더해진다. 내리막길을 달려 내려가는데 누가 뒤에서 힘껏 떠밀어주는 것과 같은 상황이다.

그녀가 하나의 성취를 이룰 때, 그는 둘이나 셋의 효험을 얻었다. 그녀는 음양교합만 이뤘지만, 루검비는 음양교합을 치르면서 먹이까지 먹었다.

그러니 엄밀히 말하면 정사를 나눠서 도움을 받은 건 그녀가 아니라 루검비다.

이것이 환희밀공의 정상적인 수련법이다.

혈기왕성한 나이에 색만 밝히면 무슨 일을 하나! 색마밖에 더 되겠는가.

틀린 말이다. 정사를 벌일 때 느끼는 육체적인 쾌락은 아주 지엽적인 것에 불과하다. 화룡이 커지는 느낌은 너무 강렬해서 정사의 절정이라는 사정(射精)이 아주 하찮게 여겨진다.

정사를 벌이면 벌일수록 육체적인 쾌락보다는 화룡에 집중하게 되어 있다.

"무천에는 뭐 하러 가?"

그녀가 불쑥 물어왔다.

"환희밀공에 대해서 궁금한 게 많은가 봅니다. 와달라고 하더군요."

"가지 마."

"네?"

"바보야, 몰라? 가면 죽어!"

"하하! 선택의 여지가 없습니다."

루검비는 소월신투나 채의마옹에 대한 이야기를 꺼내지 않았다.

알지 못하는 사람 이야기를 굳이 꺼내서 마음을 불편하게 하고 싶지 않다.

"우리, 도망가면 안 될까?"

"……"

"내가 누군지 알지? 이런 몸으로 이런 말 하는 게 우습지만…… 나 잘할 수 있어. 너하고라면 평생 잘살 수 있을 것 같

아. 기회는 내가 만들어볼게. 같이 도망가자.”

그녀의 얼굴에 진심이 스며 나왔다.

사람은 거짓말을 할 수 있다. 하지만 내면의 성신은 오로지 진실만을 말한다.

“청음산(淸陰山)으로 가시겠습니까?”

“그 말은……?”

“우린 오 일 후에 헤어집니다. 전 무천으로 가고 누님은 자유를 얻습니다. 갈 곳을 찾으신다면 청음산으로 가세요.”

“청음산에 왜?”

“제가 갈 거니까요. 무천에서 나오는 대로 바로 가겠습니다. 갈 일이 있으니까요. 청음산에 가서서 아무 곳에나 터를 잡고 계시면 제가 찾겠습니다.”

“그 넓은 산에서 어떻게 찾아!”

“장담하는데, 어디에 숨어 있어도 찾을 수 있습니다. 제가 거짓말하는 것 같습니까?”

“아니. 하지만…… 안 가면 안 돼? 무천은 정말 무서운 곳이야.”

루겸비는 그녀를 꼭 껴안았다.

그녀는 둥지를 잃은 새다. 환희교의 품으로 거두리라.

“마지막 그림이에요.”

왜화창부는 마지막 백팔십 번째 그림을 내밀었다.

"후후! 그동안 아주 즐거웠나 보군. 얼굴색이 달라졌어."

백면 구욱동의 눈에 한기(寒氣)가 어렸다.

"다 봤으면서 뭘 물어요. 약속…… 지킬 건가요?"

"뭐? 풀어주는 거? 이미 풀어줬잖아. 한데…… 이게 환희
밀공 신법 맞나? 이거 그냥 춘화 아냐? 보라고. 이 방면에 달
통했으니 알 거 아냐. 이것들은 소녀경(素女經)에 나오는 체
위지?"

용번(龍飜), 호보(虎步), 원박(猿搏), 선부(蟬附), 귀등(龜騰),
봉상(鳳翔), 어접린(魚接鱗)…….

소녀경에 나오는 구법(九法)이 맞다.

"그래요."

"이게 신법이야?"

"전 몰라요. 그려준 걸 그대로 가져왔을 뿐이에요."

쉬익!

백면이 느닷없이 뛰어와 그녀의 목을 움켜잡았다.

"컥! 컥컥……! 이게 뭐 하는…… 컥!"

왜화창부는 숨을 쉬지 못해 컥컥거렸다.

"죽고 싶지 않으면 꼬박꼬박 말대꾸하지 말고 똥개처럼 말
이나 잘 들어. 네깟 계집 하나쯤 이 자리에서 죽여도 뭐라 하
는 사람이 있을 것 같아? 화냥년, 춘화 말고 신법을 가져와!"

백면의 얼굴에 서릿발이 맺혔다. 너무 차디차서 살이 닿을
까 봐 겁났다.

왜화창부는 비로소 백면의 마음을 읽었다. 그의 거친 행동이 무엇을 의미하는지 알았다. 예전 같았으면 단번에 눈치챘으련만 온 마음과 온 정신이 루검비에게 쏠려 있는 탓에 미처 깨닫지 못했다.

"컥! 질투…… 질투하는군요."

"질투? 넌 쓰레기야. 인간이 아닌 쓰레기. 세상에 쓰레기를 질투하는 인간도 있던가. 하하하!"

타악!

백면은 왜화창부를 집어 던지듯 팽개쳤다. 그리고 몹쓸 물건을 만졌다는 듯 손을 탁탁 털었다.

"네가 보름을 달라고 했고, 오늘이 보름의 마지막 날이다. 하니 신법을 가져와."

"가져오지 않으면 세심옥(洗心獄)으로 돌려보낼 건가요?"

"애당초…… 너 같은 계집과 흥정 따위는 없었다. 세심옥으로 돌아가기 싫으면 도주해도 좋다. 사람이 제 발로 나가는 것이야 어쩌지 못하지."

"야비하군요."

"야비한 건 네년이지. 네게 돈 뺏기고, 정 뺏기고, 목숨 뺏긴 사내가 한둘이너냐."

"목숨을 뺏진 않았어요. 정도 뺏시 않았어요. 돈은 주는 건 받았을 뿐이에요."

"그래서 억울하다?"

‘엇!’

그녀는 갑자기 깜짝 놀랐다.

예전에도 억울하냐는 질문을 받은 적이 있다. 세심옥에 들어가기 전이다. 늘 마음속에 담고 있던 생각이요, 말이라서 잊히지 않는다.

　—날 평생 반려자로 생각하고 돈을 줬다고? 그래서 집을 사준 거라고? 제 놈들이 언제든 편할 때 오기 위해서 아니었나? 반려자가 될 생각이 없었다면 받지 말았어야 했다고? 호호호! 어떤 미친년이 공짜로 몸 주냐? 그래, 그 말이 맞아. 돈 따위는 상관없었어. 난 정을 주고받았으니까. 한데 그 자식들은 받은 건 까마득히 잊어버리고 줬다고만 하네? 미친놈들. 주고받는 게 뭔지도 모르는 새끼들과 그 짓을 했으니 이런 벌을 받는 거지. 그리고 그 새끼들이 죽은 게 왜 내 잘못이야? 지들끼리 치고받고 싸웠지, 내가 시켰어? 그놈들이 괜히 싸웠어? 이긴 놈은 날 안고 뒹굴었어. 그럼 난 뭔데? 그 새끼들 죽은 게 왜 내 잘못이냐고!

　그 마음은 변함없었다.

자신이 왜화창부라는 말을 왜 들어야 하는지 알지 못했다.

세상은 못난 인간들이 끼리끼리 살아가면서 잘난 사람들 흠집이나 잡고 늘어지는 그런 곳이었다.

지금은 그런 마음이 일절 없다.

모든 게 자신 탓이고, 자신이 못됐고, 몹쓸 짓을 했기 때문에 일어난 일들이라는 생각밖에 들지 않는다.

무엇 때문에 이런 심경의 변화가 일어났는지 모르지만 아무렇게나 막 살아온 지난날이 부끄럽다.

그렇다고 세상을 못 볼 정도는 아니다.

루검비가 입버릇처럼 하는 말이 있다. 하도 들어서 귀에 딱지가 앉아버렸다.

"과거는 지나가 버렸고, 미래는 오지 않아요. 지난 일은 생각할 필요 없고, 다가올 일도 걱정할 필요 없어요. 과거나 미래를 말하는 사람이 있으면 보여달라고 하세요. 아무도 보여주지 못합니다. 없으니까요. 오늘, 지금 이 순간밖에 없는 거예요."

과거는 되새김에만 쓰인다. 미래는 공상으로 그친다. 중요한 건 지금이다. 과거의 행동이 쌓여서 현재의 내가 되었다면 지금의 행동이 쌓여서 내일의 내가 된다.

아픈 과거가 있는가? 버려라. 과거와 전혀 상관없는 곳으로 가서 새로운 사람들과 새롭게 시작하라. 예전의 잘못을 반복하지 말고 새로운 인생을 살아라.

인생을 완전히 탈바꿈시키는 거다.

어린아이가 별소리를 다한다고 생각했는데……

백면의 물음에 그녀가 놀란 건 예전의 대답과 지금 막 대답하려는 말이 너무 달랐기 때문이다.

그녀는 처연하게 말했다.

"아뇨. 억울하지 않아요. 저로 인해 생긴 일, 제가 마무리지어야죠. 이런 걸 두고 업보라고 하는 것 같은데…… 업보가 깊었나 봐요."

왜화창부는 처연하게 말했다.

꽈앙!

백면은 주먹으로 탁자를 힘껏 내려쳤다.

단단한 나무가 박살 나 부서져 나갔다.

그래도 분이 풀리지 않는다.

"뭐? 억울하지 않아? 제가 저지른 일, 제가 마무리하겠다고! 후후후! 며칠 사이에 성인(聖人)이 다 됐군."

백면은 노기를 터뜨리다 말고 눈을 찔끔 감았다.

'이 무슨 추태인가!'

그는 정말 화가 났다.

왜화창부가 자신 앞에서 소신껏 대답했기 때문이 아니다.

그녀는 하찮은 여자다. 조롱당하고 멸시받아야 마땅한 창기에 불과하다. 그런 여자의 목을 움켜잡았다. 이성을 잃고 분노를 쏟아내며 욕지거리를 했다.

얼마나 못난 행동인가.

그는 자신의 추태가 진정 부끄럽고 화났다.

이게 모두 다 그녀, 왜화창부 때문이다.

그녀는 곱다. 아름답다. 청초하다. 서른 중반이라고 알려졌으나 이제 갓 스물을 넘겼나 싶을 정도로 앳되다. 마음도 곱다. 루검비에게 하는 것을 보면 현모양처가 따로 없다.

신법을 얻어 자유를 누리려고?

아니다. 가식으로 하는 행동과 진심으로 하는 행동은 한눈에 드러난다.

그녀는 진심으로 루검비를 봉양한다. 그렇다! 봉양이다. 받들어 모신다.

또 그녀는 밤이면 밤마다 열락에 들떠 교성을 토해낸다.

낮에는 청초한 난초였다가 밤이 되면 뜨거운 장미가 된다.

놈이 그녀를 안는다. 놈이 그녀를 물고 빤다. 놈이 그녀와 하나가 된다.

"놈이!"

백면은 자신도 모르게 고함을 쩌렁 지르며 주먹을 내질렀다.

쨍강!

이번에는 화병이 깨졌다.

"아……!"

그는 깊은 탄식을 토해내며 털썩 주저앉았다.

머릿속에 왜화창부의 얼굴이, 몸이 뱅뱅 돈다.

왜 이럴까. 한낱 창기를 두고……

"무천에 가면…… 부디 조심해."

"어디로 갈 겁니까?"

"청음산으로 가라며? 청음산에 가 있을게. 꼭 찾아와야 해?"

"알겠습니다."

"그리고…… 우리 한 몸이 되었잖아. 난 이게 부부지연(夫婦之緣)이었으면 좋겠다고 생각…… 많이 했어. 욕심이지?"

루검비는 손을 들어 왜화창부의 볼을 만졌다.

따듯하다. 부드럽다.

그녀의 수룡은 완벽하게 건강해졌다. 사기가 모두 빠져나가서 태어났을 때의 모습 그대로 신선한 활력이 넘친다.

시간이 조금만 더 있었어도 수룡의 존재감을 일깨워 줄 수 있었는데…… 아니다. 그건 욕심이다. 이제부터 그녀가 스스로 수룡의 존재를 찾아나가야 한다.

매일 꾸준히 선화신공을 수련하면 큰 성취를 이룰 것이다.

"저는 누님의 일부입니다. 누님도 저의 일부이고요. 우리는 둘이 아니라 하나입니다."

"아리송하게 말하지 말고 확실히 말해줘. 욕심이지?"

왜화창부는 환희교를 안다. 수문장의 역할도 안다. 그러면서도 한 남자를 독점하고픈 여인의 본능은 어쩌지 못한다. 환

희교나 수문장 같은 말은 모두 지나가는 개에게 주고 심심산
골 깊은 곳으로 숨어들어 단둘이 살았으면 할 게다.

"무천에서……."

'돌아오면 언제나 같이 있을 겁니다.'

하려던 말의 뒷부분이다.

루검비는 말을 중단하고 검미(劍眉)를 찡긋거렸다.

강렬한 살기가 다가온다. 물론 백면이다. 그가 살기를 피
워내어 환희밀공을 끌어낼 때처럼 피 냄새 물씬 나는 살기를
쏘아낸다.

루검비는 눈을 감고 잠시 그의 화룡을 느꼈다.

화룡이 빠르게 돈다. 손끝부터 발끝까지 화룡이 미치지 않
은 곳이 없다. 그러면서도 밖으로 나오는 것은 극히 자제한
다. 안으로만 휘돌릴 뿐이다.

무인이 진기를 끌어올리지 않은 상태에서 살기를 일으켰
을 때 이런 현상이 벌어진다.

이런 경우, 다른 사람은 살기를 느끼지 못한다. 평범한 모
습, 보통의 기운밖에 감지되지 않는다. 루검비처럼 생명의 근
원인 성신을 보지 못하는 한, 속을 수밖에 없다.

백면은 누군가를 죽이려고 한다. 죽일 결심을 굳혔다.

루검비는 그의 화룡이 향히는 곳을 봤다.

왜화창부!

'음!'

침음이 절로 새어 나온다.

백면의 화룡이 왜화창부의 수룡을 느끼자 술주정뱅이처럼 발광하기 시작했다. 투견(鬪犬)이 마주 선 개를 보고 이빨을 드러내며 울부짖는 것처럼 악에 받쳐 날뛴다.

'잘못된 연심(戀心).'

화룡과 수룡이 서로를 끌어당기면 뜨거운 연심이 된다. 한쪽이 일방적으로 다가가면 짝사랑이 된다. 하나 이때도 백면처럼 날뛰지는 않는다. 빠르게 움직이지만 부드러움을 담는다.

백면은 연심과 살기를 섞었다.

연심이 잘못되어 죽이기로 작정한 게다.

"저와 함께 무천에 가시겠습니까?"

루검비가 느닷없이 말했다.

"뭐? 지금 뭐라고 했어?"

"아니, 아닙니다."

루검비가 자신이 한 말을 급히 고쳐 말했다.

그는 말을 하면서 언성을 높였다. 백면의 귀에 들리게끔 일부러 목소리를 높였다.

한데도 그의 화룡은 기세를 늦추지 않는다.

무천에 가는 일과 왜화창부를 죽이는 일은 전혀 별개라는 뜻이다.

자신이 뭐라고 하든 무천엔 자신 혼자 보내질 것이고, 왜화창부는 죽는다.

"선화신공을 수련할 때, 이상한 느낌 같은 것 없었어요?"

마지막 기대다.

왜화창부는 고개를 발딱 쳐들었다.

루검비가 계속 말도 안 되는 말을 한다. 이 말을 했다가 저 말을 하고, 마구 횡설수설한다.

자신의 물음에 대답하기 곤란하니까 이런 식으로 장난을 치나 싶었는데 그의 얼굴을 쳐다보니 긴장감이 어려 있다.

자신이 모르는 무슨 일인가 벌어지고 있다.

"전율이라고 해야 하나? 선화신공을 펼치지 않고 그냥…… 그걸…… 하면 정신만 아득해지는데, 선화신공을 펼치면서 하면 굉장히 황홀하면서 등줄기를 타고 차가운 전율이……."

"하하하! 하하하하!"

루검비는 말을 끝까지 듣지도 않고 앙천광소를 터뜨렸다.

괜한 걱정을 했다. 그녀는 이미 수룡을 느끼고 있었다.

"하하하! 이럴 줄 알았어, 이럴 줄 알았습니다! 하하하! 아주 탁월한 수룡이에요. 수룡 중에 수룡입니다. 하하하!"

루검비는 크게 웃으면서 한편으로는 급히 귓속말을 했다.

3

그녀는 쥐가 되었다.

　사람 발자국 소리가 들리면 으슥한 곳에 몸을 숨긴다. 한 걸음 앞에 더 편해 보이는 은신처가 보여도 발자국 소리가 들리는 한은 꼼짝하지 않는다.

　이윽고 사람이 멀어진다.

　그녀는 온 신경을 차가운 한기에 집중했다.

　한기는 척추를 타고 올라와 머릿속에 담긴다. 아니, 머릿속에서 흔적도 없이 사라진다.

　같은 일이 반복된다.

　밑에서는 꾸준히 올라오고, 머릿속에 이르면 감쪽같이 증발한다.

　처음에는 차가운 기운을 잘 감지하지 못했다. 있는 것 같기도 하고, 어떨 때 보면 한 군데 정체해 있고, 아니, 정말 있는지 의심스러운 마음을 떨치지 못했다.

　그는 이게 가장 큰 적이라고 했다.

　의심하는 마음, 미혹감(迷惑感).

　온전히 믿을 때, 수룡이 느껴진다고 했다. 정사를 나누며 실제로 느껴보지 않았느냐고 했다.

　그렇다. 실제로 느껴봤다. 그렇기에 수룡이라는 게 있다는 걸 믿는다. 그의 말대로 열심히 집중하면 나무를 만질 때처럼 생생하게 느껴지리라 확신한다.

　'이게 환희밀공일 줄이야……'

　그녀는 잠시 호흡을 고르며 주위를 살폈다.

'앗차!'

실수가 감지된다. 언제 어느 때든 수룡을 놓지 말라 했거늘, 금방 놓아버렸다.

수룡이 흔적없이 사라졌다. 이제 다시 느끼려면 마음을 차분히 가라앉히고 밀궁(密宮)에서 피어나는 열화(熱火)를 느껴야 한다. 오직 상상만으로.

손을 사용하여 수음(手淫)을 하면 열화 정도는 금방 느껴지련만, 그는 오직 상상으로 이끌라 했다.

자세는 따로 없다. 그저 편하면 된다. 손과 발의 위치는 집중하는 데 방해만 안 되면 된다.

열화가 피어난다. 차가운 한기가 등줄기를 타고 머릿속으로 스며든다. 또 올라온다. 등줄기가 차갑다. 얼음이 척추를 타고 흐르기에 무척 차갑다.

희한한 것은, 수룡이 느껴질 즈음에는 밀궁에서 피어난 열기 따위는 깨끗이 잊혀진다는 거다.

처음 그가 이런 것을 가르쳐 주었을 때는 참 요상한 것도 있다 싶었다. 쾌락을 두 배, 세 배로 높일 수 있다는 말을 듣고는 피식 웃어버렸다.

사내를 알아도 루검비보다 열 배, 스무 배는 많이 안다. 정사 경험으로 따지면 할아버지와 갓난아기 차이쯤 난다. 환락산(歡樂散) 같은 음약(淫藥)을 복용하면 모를까, 살을 섞는 데 집중하지 않고 다른 데 신경 쓰면서 쾌락을 너 높일 수 있다니.

한데 그게 된다. 실제로 경험했다.

끝없이 치솟는 환열, 쾌락……

정사를 끝낸 후의 느낌도 좋다. 온몸이 날을 듯 가벼워지고, 머리도 개운했다. 세상이 비 온 뒤처럼 맑고 투명하고 상쾌했다.

참 좋은 기법을 배웠구나 했는데…… 환희밀공이었다.

그는 선화신공이라고 돌려 말했지만 환희밀공이 틀림없다.

탁! 탁! 타탁! 타타탁!

갑자기 척추로 치솟던 한기가 기름 튀듯이 톡톡 튀어 오른다.

'화룡!'

그녀는 커다란 나무 뒤에 숨어서 최대한 호흡을 감췄다.

백면은 눈을 감고 지나가는 바람 소리에 귀를 기울였다.

마음이 심란할 때 그가 행하는 습관이다. 당면한 문제에서 신경을 돌려 다른 것에 집중하면 한결 마음이 편해진다.

"죄송합니다. 놓친 것 같습니다."

"이 잡듯이 뒤졌습니다만……."

"세심옥에 있으면서 무공을 배운 건 아닐지. 그렇지 않고서야 이렇게 감쪽같이 사라졌다는 게 믿기지 않습니다."

쓸모없는 놈들이 하찮은 소리를 해댄다.

이런 놈들 아우성을 듣느니 차라리 바람 소리가 더 낫다.

"그만. 없는 건 어쩔 수 없지. 그만 압송해라."

그는 명을 내리면서 마차에 타고 있는 루검비를 힐끔 쳐다봤다.

두 연놈의 작당에 또다시 놀아났다는 것은 불 보듯 뻔하다.

백면은 자신이 당했다는 것보다 왜화창부를 놓쳤다는 게 더 화난다. 연놈이 작당했지만 루검비는 신경 쓰이지도 않는다.

왜화창부를 볼 수 없다.

가슴이 뻥 뚫린 듯 시리다.

그런 계집을 연모라도 하는 겐가. 반드시 죽여서 어쭙잖게 날뛰는 마음을 진정시키려 했는데. 한편으로는 다행이라는 생각도 든다. 살아 있으면 만나게 되는 게 사람 운명이니 언젠가는 보게 될 게다.

진정이 뭔가? 죽이는 건가, 보고 싶은 건가.

그는 흔들리는 마음을 떨쳐 버리려고 급히 앞서 나갔다.

그녀는 숨었던 나무 뒤에서 나와 아무 곳이나 길이 보이는 대로 걸었다.

이것도 루검비가 시켜서 하는 거다.

쥐가 쌀알을 찾아 사방을 헤매듯이 오로지 수룡에 생각을 집중시킨 채 아무 곳이나 걸으라고 했다. 그러면 쌀알이 나올 것이라면서. 마음이 편해질 것이라면서.

아직은 아니다. 편하지 않다. 금방이라도 옆에서 화룡이 튀어나올까 봐 겁난다.

타악! 타아악! 타아아악!

수룡이 다시 튀기 시작했다.

한데 튀는 속도가 달랐다. 화룡이 접근해 왔을 때는 콩 볶듯 급히 튀었는데, 지금은 호박엿 늘이듯 길게 늘어진다.

'뭐지?

수룡에 집중하던 생각을 접고 좌우를 살폈다.

여인이 보였다. 아름답고 날씬하지만 얼굴에 서릿발이 맺혀 있어서 쉽게 접근할 수 없다.

'여인을 보면…… 수룡을 만나면 이렇게 튀는구나.'

그녀는 수룡의 또 다른 반응을 배웠다.

"저…….."

말을 걸자 여인이 쳐다봤다.

"박빙이란 분, 맞죠? 전…… 들어보셨을 거예요. 왜화창부라고. 제가 왜화창부예요."

"뭐라고!"

여인, 박빙은 놀란 표정을 지었다. 그러면서 급히 말을 이었다.

"죽지 않고 살았어? 어떻게?"

무천은 쇄심옥을 만들면서 두 가지 불문율(不文律)을 정했다. 쇄심옥의 전통과 역사와 명예를 걸고 반드시 지켜져야 한다고 각인된 율법이다.

인간 세상에서 영원히 추방시킬 자만 쇄심옥에 들여라.

쇄심옥에 든 자, 죽어서야 나갈 수 있다.

왜화창부의 외출 또한 있을 수 없다. 이는 누가 뭐라고 해도 쇄심옥의 명예를 실추시키는 행위다.

쇄심옥은 반드시 참살한다는 전제 조건하에 그녀를 외출시켰다.

죽은 시신만 나갈 수 있지만 잠시 목숨을 붙여놨을 뿐, 죽은 시신이 나간다는 뜻이다.

백면은 반드시 왜화창부를 죽였어야 했다.

박빙은 그런 사실을 알고 있기에 목적이 달성된 후에 어떤 일이 벌어질지 예견할 수 있었다.

살아 있다. 멀쩡히 살아 있다.

"저 좀 살려주세요."

왜화창부가 털썩 무릎을 꿇으며 머리를 조아렸다.

"루검비가…… 나를 찾아서…… 살려달라 애원하랬다고?"

"네."

"너와 그놈이 발가벗고 뒹군 걸 알아. 그러기 전에 놈에게 경고를 했지. 소월신투를 언급했어. 한데 보란 듯이 너랑 뒹굴더군. 보름 동안이나."

"저희는 연공(練功)한 거예요."

그녀가 급히 말했다.

인정할 수 없는 말이다. 루검비가 선화신공을 알려주었지만, 당시에는 그런 게 있는지도 몰랐다. 오로지 정사에 몰입했고, 끝없는 환희 속에 온몸을 떨었다.

루검비도 연공이라는 말은 사용하지 않았다. '깨달았다'는 말은 종종 들어봤어도 연공이나 운공 운운하는 소리는 일절 입 밖에 내지 않았다.

루검비가 말하라 하니 말한다. 이어지는 말이 생각만 해도 가슴 벅찬 말이기에 자신있게 했다.

"연공? 그럼 환희밀공을 수련했단 말이야!"

"네. 무천에 들어가면 위험이 도처에 깔려 있으니 몸 하나는 지켜야 되잖아요."

"무공을 수련할 테니 몸뚱이를 빌려달라고 했고?"

환희밀공은 흡정대법이다. 환희밀공을 수련하기 위해서는 누군가의 정혈을 빨아먹어야 한다.

박빙이 이해하는 환희밀공은 그랬다.

"네. 그랬어요."

"환희밀공을 쓰면 목내이로 변하는 것 아닌가?"

"반드시 그렇지만은 않아요. 운우지락을 나누면서 키우는 방법도 있어요."

"어떻게 환희밀공에 대해서 그렇게 잘 알아?"

드디어 가슴 뿌듯한 말을 할 차례다. 그녀는 가슴을 활짝 펴고 배시시 웃으며 말했다.

"저는 환희교도가 됐어요. 수문장을 모시는 수문(守門) 제이위(第二尉)요. 영원히 그 사람 곁에서 그 사람을 지켜보며 살아야 하는 수문위예요. 환희밀공에 대해서 들은 건 당연하고요, 그분이 원하신다면 몸을 주는 건 제 의무이자 도리예요. 쉽게 첩(妾)이 됐다고 생각해 주세요."

"처…… 업?"

박빙이 기막혀했다.

그 와중에 첩을 만드는 놈이나, 첩이 됐다고 좋아하는 계집이나.

이러니 끼리끼리 모여서 환희교인가 뭔가를 만드는 것 아닌가. 하고 많은 이름 다 놔두고 환희교가 뭔가, 환희교가.

그녀는 소월신투를 떠올리자 마음이 답답했다.

환희교는 왜화창부 같은 걸레나 루검비 같은 난봉꾼에게 알맞다. 소월신투 같은 여자가 끼어들 곳이 아니다.

그녀는 왜화창부를 루검비가 보냈다는 말에 주목했다.

'괜히 보냈을 리는 없고…… 내가 무천 칠통령 중에 한 명인 것을 아는 놈이 무천의 명예를 짓밟고 이 여자를 살려줄 것으로 확신했단 말이지?'

왜화창부는 천하의 요물이다. 그녀의 배를 거쳐 간 사내가 수백은 될 거라는 소문이다.

놈이 이런 여자와 몸을 섞었다.

왜화창부는 놈과 살을 섞은 걸 자랑스럽게 말한다.

이 여자를 소월신투에게 데려가야 한다. 하면 그녀의 들뜬 마음도 착 가라앉으리라.

'새끼가 그래도 한가닥 양심은 있었네. 소월신투가 넘보지 못할 나무란 건 알았나 보지.'

그녀는 왜화창부를 보면서 탈출 방법을 모색했다.

*　　　*　　　*

"이게 신법이란 말인가?"

"확인해 봤습니다. 상관세가 가주가 은밀히 소장하고 있는 지법 석화와 동일합니다."

"인법은 고문이고, 지법은 이것이고, 천법은 석관이라……하면 석관을 찾아야겠지?"

"신군. 신군께서는 환희밀공을 원하시는 겁니까?"

"원한다는 말은 좀 그렇군. 호기심이 생긴 것뿐인데 원한다고 말할 것까지는 없지 않나."

"죄송합니다."

"내가 믿는 사람이 자네밖에 더 있어? 쯧! 한데 그깟 계집 일 하나 변변히 처리 못하고…… 이 무슨 망신인가. 허허!"

"······."

"괜찮네. 살다 보면 이런 일, 저런 일 다 있는 거지. 내가 언제 자네 뒷감당을 미뤄본 적이 있던가? 쇄심옥에서는 아무 말도 하지 않을 테니 염려 말고. 이미 다 말해놨네."

"감사합니다."

"이 사람, 감사하기는…… 정 마음이 그렇다면 뭔가 보답을 해도 괜찮고."

"석관을 찾아보겠습니다."

"후후후! 역시 자네야. 여기 통령들이 자네처럼 말이 잘 통하면 좋겠는데. 후후후!"

광전신군 장해파의 눈길은 춘화에 머물러 떨어지지 않았다. 백면 구욱동을 향해 말을 걸지도 않았다. 스스로 알아서 나가라는 축객령이다.

"남의 밑도 어지간히 닦아야지, 이거 냄새나서……."

서자묵이 술잔을 기울이다가 구욱동을 보고 한마디 툭 쏘았다.

"술이나 마셔. 똥 묻은 놈 곁에 가봐야 똥밖에 더 묻어? 괜히 술맛 떨어지게 똥 냄새 맡지 말고 코 딱 막고 술이나 마셔."

초진량도 비웃었다.

구욱동은 못 들은 척 지나쳤다.

평생 통령만 하다가 죽을 놈과 야망을 가진 자는 근본이 다르다. 놈들은 들개고, 자신은 호랑이다. 들개들이 비록 사나워 보여도 결국은 호랑이 먹이밖에 안 된다는 사실을 조만간 알게 될 것이다.

그때, 그의 귀에 한가닥 전음이 들려왔다.

[서(徐) 소저께서 아미(峨眉)를 찾아가셨습니다.]

[지금?]

[네.]

순간, 구욱동의 눈가에 이채가 번뜩였다.

박빙(薄氷) 서채하(徐彩霞), 그녀는 일 년에도 몇 번씩 아미산(峨眉山)을 찾곤 했다. 명절 같은 때는 특별한 일이 없는 한, 늘 아미산을 찾았다.

당연하다. 무천 사람들 중 그 누구도 이상하게 생각하지 않는다.

그녀는 아미파(峨嵋派) 속가제자(俗家弟子)다. 제자가 사문(師門)을 찾는 게 뭐가 이상한가.

한데도 구욱동은 이상한 예감이 들었다.

그녀는 눈초리를 루검비에게서 한시도 떼지 않았다. 모적방의 부탁도 부탁이지만 총통령과 자신에 대한 이질감이 그녀를 감시의 눈초리로 만들었다.

그런데 정작 무천에 압송해 오자 사라졌다? 이제부터 본격적으로 놈의 안위를 살펴야 하는데?

그는 입술을 오물거려 전음을 보냈다.

[걸어서?]

[마차를 탔습니다.]

더욱 이상하다. 그녀는 단 한 번도 마차를 쓴 적이 없다.

[동행자는?]

[없습니다.]

[알았다. 내가…….]

구욱동은 전음을 보내다 말고 입을 다물었다.

서자묵이 쳐다보며 빙글빙글 웃고 있다. 초진량의 입술 꼬리도 살짝 비틀어져 있다. 그들은 마치 ‘소리 내어 말하지도 못하는 쥐새끼’ 라고 놀리는 듯했다.

‘이 자식들이!’

구욱동의 미간도 찌푸려졌다.

이 순간, 그는 급히 명을 내려야 한다는 사실을 망각해 버렸다.

초진량이 손으로 술을 찍어 탁자에 글을 썼다.

왜화(歪貨).

서자묵이 알게 모르게 고개를 끄덕였다.

초진량이 다시 글을 썼다.

추적(追跡), 사(死).

서자묵은 고개를 가로저으며 말했다.

"오늘은 똥 냄새를 너무 맡아서인지 술을 마셔도 취하지 않는군. 에잇! 술맛도 떨어지고…… 그만 마셔야겠어."

"술 안 마시면 뭐 하려고?"

"밀린 빨래나 하고 잠이나 퍼자야지 뭐."

"정말…… 그럴 생각이야?"

"그래야지, 그럼 뭐 해? 똥 냄새 맡지 말라며?"

"뒷간이 지저분하면 치우는 방법도 있지."

"내버려 둬. 누군간 치우겠지 뭐."

초진량은 잠시 생각하더니 술잔을 놓고 일어섰다.

박빙의 부탁대로 구욱동의 직관력을 흐려놓기는 했는데, 그래도 찜찜하다.

통령들에게 세심옥의 명예 따위는 개똥만도 못하다. 하지만 세심옥의 불문율이 깨져서 무천의 명예에 흠집이 생기는 건 곧바로 통령들의 위신과도 연결된다.

왜화창부는 죽어야 할 여자다.

그녀에게 악감정이 있는 건 아니다. 그녀가 과거에 어떤 여자였고, 어떤 짓을 했든 상관치 않는다. 그들의 관심을 끌어당기는 건 강한 마공을 지닌 마인이나 지독한 살인마뿐이다.

죽어야 할 여자이기에 죽여야 하는 거다.

그 이유밖에 없다.

박빙이 잠시 숨을 더 붙여놓는 것에 불과하다며 데려갔지만 그것마저도 용납할 수 없다. 그래서 뒤를 추적하여 박빙의 용건이 끝나면 직접 죽이려고 했다.

그렇게까지 할 필요가 뭐 있냐고?

있다. 이전까지는 왜화창부 사건에 백면만 끼여 있었지만 이제는 박빙까지 가세했다.

이제는 세심옥 사건이 아니라 통령들 사건이 되었다.

마무리는 확실히 해야 하는데…… 서자묵은 박빙을 믿자고 하고, 초진량은 믿기로 했다.

"밖으로 나가지. 내 냄새나지 않는 곳을 알거든."

"자시쯤 되면 쫓아내는 곳 아냐?"

"아냐. 밤새도록 마셔도 돼."

두 사람은 어깨를 나란히 하고 걸어갔다.

구욱동은 곧 자신의 실수를 깨달았다.

통령은 아무나 되는 게 아니다. 뛰어나야 한다. 그중에서도 칠통령쯤 되려면 탁월한 게 한 가지쯤은 있어야 한다.

구욱동은 직관력으로 살아남았다.

그는 이성적인 판단보다 자신의 느낌을 우선시한다. 모두가 오른쪽으로 가도, 느낌이 왼쪽으로 들면 왼쪽 길을 택

한다.

항상 그래 왔다. 그리고 자신의 느낌은 한 번도 자신을 실망시킨 적이 없다.

얼마 전까지는 분명히 그랬다.

그런 직관이 무너지고 있다.

왜화창부가 도주한다는 사실을 눈치채지 못했다. 그때는 어찌 된 일인지 눈에 루검비만 들어왔다. 놈이 죽이도록 미웠다. 놈을 보는 순간, 놈의 품에서 교성을 지르는 왜화창부가 떠올랐다.

왜 그런 미숙한 생각을 했을까?

지금도 그때 일을 생각하면 고개만 갸웃거려진다.

덕분에 왜화창부를 놓쳤다.

완전히 놓친 것은 아니다. 방원 이 리를 급히 포위하면 잡을 수 있다는 느낌이 들었다. 그녀의 발걸음은 무척 느릴 것이고, 발 빠른 무인들이 목을 차지하고 있으면 꼼짝없이 걸려들 것이다.

두 번째로 느낌이 빗나가는 순간이었다.

그녀는 자신의 느낌을 비웃기라도 하듯 흔적조차 남기지 않고 유유히 빠져나갔다.

이번에 또 느낌이 들었다.

마차를 추적해야 한다. 마차 안에 왜화창부가 있다.

박빙과 왜화창부를 연결시킬 고리는 전혀 없다.

그녀들이 만나는 일도 없을 뿐 아니라 같이 마차를 타고 간다는 것은 생각도 못한다.

박빙은 아미파에서 여승들과 함께 구도의 길을 걸어왔다.

그런 그녀가 시궁창보다도 더 더러운 왜화창부와 함께 마차를 탄다는 건 꿈에서도 있을 수 없다.

그러나 느낌은 달랐다. 마차 안에 왜화창부가 있다고 말한다.

그때 바로 추적했어야 한다.

초진량과 서자묵이 노골적으로 비웃지만 않았어도 추적했을 게다.

느낌이 또 온다.

서자묵과 초진량은 박빙과 연관있다. 그녀의 사주를 받았거나 최소한 무슨 일이 벌어지는지는 안다. 또 있다. 지금은 마차를 추적해도 왜화창부를 찾지 못한다. 그녀는 이미 빠져나갔다.

정보에 바탕을 둔 논리적 판단이 아니라 순간적으로 떠오른 직관일 뿐이지만, 그는 자신의 생각을 믿었다.

'초진량…… 서자묵…… 박빙…… 너희들! 두고 보겠어!'

第二十四章
정교(正敎)와 이단(異端)

환희밀공

1

묶였던 손발은 풀렸다.

행동도 자유로워졌다. 일어나서 왔다 갔다 움직여도 제지하는 사람이 없었다.

덜컹!

문이 열리며 네 노인과 한 여자가 들어왔다.

두 노인은 풍채가 좋다. 키도 크고 몸도 크며, 얼굴 윤곽도 굵직굵직하다. 한 노인은 키가 작고 행동도 가벼워 보인다. 어린아이 같으면 촐싹거린다는 말이 딱 맞을 것이다. 뒤따라 들어서는 노인도 풍채가 좋다. 약간 뚱뚱한 편에 머리가 약간 벗겨졌다.

대체로 인상들이 좋다. 모두 마음이 선한 사람들이지, 나쁜 사람들은 아니다.

화룡이 넷, 이들이 오는 줄 알고 있었다. 회랑(回廊)을 굽이 도는 순간부터 눈치챘다.

이어서 여인이 들어섰다.

"엇!"

루검비는 여인을 보고 깜짝 놀랐다.

아는 여인이다. 어떻게 저 여자를 잊을 수 있을까. 팔십 년을 산다고 해도 잊지 못할 여자다.

"유화……."

한 이름이 신음처럼 새어나갔다.

유화는 그를 힐끔 쳐다봤을 뿐, 알은척도 하지 않았다.

이제야 알겠다. 어떻게 해서 무천이 환희밀공에 대해 소상히 알게 되었는지.

그들이 의자에 앉았다.

"시작하지."

그중 한 노인이 걸걸한 음성으로 말했다.

"흠! 루검비, 육반루가의 후손이라고?"

키 작은 무인이 장난처럼 물어왔다.

루검비는 유화를 쳐다봤다.

그녀는 쳐다보지도 않는다. 쌀쌀맞기가 오뉴월 서릿발 같다.

‘모든 것을 말했나?

그녀가 아는 모든 것이 앞에 앉아 있는 네 노인에게 전해졌다.

"그렇습니다."

루검비는 순순히 시인했다.

"그 환희밀공이란 것 말이야. 남자와 여자…… 그러니까 응응을 해서 수련한다던데, 맞나?"

"허! 응응이라니."

옆에 있던 노인이 마뜩찮은 표정을 지었다.

"응응이 뭐가 어때서? 그럼 그게 응응이지 으응일까. 자자, 이런 늙은이 말은 신경 쓸 것 없고, 우린 우리 이야기를 하자고. 말해봐. 응응하면서 수련하는 게 맞나?"

"맞습니다."

루검비는 순순히 시인했다.

그는 시간이 지날수록 등에서 식은땀이 흘러 견딜 수 없었다.

유화 곁에 앉아 있는 머리가 벗겨진 노인은 개의치 않아도 된다. 그는 무공을 모른다. 그의 전신에 감도는 화룡도 평화롭다. 여간해서는 격동하지 않는다.

그는 사람을 살리는 쪽에 서 있다.

다른 세 노인은 다르다. 겉모습은 장난기 가득하고, 친할아버지처럼 포근해도 일수(一手)에 태산을 뭉갤 사람들이다.

지금껏 많은 사람을 만나봤다.

그중에 가장 강한 사람은 상관세가의 가주였다.

이들은 상관가주를 뛰어넘는다.

실질적으로 어떤 무공을 지녔고, 얼마만한 위력을 보일지는 모른다. 자신의 판단과는 달리 눈앞의 세 노인보다 상관가주가 더 강할 수도 있다.

그는 무공을 보지 않았다. 화룡을 봤다.

이들의 화룡은 활화산처럼 활활 타오른다. 생동감있게 움직인다.

노인이 정말 호기심 어린 눈으로 물어왔다.

"웅웅하면서는 진기를 뺏지 않아? 어린아이가 과자를 앞에 두고 참는 것과 같을 텐데, 견디기는 어땠어?"

"환희밀공은 무공이 아닙니다."

"허! 무공이 아니라네? 내가 그랬지? 우리 눈깔이 삐었다고. 봐, 무공이 아니라잖아."

키 작은 노인은 말을 하면서 앞으로 걸어왔다.

"어디 구경 좀 해볼까? 환희밀공을 써봐."

"넷?"

"젊은 놈이 귀까지 먹었나, 환희밀공을 써보라고."

노인은 손을 내밀었다.

환희밀공이 아니라 흡정대법을 쓰라는 소리다.

"환희밀공은 무공이……."

"알았어, 알았어. 알았으니까 상관세가 어린애들을 죽일 때처럼 진기를 빨아보란 말이야."

"그럼 노인장께서 위험……."

"그것참, 말 많은 놈일세."

노인은 다짜고짜 루검비의 팔목을 거머쥐었다. 그때!

쏴아아아아!

노인의 손에서 강력한 흡인력이 일어났다.

혈관이 바짝 좁혀지고, 피부가 집게로 집힌 듯 아프다. 그러나 정작 놀랄 일은 따로 있다.

화룡이 끌려간다!

"엇!"

루검비는 깜짝 놀라 화룡을 일으켰다.

앞뒤 생각할 시간이 없었다.

이체관통! 반공(胖功)!

꾸르르릉!

화룡이 노인의 몸속으로 들어갔다. 들어가는 입구는 완맥(腕脈)이었으나 곧 임맥을 찾아 승장혈로 솟구쳤다.

여기서부터는 일사천리다. 밑으로 내리꽂혀 수분혈까지 치달린다.

임맥을 위로 타고 올랐다가 다시 내리꽂히니 승장혈로 들어와 수분혈로 나오는 것보다 훨씬 충격이 크다.

"흐음!"

노인이 얕은 신음을 토해냈다.

기이한 현상은 그때 일어났다.

돌아 나와야 할 화룡이 나오지 않는다. 수분혈을 찾았고, 빠져나오려는 순간, 혈이 막혀 버렸다. 입구가 봉쇄된 것이다. 하나 이는 가상의 화룡이 남겨진 것이 아니라 실질적인 화룡이 남았기 때문에 반공이 더욱 격렬하게 일어난다.

루검비의 화룡과 노인의 화룡이 본격적으로 싸우기 때문이다.

노인도 그 점을 아는 듯했다.

꾸르르룽!

노인은 진기를 모아 몸속에 들어온 화룡을 압박했다. 흩어지지 말고 한곳에 뭉쳐 있거라. 이놈들! 길을 인도할 테니 따라오거라. 그래, 여기다. 여기서 밖으로 나가는 거야. 안 나가는 놈은 치도곤을 칠 테니 썩 나가거라.

파아아앗!

루검비의 화룡은 노인의 장심을 통해 밖으로 쏘아졌다.

루검비의 몸으로 돌아온 것이 아니라 아무도 없는 빈 허공에 쏘아진 것이다.

"으으……!"

루검비는 자신의 생기가 허공에 흩어지는 모습을 보면서 정신을 잃었다.

다시 정신이 들었을 때, 그의 앞에는 두 사람만 남아 있었다.

머리가 벗겨진 노인이 연신 침을 찔렀다. 유화는 옆에서 수발을 들었다.

"곡침(曲鍼)."

잔잔한 음성이 울리자 유화는 침 하나를 들어 노인에게 건넸다.

그 모습이 극히 자연스럽다. 한두 해 수발을 든 모습이 아니다.

푹!

곡침은 그의 몸에 꽂혔다.

"대침(大鍼)."

손가락 두 개 길이의 큰 침이 건네졌다.

푹!

어디를 어떻게 찌르는 걸까?

침이 몸에 꽂히고 있다는 건 알겠는데, 어떤 통증도 일어나지 않는다. 마치 남의 몸에 꽂는 듯 전혀 아프지 않다. 하다못해 따끔거리기라도 해야 하는데 그것마저도 없다.

"끝났구나."

노인이 허리를 쭉 폈다.

"괜찮니?"

"예, 괜찮습니다."

"환희교에 대한 미련이 많을 텐데."

"잘못 생각하셨습니다. 전혀 없습니다."

"이놈을 이렇게 보내도 되는지 모르겠다. 잘못이라면 환희밀공을 수련한 것밖에 없는데."

"그게 죽을죄입니다. 언제 어떻게 변할지 모르니까요."

유화는 전혀 딴사람이 된 듯 쌀쌀맞았다.

"자! 이게 바로 생사침(生死針)이다. 마지막 하나. 삶과 죽음을 가를 수 있는 유일한 침. 네 마음대로 하거라."

노인은 침 하나를 유화에게 건네주었다.

유화는 침을 받자마자 루검비의 몸에 푹 찔렀다.

아무렇지도 않다. 뭐가 생사침이란 말인가. 의식도 멀쩡하고, 몸도 멀쩡하고…… 고통이 전혀 느껴지지 않는데 설마 죽은 건 아닐까? 혼이 몸에서 빠져나가 자신을 내려다보고 있는 것일까?

"가자. 여기 일은 끝난 것 같고…… 이제 상관세가만 마무리하면 되겠구나."

루검비는 그제야 노인이 누군지 알아냈다.

구생 갈굉촉과 함께 중원 의계를 주무르고 있는 중원제일의(中原第一醫) 무류(無瑠) 왕신파(王新波)다.

한 사람은 '이 시대 최고의 의원'이라는 소리를 듣고 있으며, 또 한 사람은 '중원제일의'라고 하니 두 사람 중 누가 최고인지 판가름할 필요가 있지 않을까?

뚱뚱한 의원, 왕신파가 걸어나갔다.

유화는 그 뒤를 쫓았다. 그녀는 방문을 닫고 나가는 순간까지도 루검비에게 일별조차 던지지 않았다.

"상관세가는 환희밀공과 관계없다며?"

"눈 가리고 아웅이지. 관계있는 걸 세상이 다 아는데 없다고 하면 쓰나."

"소문은 그렇게 났어도 증거가 없대."

"샅샅이 뒤져 봤대?"

"천목대(天目隊)가 이 잡듯이 뒤졌대."

"그 소리는 나도 들었는데, 천목대가 나섰다고. 그래도 없더래?"

"없더라니까."

"그럼 정말 없는 건대? 상관세가주가 효웅(梟雄)이라더니, 정말 그런가 보네. 있긴 있을 텐데, 어디다 숨겼데?"

"글쎄 말이야."

루검비는 잠결에 떠드는 소리를 들었다.

아니, 잠을 자고 있지는 않다. 정신은 깨어 있는데 어찌 된 일인지 움직일 수가 없다. 정신도 멀쩡한 게 아니다. 비몽사몽이라고 해야 하나? 눈은 물속에 가라앉아 수년 위를 보는 것처럼 흐릿하고, 귀도 한 겹 막을 씌운 것처럼 먹먹하다.

'화룡…… 화룡……'

몸을 일으키려면 화룡이 필요하다. 그래서 화룡을 찾았다. 화룡이 없으면 목숨이 끊어졌을 테니, 희희덕거리는 소리도 들리지 않을 것이다.

살아 있다. 그래서 보고 듣는다. 그럼 화룡도 있어야 한다.

한데 아무리 찾아도 없었다. 의념으로 몸 구석구석을 샅샅이 누벼도 화룡 비슷한 것조차 보이지 않았다.

어떻게 이런 일이 있을 수 있나?

"다 왔네."

"아이구! 피곤하다. 빨리 이놈을 넘겨주고 술이나 한잔해야겠다."

"쯧! 불쌍한 놈. 아직 나이도 새파란 것이 어디 배울 게 없어서 요상한 걸 배워 가지고……."

"그러게 말이야. 이놈아, 다음 세상에 태어나거든 좋은 사람은 되지 못할망정 나쁜 놈은 되지 말거라."

"뭣들 하는 거야! 안 넘겨!"

"넘긴다, 넘겨. 먼 길 온 사람도 있는데 뭘 그리 서둘러! 이름 루검비, 나이 십팔 세. 죄명 일(一), 마공 환희밀공 수련. 이(二), 환희밀공을 이용하여 흡정, 다수 살상."

"이놈이 요즘 기녀들을 목매달게 한 그놈이야?"

"아니. 그놈은 아직 안 잡혔고, 이놈은 다른 놈이야. 앞으로 환희밀공을 수련한 놈은 모두 이놈 꼴이 될 것 같아. 삼관(三觀) 어르신들이 직접 보고 마공 중의 마공이라고 결론 내렸거

든. 들은 소문인데, 노동거사(老童居士)께서 이놈과 손속을 나
눈 후 몸져누우셨대. 기혈이 뒤틀려서 일 년 이상 요양해야
될 것 같다네."

"노동거사를 그렇게 만들 정도면…… 휘유! 제압은 철저히
했지?"

"물론이지. 중원제일의 무류께서 손수 하셨어. 이놈, 앞으
로 영원히 이런 상태로 지낼 거야."

"뭐야? 귀찮은 짐이잖아!"

"대충 돌보는 척하다가 없애 버려. 일가붙이 하나 없는 놈
이라 죽어도 뭐라 할 놈 하나 없어."

몸이 들렸다.

흐릿한 풍경들이 마구 흔들린다.

누군가 허리를 움켜잡고 걸어간다.

여기가 어디인지는 짐작되는 바가 있다.

'세심옥.'

철퍼덕!

몸이 물속에 가라앉는다.

맑은 물이 아니다. 무척 탁하다. 수초 같은 것도 많다. 잠시
동안 얼굴이 묻혔을 뿐인데, 얼굴 가득히 진흙더미 같은 것이
덕지덕지 달라붙었다.

"여기다 놔도 될까?"

"이틀만 놔두자고. 그럼 온몸에 부스럼이 필 거야. 그런 다음 쥐 밭에 던지면…… 후후! 장담하건대, 닷새면 끝날 거야."

"닷새도 안 걸리겠는데 뭘. 이런 상태에서 쫄쫄 굶기면 이틀이면 끝날걸?"

"내기할까? 난 닷새."

"좋아. 난 이틀. 아니, 사흘. 사흘로 하자."

"치사하게 바꾸기가 어디 있어? 좋아, 내 인심 쓴다. 사흘 대 닷새다? 지는 사람이 코 삐뚤어지게 술 사는 거야?"

"좋아!"

그들이 멀어졌다.

뭐가 어떻게 된 건가?

그나마 다행인 것은 자신만 일방적으로 손해 본 건 아니라는 거다.

그때 화룡을 가뒀다가 장심으로 발출한 노인이 아마도 노동거사일 것이다.

그는 일 년 동안 요양해야 된단다.

반면에 자신은 멀쩡하다. 몸을 이상해져서 그렇지, 의식은 있다.

루검비는 몸에 집중했다.

'어디가 잘못됐는지 알아야 하는데…….'

"뭐야! 누가 오물통에 처박아놓으랬어!"

"큰 소리치지 마시오. 이 안에 들어온 이상 어디다 어떻게 놓든 우리 자유요."

"그래? 후후후! 반 각 후에 대력검선(大力劍仙)님께서 오신다. 이놈에게 물어볼 게 있으시다던데."

"뭐, 뭐요! 그 말을 왜 이제. 야! 뭐 해! 빨리 이놈 꺼내! 어서! 어서 씻겨! 뭐 하는 거야! 빨리 움직이지 않고!"

갑자기 주위가 소란스러워졌다.

"윽!"

루검비는 고개를 옆으로 확 돌리며 인상을 잔뜩 찡그렸다.

코밑에 무엇을 댔는지 역한 냄새가 머리를 울린다. 숨이 꽉 막힐 정도로 지독한 냄새다.

"천천히…… 천천히 해."

묵직한 음성이 들렸다.

노동거사라는 노인이 자신에게 질문을 던질 때, 옆에서 비웃던 노인이다.

곰처럼 우악스런 몸에 손발이 유난히 커 보였던 노인.

'대력검선.'

루검비는 마음속으로 몇 번이고 대력검선이라는 말을 되뇌였다.

자신이 모종의 금제를 당했다는 것은 예전에 알았다. 몸 어디가 잘못되었는지 살펴본 결과 의식이 몸을 인식하지 못한다는 걸 알았다. 한마디로 목 아래의 신경이 제압된 것이다.

왜 이런 금제를 당해야 하나?

환희밀공이 마공으로 분류되고, 환희밀공을 수련한 사람은 모두 쳐 죽인단다.

할 말이 없다.

무림이 환희밀공을 그렇게 생각한다는데 어쩌겠는가.

루검비는 노동거사를 용서했다. 대력검선도, 또 아직 별호조차 모르는 또 한 노인도 용서했다. 자신에게 금제를 가한 무류 왕신파도 용서했다.

모두 용서했다.

머리는 몸을 인식하지 못하지만 몸이 살아 있으니 화룡도 움직이고 있을 것이다.

화룡에게 좋은 먹이를 줘야 한다.

증오나 분노, 복수심 같은 것은 아무 도움도 안 된다. 될 수 있는 한 따뜻한 마음을 보내줘야 한다. 진실한 사랑이 어렵다면 그저 즐거운 마음이라도 건네줘야 한다.

지금까지 그런 마음으로 지내왔다.

그런데 막상 자신을 이렇게 만든 장본인인 삼관 중 대력검선의 음성이 들리자 갑자기 성난 분노가 치민다.

눈을 떠 그의 얼굴을 보면 도저히 용서하지 못할 것 같다.

'대력검선…… 대력검선……'

속으로 노인의 별호를 몇 번이나 되뇌었는지 모른다. 그를 용서하기가 그렇게 어려웠다. 이미 용서했다고 생각했는데, 아니었나 보다.

"윽!"

루검비는 다시 비명을 지르며 고개를 돌렸다.

그가 눈을 뜨지 않자 아직 정신을 차리지 못한 줄 알았는지 코밑에 역한 게 디밀어졌다.

그래도 눈을 뜨지 않았다.

이윽고 눈을 떠도 괜찮다는 마음이 들자 눈을 떴다.

눈앞에 그때 방 안에서 본 노인이 앉아 있었다. 왼쪽에 사내 한 명이 서 있고, 그 외에는 아무도 없었다.

노인이 손짓을 하자 옆에 선 사내가 포권지례를 취한 후, 밖으로 나갔다.

노인이 입을 열었다.

"고생이 많지?"

2

루검비는 웃으려고 했다. 허나 볼이 씰룩거리지를 않는다. 안면 근육조자 금세되었다.

"용…… 건."

"젊은 사람답게 성격이 급하군. 좋네, 내 단도직입적으로 말함세. 환희밀공 구결을 말해줘야겠네. 하면 단전을 파괴하

는 선에서 징벌을 그침세. 여기서 나가게 해주겠다는 말일
세."

루검비는 대력검선의 화룡을 읽으려고 했다.

읽히지 않는다. 자신을 알아야 남을 안다. 화룡을 읽는 도
구, 자신의 화룡이 있어야 타인의 것을 읽는다.

화룡을 읽을 수 없으니 눈빛으로 진심을 본다.

못 보겠다. 대력검선은 헛나이를 먹은 사람이 아니다. 그
의 하루하루는 피와 땀의 연속이었다. 마음 하나 감추는 것쯤
은 식은 죽 먹기다. 하물며 세상 경험이 없다시피 한 루검비
를 상대로 심력 대결을 펼치면 백전백승이다.

남은 건 추측이다.

대력검선이 왜 이런 말을 할까? 화룡을 온몸으로 받아들인
후, 다시 토해내는 지경에 이른 사람이다. 그렇다면 마음만
먹으면 흡정대법 정도는 만들어낼 수 있다는 말이 된다.

다른 사람들은 흡정대법을 배우기 위해 구결이 필요하다
지만 삼관은 그럴 필요가 없다.

그들에게는 환희밀공이 아무 가치도 없다.

'아!'

딱 하나, 노동거사!

노동거사의 상태가 의외로 심각하다. 일 년 정도 요양하면
되는 상태가 아니라 죽어가고 있다.

물론 중원제일의 왕신파에게 보였을 게다.

그럼에도 대력검선이 직접 올 정도라면…… 틀림없이 왕신파가 두 손 들었다.

환희밀공 구결을 연구, 참오하여 노동거사의 기혈을 바로잡으려는 것이다.

루검비는 대력검선이 왜 왔는지 이유를 알았다.

그는 다시 눈을 감으며 말했다.

"노동거사와 저. 아직 싸움이 끝나지 않은 것 같습니다. 무인들이 말하는 내력 싸움에서 이제는 누가 먼저 죽느냐 하는 싸움으로 바뀐 것 같군요."

"고집 피운다고 될 일이 아니지. 앞으로 무척 괴로워질 게야."

"대력검선님께서 오시기 전에 제가 어디 있었는지 들으셨습니까? 혼미한 상태에서도 들리더군요. 오물통에 처박아놨다고요? 사람이 죽을죄를 졌어도 그리 처리한다는 건 잘못입니다. 앞으로 괴롭다? 현재 제 모습보다 더 괴롭겠습니까?"

"허! 어디 지켜봄세. 쯧! 결국은 토설할 것을."

대력검선이 혀를 찼다.

환희밀공의 구결이라는 것, 말해줄 수 있다.

코에 걸면 코걸이, 귀에 걸면 귀걸이인 명언집(名言集)일 뿐인데 무얼 이끼라.

환희밀공을 수련하는 데 도움이 되기는 하지만 결국은 몸에서 떼어놓아야 하니, 차라리 처음부터 모르는 편이 낫다.

아이는 태산을 오르지 못한다. 그래서 나무에 올라 넓은 세상을 보게 한다. 아주 넓은 세상이 아니라 나무 위에서 볼 정도, 딱 그 정도로 넓은 세상이다.

아이가 커서 태산을 오르면 나무가 필요없다.

나무보다 훨씬 더 큰 세상을 본다. 나무에서 본 세상도 함께 본다. 넓고 넓은 세상이 한눈에 들어온다.

한데 어렸을 때 올랐던 나무가 떨어지지 않고 몸에 붙어 있다고 가정해 보자. 얼마나 귀찮겠나. 태산에 오르기 위해서는 나무에 올랐다가 다시 내려와 산을 올라가야 한다고 하면 성질나서 견디지 못할 것이다.

인법 구결이 그렇다.

천법을 거칠 때까지는 좋은 길잡이가 되어준다.

그러나 루검비가 경험했다시피 인법, 지법, 천법을 통해 수련한 환희밀공은 살기와 색기로 가득 차서 사람을 악마로 변모시킨다.

도고일척(道高一尺) 마고십장(魔高十丈).

이 말이 딱 맞다.

도가 한 자쯤 높아지면 마는 십 장이나 높아진다. 백 배나 된다.

도를 키우는 것보다 마를 키우는 것이 빠르다. 혹독한 수련으로 마를 키우되, 마가 발광하지 못하도록 철저히 통제한다.

여인을 범하면 환희밀공이 깨진다는 거짓 동자공은 그래서 나왔다. 천법에서는 여인을 범하지 않고도 색정을 처리할 수 있는 방법까지 제시했다.

사단을 일으킨 것은 자신이다.

괜히 경험을 한답시고 세상에 나갔다가 사람을 살상했다. 살기는 높아졌고, 색정도 강해졌다. 영원히 돌아올 수 없는 길을 그때 건너고 말았다.

도득등봉(到得登峰) 칙마자퇴(則魔自退).

봉우리에 오르고 나면 마는 절로 물러난다.

교주가 이런 경지를 일깨워 주었다. 몸에 깃든 악기를 모두 뽑아 자신이 가졌다. 그녀는 결국 상관세가에서 죽었지만, 그때 죽지 않았어도 오래 살지 못할 운명이었다. 루검비의 몸에서 빼낸 악기가 그녀의 생명을 갉아먹었을 테니까.

루검비는 봉우리에 올랐고, 악기는 사라졌다.

이 순간, 삼법은 작은 나무가 되었다.

과거의 배움에 구애받지 않아야 한다. 잊을 수 있으면 잊고, 버릴 수 있으면 버려야 한다.

자신은 아직도 과거의 습관을 잊지 못했다.

여인과 관계를 가질 때면 지법의 석화를 응용한다. 여인의 수룡을 끌어올릴 때는 천법 석관의 운공비결을 사용한다. 자신의 몸에서는 화룡이 일어나고, 석관에 담긴 물은 수룡이 되어 움직이고…… 그 모습을 여인에게 맞추면 딱 들어맞는다.

인법, 지법, 천법만으로도 수문장은 될 수 있다.

루검비처럼 태산에 오른 수문장이 아니라 나무에 올라 좁은 세상을 보는 수문장이 될 것이다.

그까짓 것……!

정말이다. 그까짓 것이다. 아까울 게 전혀 없다. 환희밀공이 오용될 소지만 없다면 누구에게든 알려주리라.

하지만 안 된다.

환희밀공은 악마를 만들어낸다. 색마를 창출한다. 정혈을 뽑아먹는 희귀의 살인마를 키운다.

지법 석화는 이미 노출되었으니 어쩔 수 없지만 자신만 알고 있는 인법 구결은 이제 역사 저편으로 넘겨 버리련다.

그렇다. 이 세상에서 인법 구결을 아는 사람은 없다. 자신도 모른다. 망각(妄覺)이다. 깨끗이 잊어버렸다. 영원히, 죽는 순간까지 단 한 글자도 기억나지 않으리라.

"난감하군요. 이런 일이 있을까 봐 사전에 말했잖습니까? 곤주신술(捆住身術)은 펼칠 수는 있어도 거둘 수는 없습니다."

"그 말은 들었지. 기억나. 하지만 사정이 이렇게 되었으니…… 무류, 정말 방법이 없겠나?"

왕신파는 고개를 내저었다.

"없습니다, 방법이 없어요. 곤주신술을 펼치느니 죽이는 게 낫다고까지 말씀드렸는데……"

"하면 그자의 협조를 얻을 방법이 없는 건가?"

"그렇다고 봐야겠지요."

"그 아이는 어떤가? 그 아이를 시켜도 안 되겠는가?"

"휴우! 사정이 이러니 말은 해보겠습니다만…… 모질게 마음먹고 환희교와 연을 끊은 아이인지라."

"어떻게 해보게. 내 자네에게 빚 하나 졌네."

"빚이라니요. 휴우! 말은 해보겠는데, 큰 기대는 하시지 않는 게 좋을 겁니다."

"허허! 기대라도 할 수 있으니 좋지 않은가."

천하의 왕신파도 인자함이 극에 달해서 웃음으로 싸움을 말린다는 인화대협(仁和大俠)의 부탁은 뿌리치지 못했다.

다행히도 유화의 대답은 산뜻했다.

"해볼게요."

두 사람은 서로를 마주 본 채 한참 동안 무언의 대화를 나눴다.

잘 있었느냐, 어떻게 지냈느냐, 의술을 배울 만하냐…… 일상적으로 물을 만한 것들은 모두 눈빛 속에 담겨 건너가고 건너왔다.

"휴우! 너도 참 불쌍한 아이구나."

유화가 깊은 탄식을 토해냈다.

"괜찮습니다. 몸은 이래도 생각할 것이 많아서 견딜 만합니다. 나중에는 괴롭겠지만 지금 당장은 오히려 차분히 생각할 시간을 줘서 고맙다는 느낌도 들고요.”

“노동거사가 혼수상태다.”

“안 좋다는 말은 들었는데 그 정도까지일 줄은……”

“네게서 뽑은 진기를 완전히 방출하지 못한 것 같아. 일부가 남아서 충돌했어. 주화입마(走火入魔). 알지?”

루검비는 웃는 시늉을 했다.

안면 근육이 움직이지 않아 활짝 웃을 수는 없지만 볼을 씰룩거릴 수는 있다.

그녀의 말은 틀렸다.

화룡을 이해하지 못하기 때문에 이런 말을 한다.

화룡은 경락을 이용하지 않는다. 땅에서 안개비가 솟구쳐 오른다고 생각하면 된다. 회음혈에서 일어나지만 가는 안개비로 변해서 전신에 퍼져 나간다.

승장혈로 들어가 수분혈로 나올 때도 그렇다.

경락을 타고 일직선으로 흐르는 것이 아니다. 안개비처럼 세우(細雨)가 되어 흩뿌려진다.

그걸 노동거사는 진기로 오인했다. 경락으로 들어온 화룡만 잡아채어 발출시켰다. 살로, 혈관으로, 뼈로 보슬보슬 흘러내리는 화룡은 감지조차 못했다.

화룡의 존재를 알고 처리한 줄 알았는데, 아니었던 게다.

화룡은 그의 진기를 건드리지 않았다. 진기는 나무로 말하면 잎사귀에 불과하다. 있다가도 없고, 없다가도 생긴다. 내력을 오래 운용하다 보면 진기가 고갈되는데, 잎사귀를 많이 따서 썼기 때문에 생긴 당연한 결과다.

그럼 화룡은 뿌리인가? 줄기인가? 나무속을 흐르는 물인가?

모두 아니다. 나무의 생명력(生命力)이다.

화룡이 노동거사의 몸속으로 흘러들어 가 타격을 가한 것은 그의 생명력이다.

노동거사는 무모한 행위를 했다.

"환희밀공 구결을 말해줘야겠어."

"그전에 노동거사는 죽습니다."

"뭐?"

"무류께서는 뭐라고 진단하셨습니까? 노동거사의 생명이 얼마쯤 남았다고 합니까?"

"……"

유화는 말하지 못했다.

그런 말을 듣지 못했다. 현재 상태를 유지시키는 데 최선을 다하고 있고, 앞으로 한두 달 정도는 큰 변학가 없을 것이라고 진단했다.

"그분, 보름을 넘기지 못할 겁니다. 환희밀공 구결을 알려주면 보름 안에 해독할 수 있겠습니까?"

"그런 건 걱정 말고 알려주기나 해."

“안 되겠습니다.”

“…….”

“구결을 풀어도 노동거사를 치료하지는 못합니다. 바다에
서 풍랑이 몰아치는데 강이 넘치는 줄 알고 치수(治水)를 하
는 격입니다. 환희밀공 구결과는 전혀 상관없어요.”

“알려주기나 하라니까!”

“이런 일로 다시 보지 않았으면 합니다.”

“난 널 불쌍히 여겼어. 인법을 전개할 때도 피땀을 흘리며
다 죽은 시신을 살려냈고. 그 대가를 줘.”

“…….”

“너란 인간은…… 이렇게밖에 살 수 없는 거니?”

“환희교를 버렸습니까?”

“호호호!”

유화가 천장을 쳐다보며 짤랑짤랑 웃어댔다.

“환희교…… 발정난 암컷, 수컷이 발가벗고 뒹구는 쓰레기
들의 요람. 교주는 용검대주 상관외의 성노리개였다며? 마차
안에서 창피한 줄도 모르고 온갖 짓을 다했다더라.”

“맞습니다. 그래서 환희교를 버리신 겁니까?”

“우리에게는 널 지키라고 했지. 무슨 일이 있어도 동정을
지켜야 한다고. 동정이 깨지면 환희밀공도 깨진다고. 호호호!
한데 교주란 년이 수문장의 동정을 빼앗았어. 채음보양도 그
런 채음보양이 없지. 환희밀공의 양기를 흡취하면 대번에 절

정고수가 될 줄 알았던 모양이지? 미친개처럼 두들겨 맞을 줄 모르고."

'휴우!'

루검비는 남몰래 한숨을 내쉬었다.

교주에게는 비원(悲願)이 있었다. 어떻게 해서든 자신 곁으로 다가와야 했다. 정사를 나눌 시간과 공간이 필요했다. 루검비의 몸속에 자리 잡은 악기를 뽑아내기 위해서는 뭐든 해야만 했다.

루검비는 상관세가에 사로잡혔다.

몸뚱이를 던지지 말라고? 그럼 어디 한번 물어보자. 뭘 어떻게 해야 하나?

별 볼일 없던 정랑들도 어쩌지 못해서 쩔쩔맸다.

지닌 무공이래야 삼류무인을 버겁게 상대할 정도다. 육반루가의 광검소천이 뛰어난 절기임에는 틀림없지만 여섯 살짜리 어린아이가 펼친다면 이야기는 달라진다. 숙련도가 깊다고 해도 심각하게 생각할 정도는 아니다. 한데도 루검비를 발견할 당시, 그가 전개한 광검소천을 어렵게 피해냈다.

도대체 뭘 어떻게 하란 말인가.

교주는 최선을 다했다.

일신을 버렸다. 체면도 버렸다. 상관외에게만큼은 말 잘 듣는 창기가 되었다. 그가 요구하는 건 너무 치욕스러워 살 떨리는 행위라 할지라도 기꺼이 감수했다.

목적은 단 하나, 환희밀공의 완성이다.

그녀는 정사를 끝내자마자 목숨을 잃었다. 단 일장에 격살당했다.

그녀가 그런 결과를 몰랐을까? 정사를 끝낸 후, 가만히 있기만 했어도 목숨은 부지했다. 도주 대신 상관세가에 협조를 했다면 상관외의 첩실 자리는 보장받았을 게다.

그녀는 격살당한 게 아니라 자진한 거다.

평생소원이던 환희밀공을 완성시킨 순간, 더 이상 이 세상에 살 필요성을 못 느낀 것이다. 이 세상에 태어나서 자신이 할 일은 모두 끝냈다. 홀가분하게, 마음 편히 저세상으로 갔다.

어떻게 그녀를 욕하랴.

한데 정작 그녀를 존경했고, 믿고 따랐던 형당 화녀가 그녀를 욕하는구나.

구구절절이 설명할까?

루검비는 쓴웃음을 지었다.

교주가 세운 환희교는 엉망이었다. 진정한 환희교와는 거리가 멀었다. 교도들 역시 환희교를 알지 못한다. 교주가 교리를 설파했지만 소귀에 경 읽기다.

생각이 젯밥에 가 있던 사람들이다.

교주는 환희교는 유지했지만, 차라리 혼자만의 세계에서 혼자 맹진하는 것만 못했다.

그들이 상관세가 무인들에게 잔혹한 죽음을 맞이했다니 가슴 아프다. 하나 그것뿐이다. 그들을 위해서 복수하고픈 마음은 털끝만큼도 들지 않는다.

과거의 환희교는 버린다. 자신이 새롭게 시작한다. 교주의 사람들도 환희교와는 거리가 멀다. 형당 화녀들, 그녀들은 교리보다는 세상과 동떨어진 세계를 원했을 뿐이다.

설명은 필요없다.

교주를 원망하고 싶거든 하라. 환희교를 색마들의 은신처라고 저주하려거든 하라. 침을 뱉고 싶으면 뱉고, 욕을 하고 싶으면 하고, 매를 들고 싶으면 들어라.

'교주님…… 내 마음에 살아 있으니 외롭지는 않을 겁니다.'

루검비는 고개를 돌려 버렸다.

"바다에서 풍랑이 몰아치는데 치수를 하는 격이다? 구결로는 치료를 하지 못한다? 허어!"

인화대협이 혀를 찼다.

"거, 괜한 소리 아니우? 그놈이 알려주기 싫어서 헛소리 지껄이는 거지. 그나저나 어떻게 된 게 고문도 못해! 괴롭힐 방법이라도 있어야 뭐든 해보지."

대력검선이 버럭 고함을 질렀다.

보통 사람이라면 고문이라도 한다. 육체적으로 혹형을 가

하는 것에서부터 정신적인 괴롭힘까지 다양한 방법이 축적되어 있다.

하지만 그 모든 것이 루검비에게는 통용되지 않는다.

그의 육신은 자기 것이 아니라 남의 것이나 다름없다. 그는 전혀 아픔을 느끼지 못한다. 팔 하나를 잘라내도 두 눈을 멀뚱히 뜨고 지켜보다가 심한 출혈에 약간 어지럼증을 느끼고는 절명할 게다.

정신적인 괴롭힘은 더더욱 가당치 않다.

그가 현재 처한 상황은 절망이다.

무엇이 그것보다 더한 절망을 안겨줄까.

루검비 앞에서는 앞으로 괴로울 것이라고 말했지만 정작 그를 괴롭힐 수단이 없다. 이미 가장 강력한 것을 써버려서 쓸 만한 후속 수단이 없다.

왕신파는 한술 더 떴다.

"그 말이 맞는 것 같습니다."

오랜 숙고 끝에 입을 열기는 했는데, 희망보다는 절망만 말한다.

"노동거사님의 진기는 순탄합니다. 주화입마가 아니라는 거죠. 한데 주화입마 현상이 나타나는 건…… 일종의 전염(傳染) 같은…… 알지 못하는 병균이나…… 이런 쪽으로 생각하는 게 맞을 것 같습니다. 그렇다면 그 친구 말대로 생명이 보름밖에 안 남았을 수도 있고요."

“허어!”

왕신파가 안 된다고 하면 노동거사를 고칠 수 있는 사람은 없다.

“그 아이…… 거짓말을 일삼는 것 같지는 않았어. 그렇지?”

인화대협이 대력검선을 보며 말했다.

“그런 것 같습디다. 환희밀공은 수련했어도 심성이 나빠 보이지는 않더군요.”

“우리가 너무한 걸까? 곤주신술을 펼친 것이 마음에 걸려.”

“험! 그렇게 생각할 것까지야 뭐 있습니까. 원래 놈의 몸에서 진기만 빼내려고 했던 것 아닙니까. 한데 놈의 진기가 이토록 악랄하니…… 곤주신술밖에 놈을 제압할 것이 없다면 열 번, 백 번이라도 써야지요.”

흡정대법의 상대 무공은 흡정대법이다. 흡정대법으로 이룬 내공은 남의 것이니 다시 빼앗는다. 흡정대법으로 악행을 저지른 자는 뼈와 살만 남는 폐인이 된다.

벌은 그것으로 충분하다.

단전을 파괴시켜 다시는 흡징대법을 수련하지 못하게 만든 후, 죄질에 따라 방면하거나 세심옥에 가둔다.

루검비의 신상처리는 간단하게 정리되었다.

폐인을 만든 후, 세심옥에 가둔다.

루검비는 이미 여러 사람을 살상했다. 환희밀공으로 내력을 빨아먹어서 목내이로 만들었다.

죄질이 지극히 나쁘다.

그를 당장 잡아오지 않고 방관하듯 내버려 두었던 것은 상관세가의 꼬리를 잡기 위해서였다.

그러던 차, 세상에 환희밀공으로 기녀들의 정혈을 빼앗는 놈이 나타났다.

처음에는 루검비가 그런 짓을 벌인다고 생각했는데, 다른 자라는 것을 알게 되었다. 루검비 다음으로 상관세가를 주시했는데, 그쪽도 무관하다.

무천이 전혀 모르는 자가 나타난 게다.

무천은 루검비를 급히 잡아들일 필요가 있었다.

환희밀공이 어떤 무공인지 알아야 했다.

환희밀공을 수련한 자는 심성이 변하는가? 변하면 어떻게 변하는가? 피를 원하나, 여자를 원하나, 아니면 진기를 원하나. 주로 어떤 여인을 원하며 이유는 뭔가.

무공을 알면 파악되는 것이 많다.

상관세가를 주시하는 것도 중요하지만 전혀 모르는 자를 잡는 것도 선급했다.

루검비는 제 발로 걸어왔다.

무엇이 그토록 당당할까, 남의 내공이나 빨아먹은 놈이.

삼관은 먼저 루검비에게 절망을 안겨주기로 했다.

본신 내력을 모두 잃고 폐인이 되면 당당하던 사람도 비굴해진다. 마인일 경우에는 특히 그렇다.

우선 루검비의 몸에서 내공부터 빼내기로 했다.

한데 일이 잘못되었다. 내공을 빼내는 데까지는 성공했는데, 뜻밖에도 놈의 암수가 숨어 있었다.

흡정대법을 수련한 놈은 종종 있어왔다.

그들 대부분이 같은 일을 당했고, 반격 따위는 없었다.

환희밀공은 예전의 흡정대법보다 한 수 위였다.

삼관은 그 자리에 있던 왕신파에게 신체 금제에 관한 최고 혹형을 물었고, 왕신파는 엉겁결에 곤주신술을 말했다.

예정에 전혀 없던 금제는 그렇게 펼쳐졌다.

정녕 삼관도, 루검비도, 왕신파도 곤주신술이 펼쳐지리라고는 까마득히 모른 채 같은 방으로 들어선 것이다.

"어쩌겠나…… 어쩌겠어…… 우리가 만든 족쇄인 것을."

인화대협의 한숨 소리가 깊어졌다.

3

그들은 내기에서 졌다.

루검비는 처음 약속 날짜인 삼 일을 넘겼다. 두 번째 약속 날짜인 닷새도 가볍게 넘어섰다.

"얼굴에 활력이 넘쳐. 그렇지?"

"처음 올 때보다 확실히 좋아지긴 한 것 같아."

그들은 이해할 수 없다는 표정을 지었다.

대력검선은 쇄심옥주의 권한을 인정했다.

수인(囚人)을 처리하는 문제는 전적으로 쇄심옥주의 전권(全權)이다.

비록 쇄심옥주라는 직함이 삼관에 훨씬 못 미치지만 무천이 정한 권한은 인정되어야 한다.

"오물통에 처박아!"

쇄심옥주는 유화가 돌아가자마자 대뜸 명을 내렸다.

"밥은?"

"뭔 밥? 저놈 줄 밥 있어?"

"없는데요."

"그런데 뭘 물어!"

쇄심옥주는 신경질을 냈다.

옥주뿐만이 아니다. 옥졸(獄卒)들도 이상하게 루검비만 보면 부아가 치밀었다.

주는 것 없이 미운 놈이 있다더니, 루검비가 딱 그렇다.

루검비는 물 한 모금 먹지 못한 채 닷새 동안이나 오물통에 처박혀 지냈다.

쇄심옥 사람들의 배설물이 그의 몸을 뒤덮었다.

먹다 남긴 음식 찌꺼기도 그에게 쏟아졌다.

파리, 모기가 유난히 극성이다. 어린아이만 한 쥐도 빨간 눈을 번뜩이며 돌아다닌다.

이상한 점은 일차적으로 나타나야 할 현상, 부스럼이나 붉은 반점 같은 것이 생기지 않는다는 거다. 뿐만 아니라 혈색까지 좋아 보인다. 잘 먹고 잘 쉰 사람처럼 편안해 보인다.

"저 새끼 오물 처먹는 것 아냐?"

"처먹을 수나 있어야 처먹지. 저놈 목 아래로는 병신인 것 몰라? 목 위도 마찬가지지. 간신히 눈동자나 굴릴 수 있는 걸 움직인다고 할 수 있나."

"그래도 입은 벌릴 수 있잖아."

"그래서 똥 묻은 음식 찌꺼기를 먹는다고? 에라이!"

"모르는 소리 마. 너도 한 닷새 굶어봐라. 눈에 보이는 게 있나. 똥 묻었다고 안 먹으면 배부른 거지."

"정말 처먹는 건가?"

말은 그렇게 했지만 루검비가 음식을 먹을 수 없다는 건 그들이 더 잘 안다.

루검비는 목 아래로 신경이 죽었기 때문에 일반적인 음식은 먹지 못한다. 장기가 움직여도 소화가 잘되도록 물처럼 맑은 죽을 먹어야 한나.

세심옥에서 누가 죽을 쑤고 앉았겠는가.

그들은 손 놓고 지켜볼 수밖에 없었다.

"귀신 곡할 노릇이야."

지옥도 생각하기에 따라서는 세상에서 가장 편안한 곳이 될 수 있다. 아니, 그 말은 틀렸다. 지옥이 편안할 수는 없다. 대신 극락에는 없는 지옥만의 지혜를 얻는다.

냄새가 지독하다.

대력검선을 만날 때, 무인이 후각을 뚫어주었다.

혼미한 정신을 일깨우느라고 자극제 비슷한 것을 사용한 것 같은데…… 덕분에 후각이 생생하게 살아났다.

배설물과 음식 찌꺼기가 뒤섞여 말로 표현 못할 냄새를 풍겨낸다.

'이곳이 바로 지옥. 시분부지옥(屍糞副地獄).'

시분부지옥은 시체와 똥으로 이뤄진 수렁이다. 그곳에 빠지면 구더기가 꾸물꾸물 달라붙어 골수를 파먹는다.

구더기는 없다. 그렇지만 시분부지옥인 것만은 확실하다.

루검비는 그런 와중에도 밝은 생각을 하려고 애썼다.

몸을 살리는 길은 오직 화룡의 움직임에 달렸다. 화룡이 움직이면 몸도 살고, 움직이지 않으면 영원히 이 상태로 고착된다.

화룡은 움직인다. 화룡의 존재를 인식하지 못하는 지금도 계속 움직이고 있다.

루검비가 할 일은 뇌신경과 목 아래에 있는 화룡을 연결시키는 것뿐이다.

두 번 설명이 필요없을 정도로 아주 간단하다.

단지 하늘에 떠 있는 보름달을 따달라는 말처럼 불가능하게 생각되니 그게 문제다.

우선 밝은 생각, 즐거운 마음으로 먹이를 준다.

살아오면서 좋았던 일이 뭐가 있었나?

죄를 지어 사형 언도를 받았어도 그 생각만 하면 방긋 웃을 수 있는 일이 있었을까? 그만큼 즐거운 일 하나쯤은 있었어야 하는데. 그럼 큰 힘이 될 텐데.

없다.

즐거웠던 일을 떠올리면 정사밖에 생각나지 않는다.

교주와의 정사, 그리고 왜화창부와의 정사.

인법 구결을 알았을 때는 뿌듯한 느낌이 들었다. 지법 석화를 파악했을 때도 하늘을 날 듯 기뻤다. 천법 석화는 어떤가? 양 날개를 얻은 듯 희열이 가득 밀려오지 않았나.

그 외에는…….

있다! 말을 돌보며 일하는 즐거움을 맛봤다. 말똥이 구수하게 느껴졌고, 억센 털을 쓸어주면서 따뜻한 정을 느꼈다.

말의 활력을 고스란히 받아들였다.

그런 것이 기쁨이다.

'환희(歡喜)!'

그렇다! 환희교라는 명칭은 아무렇게나 지어진 것이 아니다. 환희밀공 또한 마찬가지다. 지옥공이나 흡정신공이나 기타 부르기 편한 대로 아무렇게나 불려도 상관없을 것 같았는데, 이제 와 다시 생각하니 환희밀공이 아니면 안 된다.

환희라는 이름이 꼭 붙어야 한다.

환희는 즐거움 속에서 피어난다. 사랑과 기쁨 곁에 환희가 있다. 살인, 방화, 강간 같은 범죄를 저지르며 쾌락을 느끼는 사람도 있다. 하나 그것은 말 그대로 쾌락이지, 환희가 아니다.

환희라는 말은 온전히 즐겁고, 온전히 기뻐야 한다.

이것이 삶의 본질이다.

인간은 기쁨을 누리게 되어 있다. 즐거움과 풍요로움 속에서 살다가 죽도록 만들어졌다.

루검비는 오물통 속에 있어도 환희를 떠올렸기에 기쁠 수 있었다. 찡그렸던 인상이 펴지고, 눈가에 웃음이 맺혔다. 당연히 혈색도 좋아질 수밖에 없다.

고민도 생겼다.

환희교를 이단으로 만든 건 다접(多接)이다.

예전의 환희교가 대표적인 실례다.

이 남자, 저 남자…… 이 여자, 저 여자…… 아무런 감정도 없이 살을 섞는다. 눈짓 한 번이면 같이 동침한다. 감정의 교류 같은 건 눈을 씻고 찾아봐도 없다.

인간성을 상실한 색마들의 향연이라고 해도 할 말이 없다.

다접은 인간의 규범에도 위배된다.

인간이 양보할 수 있는 최대한의 다접은 일부다처(一夫多

妻)다. 남만(南蠻)같이 지역에 따라서는 일처다부(一妻多夫)도 허용한다.

이것이 한계다.

이 범주를 넘어서면 이단이 된다.

환희교처럼 정랑과 화녀가 서로의 성신을 북돋고, 수문장이 끼어들어 더욱 발전시킨다는 개념은 결국 난접(亂接)으로밖에 들리지 않으리라.

사내는 차지하고 여자만 보더라도 최소한 두 명 이상과 관계를 가져야 한다.

이런 교리를 세상에 설파할 수 있는가.

'일인비전(一人秘傳)……'

그렇다. 환희교가 이단이 되지 않는 방법이 전혀 없지는 않다.

정랑들이 모두 수문장이 되어야 한다. 그들의 부인이 화녀가 된다. 그럼 일부일처(一夫一妻)의 관계가 형성되고, 부부 간에 나누는 정사는 사랑의 결실로 받아들일 것이다. 그 누구도 부부 간의 관계를 놓고 난잡하다, 이단이다 말하지 않을 것이다.

그럼 사내들은 모두 심법을 거쳐야 하나?

그 지옥 같던 과정을 거친 후에 목내이에 근접할 정도로 성신을 뺏겨야 한다. 그리고 그다음부터 정상적인 화룡을 거둬들인다.

이것 또한 말도 안 된다.

'방법이 있을 거야.'

이 순간, 루검비의 머릿속에 교주의 당부가 떠올랐다.

"청음산으로 가라. 쌍괴목에 교리가 있으니……."

'화룡아, 네가 빨리 일어서 줘야겠구나. 할 일이 많아.'

있는 곳이 오물통이다. 천하 무(武)의 중심이라는 무천(武天)에 있고, 그중에서도 가장 경계가 삼엄한 세심옥에 투옥되었다. 온몸의 신경이 가닥가닥 끊어졌다.

그러나 루검비는 조금도 절망하지 않았다.

"꺼내서 씻기게."

'치잇! 영감탱이.'

쇄심옥주는 한마디 대꾸도 못하고 손짓을 했다.

쇄심옥은 옥주의 영역이다. 대력검선 또한 옥주의 권한을 인정한다고 공언했다. 그러면서도 필요할 때는 마음대로 휘젓는다. 자기 집처럼 마음껏 들락거리고, 명을 내린다.

아니꼽지만 거역하지 못한다.

그의 눈 밖에 나면 당장 자리를 내놓고 어딘가 머나먼 변방으로 쫓겨나리라.

옥졸들이 우르르 달려들어 루검비를 꺼냈다. 순간!

"엇!"

"이, 이게!"

옥졸들은 달려들 때만큼이나 빠른 속도로 물러섰다.

그들의 눈가에는 경계의 빛이 가득 담겨 있었다. 어떤 자는 병기를 움켜잡기까지 했다.

"뭐야!"

세심옥주는 신경질이 나던 판에 잘 걸렸다 싶어서 대뜸 앞으로 나섰다.

"저, 저놈……."

"뭔데 호들갑들을…… 어?"

세심옥주는 눈을 동그랗게 떴다.

루검비는 눈을 감고 있다. 두 다리는 가부좌(跏趺坐)로 틀어져 있고, 두 손은 연화지(蓮花指)를 취했다.

"저, 저놈이 어떻게……?"

그의 말이 끝나기도 전, 강한 바람 한 줄기가 그의 몸을 스치고 지나갔다.

쉬이익!

대력검선이다. 그는 한달음에 달려나와 루검비의 완맥을 움켜잡았다. 온몸에 오물이 묻어 있지만 개의치 않았다. 루검비가 환희밀공을 수련했다는 사실조차 잊었다.

'이놈이 어떻게!'

오직 그 생각뿐이다. 어떻게 신경이란 신경은 모두 끊어진

놈이 가부좌를 틀고 앉았으며, 연화지를 펼쳤는가. 그 생각만
이 머릿속에 가득 차서 다른 생각은 끼어들 틈이 없었다.

"우, 움직인다!"

루검비의 몸속은 요란한 전쟁터 같다. 진기가 어찌나 활기
차게 움직이는지 전차 군단이 질주할 때처럼 시끄럽다.

"저…… 그놈은 환희밀공을……."

쇄심옥주가 조심스럽게 말해왔다.

대력검선은 그제야 자신이 어떤 실수를 했는지 깨달았다.

반응이 없어서 다행이지 흡정대법이라도 펼쳤다면 노동거
사와 같은 꼴이 될 뻔하지 않았나.

그는 황급히 완맥을 놓고 물러섰다.

"포박해!"

"저놈, 지금 운공 중인 것 같은데, 지금 포박했다가 주화입
마라도……."

"포박해!"

대력검선이 버럭 고함질렀다.

그 길로 루검비는 쇠창살이 있는 뇌옥에 갇혔다.

삼면은 암벽이고, 한쪽만 손가락 두 개 굵기의 쇠창살이 설
치되어 있다.

"허!"

왕신파는 할 말을 잃었다.

"사정을 봐줬던 게야?"

인화대협이 마뜩찮은 얼굴로 물었다.

"그럴 리가요. 한 치도 틀림없이……."

말을 잇던 왕신파는 퍼뜩 어떤 생각이 스쳐 갔다.

'생사침! 유화!'

그는 주위를 돌아봤다.

그림자처럼 따라붙던 유화가 오늘따라 보이지 않았다. 그러고 보니 창생원에 다녀오겠다며 머리를 조아리던 모습이 떠오른다. 그게 점심을 먹은 후이니, 한 시진 전이다.

그의 머릿속에 여러 가지 생각이 주마등처럼 스쳐 갔다.

그녀는 상관세가 용검대 무인에게 합안사독(合眼死毒)을 썼다.

중원에서 합안사독을 만들 수 있는 사람은 오직 자신뿐이다. 해서 상관세가까지 찾아가 해명을 해야 했다.

합안사독은 유화가 만들었다. 그리고 그녀가 썼다. 상관세가 무인을 죽였다.

왕신파는 환희교 옛 동료들이 상관세가 무인들에게 쫓기기에 어쩔 수 없이 썼다는 말을 그대로 받아들였다.

솔직히 말하면 그 말에 신경 쓸 겨를이 없었다.

상관세가를 나오면서 본 목내이는 틀림없이 환희밀공에 정혈이 빨려 죽은 시신이었다.

환희밀공…… 환희밀공…….

그는 환희밀공을 안다.

전대 수문장은 백여 명이나 되는 추살대(追殺隊)를 단숨에 목내이로 만들었다. 왕신파가 보는 앞에서 태연히 저지른 살행이다. 멀쩡하던 사람이 순식간에 뼈만 남은 인간으로 변하는 광경이라니.

그는 유화를 추궁하기보다는 한시라도 빨리 무천에 달려와야 했다. 천주(天主)는 만나기 어렵고, 삼관이라도 만나서 환희밀공의 출현을 말해야 했다.

지금 생각하니 그때 유화가 합안사독을 쓰지 않았다면 자신이 상관세가에 갈 일도 없었을 것이고, 목내이를 보지도 못했으리라.

왜 그 점을 그때는 생각하지 못했을까?

곤주신술은 절대로 풀리지 않는다. 머리만 살리고 몸통은 영원히 죽여 버린다.

단, 생사침을 정확하게 꼽았을 경우에.

'결국…… 이것이 너의 선택이었더냐.'

황신파의 후계자 자리를 버리고 환희교로 돌아갔다. 뛰어난 의원이 될 수 있었는데, 한낱 창가나 다름없는 환희교도를 택했다.

항상 환희교를 비웃었다. 교주를 조롱했다. 루검비 앞에서도 교주를 욕했다. 얼굴은 늘 차디찼으며, 음성은 쌀쌀맞았다.

그녀가 싸늘함으로 위장한 건 환희교도였다는 자책감이겠
거니 생각했는데, 자신의 눈을 속이기 위함이었던가.

"제자가 침을 잘못 쓰지 않았나 싶습니다."

그는 그렇게밖에 말할 수 없었다.

도대체 유화의 속셈을 모르겠다.

루검비를 보호할 요량이었으면 합안사독을 쓰지 말았어야
한다. 그랬다면 무천도 한참 후에야 환희밀공의 출현을 알았
을 게다. 생사침을 엉터리로 쓴 이유도 모르겠다. 기껏해야
명줄을 조금 연장시켰을 뿐인데, 그것으로 족한 것인가?

모든 게 한마디로 설명되지 않는다.

"내 진맥해 봤는데, 진기가 콸콸 넘쳐. 저놈을 요절내려면
지금 아니면 안 되는데, 어찌하시겠소?"

대력검선이 인화대협을 쳐다봤다.

"어쩌긴…… 노동거사를 뇌옥에 넣으세."

"뭐, 뭐요? 노망나셨소!"

"자네 입으로도 말했지 않나. 저놈 심성은 나쁜 것 같지 않
더라고. 어차피 죽을 목숨이라면 모험 한번 해보세."

"노동거사의 진기까지 모두 빨아먹게 할 참이오!"

"허허! 그러지 못하게 하면 되지, 뭘 걱정이야."

인화대협이 껄껄 웃었다.

루검비는 미동도 하지 않았다.

하루, 이틀, 사흘…… 웬만하면 엉덩이라도 들썩일 텐데 석상이 되어버린 듯 꼼짝하지 않았다.

물 한 모금 마시지 않고 십여 일 이상을 버티고 있는 것이다.

쏴아아아!

비가 내린다. 시원한 비가 흠뻑 쏟아진다.

유화는 침을 잘못 놓지 않았다. 생사침은 정확히 제자리에 꽂혔다. 루검비는 목 아래로 신경이 끊겼다.

그럼 어떻게 움직일 수 있었나?

기적! 기적이다. 루검비는 기적을 보이고 있다.

엄밀히 말하면 기적이 아니다. 화룡이 끊어진 신경을 복구한 것이니 그의 의지가 끊어진 다리를 이은 것이다.

화룡은 전신을 휘돈다.

몸 구석구석 없는 곳이 없다.

화룡이 없는 곳은 죽는다.

살은 썩고, 피는 검게 변색된다.

회음혈(會陰穴)에서 성신을 일으켰던 것은 음양화합의 요처이기 때문이다. 일점집중(一點集中), 의식이 쉽게 집중되기 때문이다. 또 있다. 회음혈에서 진기를 일으키는 공부(功夫)가 꽤 있다. 때문에 별다른 저항감 없이 받아들인다.

생각이 이에 이르자 루검비는 머리를 살폈다.

　머리에도 화룡은 있다. 단지 땅에 내린 비처럼 사방을 촉촉
이 적시고 있다.

　그것을 어떻게든 모아서 한 덩어리로 만들어야 한다. 연후,
정말 비가 내리듯 머리에서 아래로 쏟아붓는다.

　화룡을 모으는 데 많은 시간이 걸렸다.

　비를 쏟아부으면서 망가진 신경을 만나면 화룡의 전능한
손으로 어루만졌다.

　위에서 아래로…… 신경을 하나하나 이으면서 진행시켰
다.

　순환까지는 집중이 되지 않는다. 아직 몸 전체를 관통할 수
없기에 비를 한 번 쏟고 나면 다시 모아야 한다.

　그는 서둘지 않았다.

　천천히, 꾸준히, 한시도 쉬지 않고…….

　모든 게 수련이었다.

　몸 어느 곳에서든 화룡을 모을 수 있고, 어느 방향으로든
뿌릴 수 있는 새로운 공부였다.

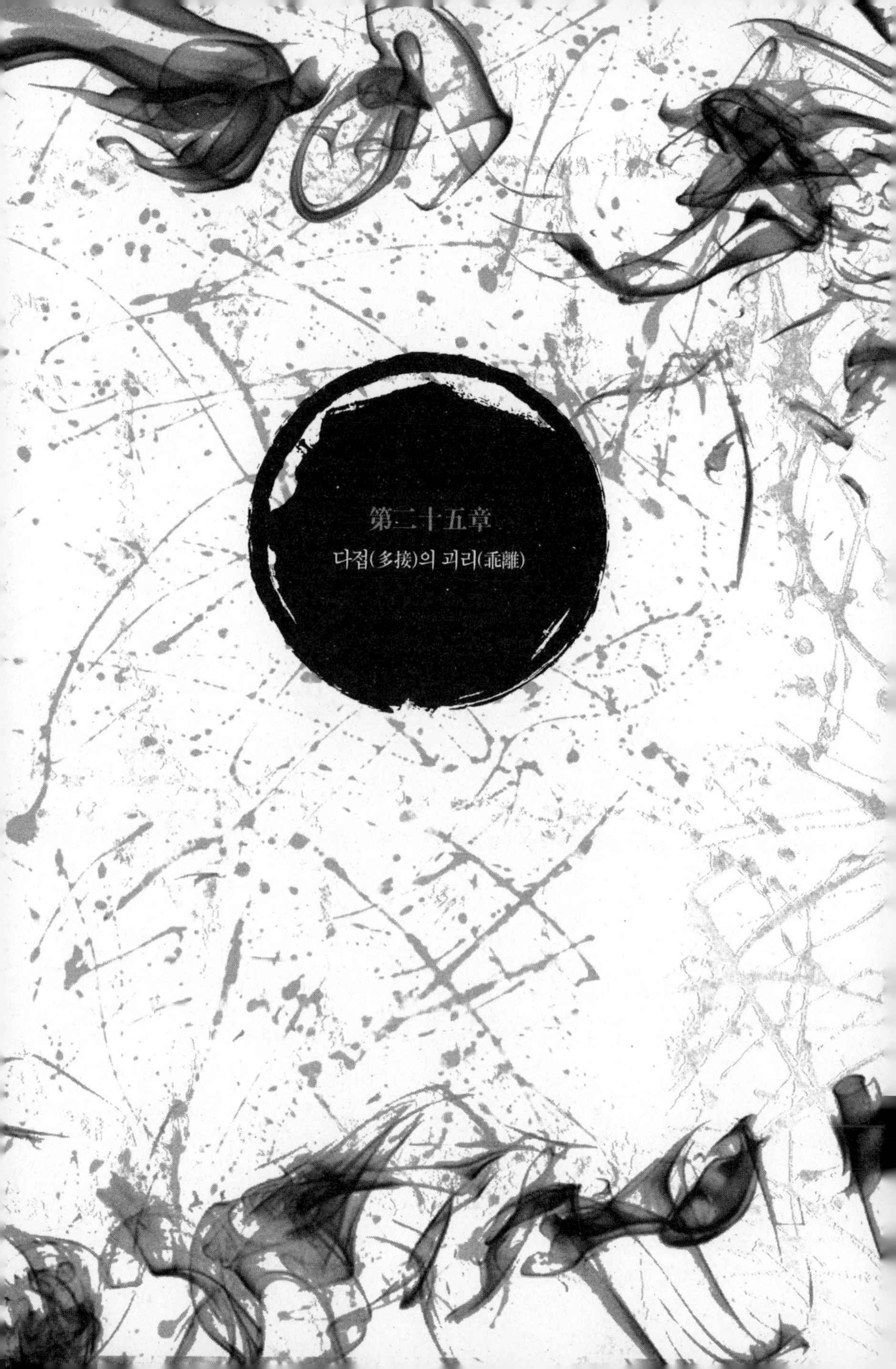

第二十五章
다접(多接)의 괴리(乖離)

환희밀공
功

보름이 지나갈 무렵, 죽은 듯이 앉아 있던 루검비가 눈을 떴다.

파아아아!

세상이 한눈에 들어온다.

어둠은 보이지 않고 광명만 보인다.

주위에 사람은 없다. 옥주도 없고, 옥졸도 없다. 화룡이나 수룡이나 일절 느껴지지 않는다.

시간이 얼마나 됐을까?

지하 감옥은 낮과 밤을 알 수 없으니 그게 불편하다.

'응?'

루검비는 몸을 일으키려다 바닥에 누워 있는 노인을 보았
다.

자신에게 화룡을 빼앗아 허공에 방사했던 노동거사다.

그는 자신과는 다르게 폭신한 이불을 깔고 누웠다. 이불도
매일 새것으로 갈았는지 깨끗하기 이를 데 없다. 얼굴도 깨끗
이 씻겨 있고, 머리도 단정히 빗었다.

루검비는 노동거사의 화룡을 읽지 못했다.

그에게서는 아무런 느낌도 없었다. 몸을 일으키려다 보니
사람이 있어서 보게 되었다.

'아직 죽지 않았어.'

틀렸다. 죽었다.

그는 숨을 쉬지 않는다. 몸은 빳빳하게 굳어간다. 살색도
파랗게 변색된 듯하다.

누구든 죽었다고 단정 내릴 상황이다.

루검비가 아직 죽지 않았다고 생각한 것은 노동거사의 몸
속에 실낱같은 화룡이 꾸물거리는 것을 느꼈기 때문이다. 루
검비도 파악하지 못할 만큼, 화룡이라고 말할 수도 없을 만큼
미미하지만 화룡은 화룡이다.

몸에 화룡이 있는 한 사기(死氣)는 침범하지 못한다.

아직 죽지 않았다.

지금이라도 손을 쓰면 산다. 별로 어렵지도 않다. 이체관
통으로 환희밀공을 밀어 넣기만 하면 된다. 그의 몸에 잔류해

있는 자신의 화룡을 거둬들임과 동시에 그의 화룡을 어루만
지면 언제 죽었나 싶게 팔팔해진다.

하나 루검비는 쉽게 손을 쓰지 못했다.

문제는 노동거사가 지닌 무공이다.

그는 여러 무공을 수련했다. 그리고 그중 하나가 흡정대법
과 흡사한 것이다.

자신이 환희밀공을 불어넣으면 흡정대법은 본능적으로 빨
아들일 것이다. 그러면 지금보다 더 큰 사단이 난다. 몸 안으
로 들어간 화룡과 그의 진기가 싸움을 벌일 것이다.

화룡은 지지 않는다. 진기가 진다.

진기는 나뭇잎에 불과하고 화룡은 생명력이기 때문이다.

결국 그는 화룡을 불어넣음과 동시에 피를 쏟으며 죽으리
라.

'이걸…… 어쩐다.'

환희밀공과 무공의 상충은 생각해 본 적이 없다.

시간도 촉박하다. 실낱같은 화룡이 언제 끊어질지 모른다.

'방사(放射)!'

루검비는 노동거사의 수법을 생각해 냈다.

그는 수분혈로 빠져나기기려는 화룡을 잡아끌어 장심으로
방사했다. 하면 자신도 할 수 있지 않을까? 물론 그렇게 하면
자신은 또 화룡을 잃는다. 어쩌면 목내이가 되어 즉사할지도
모른다.

루검비는 조금도 망설이지 않고 노동거사를 안아 들었다.

환희!

환희가 어디에 있는가를 살펴보면 무엇을 행해야 할지, 어떤 행동이 옳은지 명확해진다.

노동거사의 목숨을 구할 때 환희가 솟구치는가? 아니면 자신의 목숨을 보존하는 게 기쁜가.

환희교라면 환희를 좇아야 한다. 쾌락이 아니라 환희다. 환희밀공은 환희를 따라가야 한다. 그곳에 올바른 길이 있다.

그의 아래턱이 노동거사의 아래턱에 맞닿았다. 순간!

쏴아아아!

이체관통이 이루어지고, 화룡이 거침없이 쏟아져 들어갔다.

꾸우욱!

역시 반응이 온다. 미지의 힘이 수분혈로 빠져나오려는 화룡을 끌어당긴다.

루검비는 저항하지 않았다. 오히려 끌어당기는 곳을 향해 쏘아 갔다.

그곳에 있다. 자신의 예전 화룡이 노동거사가 일으킨 미지의 힘과 아귀같이 싸우고 있다.

파파팟!

루검비는 자신의 화룡을 순식간에 거머쥔 후, 노동거사가 그랬던 것처럼 장심을 향해 치달렸다.

이번에는 가로막는 것이 없다. 끌어당기는 것도 없다.

노동거사의 무공은 몸 안으로 들어온 진기를 빨아 당기는 데서 시작하여 방심으로 방사하면서 끝난다.

처음부터 끝까지 일련의 과정이며, 몸은 그 길을 안다.

노동거사는 의식을 잃고 있지만 몸은 노동거사가 시전하는 것으로 착각하여 길을 열었다.

파아아아……!

화룡이 텅 빈 허공으로 쏘아져 나갔다.

"이, 이게!"

"어르신! 어르신 괜찮으십니까!":

옥졸들이 제일 먼저 괴변을 발견했다.

잠시 저녁 야참을 먹고 돌아오니 정녕 이해할 수 없는 일이 벌어져 있었다.

죽음을 확인한 노동거사는 살아 있고, 며칠을 굶어도 멀쩡하던 루검비는 깡마른 목내이가 되어 널브러져 있다.

이게 어찌 된 영문인가.

사연을 말해줄 사람은 노동거사다. 하나 그는 무릎에 루검비의 머리를 올린 채 손자를 대하듯 머리를 쓰다듬을 뿐, 말이 없다.

소식을 들은 세심옥주가 한달음에 달려왔다.

대력검선도 오고 인화대협도 왔다.

초저녁, 사망 선고를 내리고 물러났던 왕신파도 왔다.

"이제 중원제일의란 허명을 버려야 할까 봅니다."

멀쩡한 노동거사를 보자 그는 할 말을 잃고 말았다.

"진맥을 해봐도 괜찮겠습니까?"

"……."

"이봐, 그렇게만 있지 말고 밖으로 나와. 그 아이하고 뭔 사연이 있는 것 같은데, 같이 데리고 나오라고."

"……."

"저 사람, 왜 이래! 갑자기 더위라도 먹었나! 자네, 두 시진 전만 해도 죽었던 몸이야! 사망 선고가 떨어졌었다고! 어여 이리 나와! 나와서 몸을 추슬러야지!"

"……."

노동거사는 누가 무슨 말을 해도 꼼짝하지 않았다.

결국 왕신파는 머뭇거리기만 하다가 물러섰다. 분위기가 너무 무거워서 진맥을 할 수 없었다.

루검비가 죽었다.

목내이가 되어 죽은 다른 시신들처럼 완전히 생명이 끊겼다.

왕신파가 두 번, 세 번 살펴보고 내린 결론이다.

원래 왕신파 같은 신의(神醫)가 누가 봐도 뻔한 죽음을 여러 번이나 살핀다는 건 있을 수 없는 일이나, 노동거사의 선례가 있고 해서 거듭 살폈다.

"죽었습니다. 이번에도 살아난다면 이제 그만 침을 놓고 초야에 은거해야지요."

그가 그렇게까지 말할 때는 확실히 죽은 것이다.

"죽음은 애석하나…… 시신을 내보낼 수는 없지요."

대력검선이 말했다.

맞는 말이다. 루검비의 죽음은 애석하다. 하나 그의 시신은 세심옥을 벗어나지 못한다. 다른 죄인들의 경우에는 죽어서까지 잡아두지는 않지만 루검비는 다르다. 목내이가 되어 버렸지 않은가. 자칫 노동거사가 지탄받을 수도 있다. 그의 무공 연원을 아는 사람이라면 하다못해 어찌 된 일인지 정도는 물어올 게다.

"이번 일은 자네가 결정하는 게 좋겠어. 노동거사, 어떻게 했으면 좋겠나?"

인화대협이 노동거사를 보며 물었다.

노동거사가 죽었다가 살아난 이후, 처음으로 입을 열었다.

"내가 데려갑니다."

양해가 아니다. 단호한 결정이다.

"허어! 이 사람, 세심옥을 벗어나면 안 된다니까!"

"삼관 자리를 내놓죠. 그래요. 그러는 게 홀가분하겠어요. 이런 짓 하는 짓도 지겹고…… 가져간 것도 없으니 지금 빠져나가렵니다."

"그렇게까지 할 게 뭐야. 그 아이는 데려가게. 삼관을 그만 두겠다 어쩐다 소리는 하지 말고 푹 쉬었다 오게. 자네 자리 비워놓고 있을 테니까 언제든 와."

"무천에 몸담았던 사람, 무천을 욕되게 하는 일은 없을 테니 안심하십시오."

그는 루검비의 시신을 안아 들었다.

세심옥주는 급히 세심옥을 벗어났다.

그가 달려간 곳은 무천에서도 총령(總領) 이상만 거주하는 무로(武路)다.

무로는 사두마차 두 대가 나란히 달릴 수 있다. 바닥은 청석을 깔았다. 대로 좌우로는 최소한 오십 간은 되는 저택들이 즐비하게 늘어섰다.

무천은 이들이 움직인다.

세심옥주는 주위를 두리번거려 아무도 없음을 확인한 후에 커다란 저택으로 쑥 들어갔다.

광전신군 장해파의 저택이다.

안에는 이미 많은 사람들이 모여 있었다.

통령들의 모습도 보였다. 근 이십여 명이나 되는 사람들이 앉아 있는데, 그중에는 백면 구욱동의 모습도 보였다.

그는 군계일학(群鷄一鶴)이라 단번에 찾을 수 있다.

세심옥주는 구욱동에게 달려가 귓속말로 속삭였다.

"노동거사가 살아났습니다."

"……."

"루검비는 죽었습니다. 왕신파가 두 번 세 번 확인했으니 틀림없습니다. 노동거사가 놈의 시체를 가지고 떠났어요. 어찌 될지는 모르지만 삼관을 내놓는다고 하더군요."

"어디로 갔나?"

"그것까지야 모르죠."

"수고했어. 앞으로도 부탁하네."

"그건 염려 마시고……."

"걱정 말게. 항시 염두에 두고 있으니, 자리가 비면 천거하지."

"감사합니다."

세심옥주가 가볍게 머리를 숙여 보였다.

무천 직급상 통령은 세심옥주의 아래다. 그러니 세심옥주는 아랫사람에게 존대를 했고, 머리까지 숙여 보인 거다.

광전신군 장해파의 저택에 모인 사람들 중에는 그런 사람이 많다.

이곳에서만큼은 무천에서의 식급이 사라진다. 그리고 새로운 배분이 형성된다. 광전신군의 눈짓을 얼마나 받느냐에 따라서 서열이 결정된다.

현재, 광전신군의 오른팔은 백면 구욱동이다.

그는 세심옥주가 사라지는 것을 힐끗 쳐다본 후, 광전신군에게 다가가 귓속말을 했다.

*   *   *

삭막한 무천보다는 사람 냄새 물씬 풍기는 창생원이 훨씬 좋다.

사부를 따라 무천에 기거하고는 있지만 돌보던 환자 생각이 나서 견딜 수 없다.

유화는 창생원으로 돌아가 부지런히 몸을 놀렸다.

고름이 잔뜩 묻은 헝겊도 빨고, 붕대도 갈아주고, 약도 달였다. 연세 많은 노인의 말벗도 되어주었다.

이렇게 사람들과 부대끼며 사는 것이 좋다.

그녀는 진정 환희교에서 있었던 일을 잊고 싶었다.

고문하고, 극약을 먹이고, 알몸의 남녀가 아무 곳에서나 관계 갖는 모습을 보면서 냉소를 피워내야 했던 과거.

그녀가 창생원에 들어와 왕신파의 제자가 되기까지는 교주의 힘이 컸다. 그녀가 소개하지 않았다면 창생원 문턱도 밟지 못할 뻔했다.

오늘만 해도 왕신파의 제자가 되겠다고 찾아온 사람이 넷이다. 보통이 그렇다. 많을 때는 십여 명도 넘게 몰려온다.

왕신파는 그들을 보지 않는다. 그는 늘 부재중(不在中)이다. 멀리서 찾아온 사람들은 차 한 잔만 대접받고 돌아가야 한다.

돌려보내는 그 일을 주로 유화가 했으니 그의 제자로 선발된다는 게 얼마나 어려운지 뼈저리게 안다.

교주는 무슨 수로 왕신파의 두꺼운 장벽을 뚫었을까.

그러나 교주의 고마움은 거기까지다. 다시 환희교로 돌아가라면 정녕코 싫다.

정체가 드러날 것이 뻔한 합안사독을 괜히 썼겠나.

환희교에 대해 마음의 부담이 없는 건 아니지만 수두화가 루검비에게 죽은 뒤로 미련 따위는 버렸다.

수두화는 친언니나 다름없었다.

마음 둘 곳 없던 환희교에서 언제나 가슴을 따뜻하게 어루만져 주었다. 눈물도 닦아주었고, 좌절해 주저앉으면 욕지거리를 해서라도 일으켜 세웠다.

루검비…… 그래서는 안 되는 거였다.

수두화를 죽여서는 안 되는 거였다.

그 사실을 안 후부터 환희교에 대한 미련은 손톱만큼도 남지 않았다. 정말이다. 깨끗이 지워 버렸다.

생사침을 쓸 때도 망설이지 않았다.

놈의 얼굴을 보면 옛일이 생각난다. 꼬마 아이가 살기 위해 발버둥 치는 모습이 그려진다. 자신이 생각해도 잔혹한 일이었기에 잠을 자다가도 깜짝 놀라 깨곤 한다.

그때까지만 해도 루검비가 환희교를 올바로 세울 것이라

는 믿음이 있었다.

이제는 없다. 놈은 살인마일 뿐이다. 색마요, 악마다. 기녀들의 죽음이 놈의 소행이 아니라 해도 상관없다. 놈도 어차피 그리될 터이니 지금 죽는 게 낫다.

생사침을 정확히 꽂았다.

이제 그녀를 아는 사람은 없다.

집단 참살에서 살아난 몇몇 화녀와 정랑이 그녀를 알고 있지만 그들 정도는 쉽게 처리할 수 있다. 첨화와 서화가 살아 있고, 연락을 취해올 가능성이 높지만 각자의 길을 가자고 하면 들어줄 게다.

환희교와의 인연이 끝났다.

깨끗하다. 홀가분하다. 추악함과 함께했던 과거는 지워졌다.

한데도 마음이 무겁다. 루검비의 얼굴이 계속 떠오른다. 어린 꼬마놈이 살려달라고 눈물 콧물을 질질 짠다.

'그깟 놈이 뭐라고.'

그녀가 창생원에 돌아와 몸을 부지런히 놀린 데는 마음속에서 일어나는 번뇌를 지우려는 의도가 강했다.

해가 뉘엿뉘엿 진다.

싫든 좋든 무천으로 돌아가야 할 때다.

그녀는 일어섰다.

'이 분위기는 뭐지?

그녀는 자신을 향한 무인들의 눈빛에서 불길한 예감을 받았다.

곁눈질에는 '남몰래' 라는 의미가 숨어 있다. 무천 무인들이 자신 모르게 꾸밀 일이 무엇인가.

진맥법(診脈法) 중에 안찰(顏察)이라는 것이 있다.

얼굴색을 보고 특이한 습성 및 고질적인 병을 알아내는 방법이다.

뛰어난 의원은 환자의 맥을 살피기 전에 병을 알아낸다고 했다. 안찰로 병을 알아내고, 진맥으로 확인한다.

그녀는 수십, 수백에 이르는 사람들을 안찰했다.

수십 명을 안찰하여 정확한 진단을 구 할 이상 내려야만 휴식을 취할 수 있었다.

무인들의 낯빛 정도 살피는 것은 일도 아니다.

무인들은 행동도 이상했다.

뒤는 벌써 가로막혔다. 좌우에도 은근히 다가오는 사람이 있고, 앞에도 어슬렁거리는 사람이 있다.

좋지 않은 일이 벌어졌다.

무천이 자신을 생포하려고 한다.

어떻게 할까? 생포당하고 무슨 일인지 알아볼까? 아니면 일단 빠져나간 후 은밀히 알아볼까.

결정을 내리는 데는 많은 시간이 필요치 않았다.

그녀가 보아온 무천은 용서가 없다. 조사를 시작했다 하면 이미 세상에서의 삶은 끝난 것이다. 모두가 그랬다. 무천의 조사를 받은 사람들 중에 세심옥에 갇히지 않은 사람이 없다.

세심옥에 갇힐 수는 없다.

그녀는 걷던 길을 계속 걸었다. 다만 손끝을 비벼 흰색 분말을 은근히 퍼뜨렸다.

"우욱!"

"컥!"

뒤에서 따라오던 무인 두 명이 갑자기 목을 움켜잡고 주저앉았다.

그녀는 재빨리 뒤돌아서서 그들을 살피러 갔다. 아니, 그들의 곁에 이른 순간 재빨리 신법을 전개해 앞으로 쏘아져 나갔다.

"엇!"

옆에서 다가오던 무인들이 깜짝 놀라 뒤쫓아왔다. 하나 그들의 발걸음도 곧 멈춰 세워졌다.

"독!"

"컥!"

순식간에 네 명이 쓰러졌다.

죽지는 않는다. 사람을 죽일 수는 없다. 죄가 있든 없든 죽이는 순간부터 어떠한 말도 소용없게 된다.

그녀는 무천을 빠져나오는 즉시 창생원으로 돌아와 약재 창고 속에 숨었다.

그녀가 제일 잘 아는 곳이다.

"유화가 환희교 간세였다네?"

"유화가? 에이…… 설마……."

"어른께서 말은 않는데…… 내 무천에 아는 사람 있거든. 그래서 살짝 물어봤지. 유화를 잡으려다가 놓치기까지 했대."

"환희교 간세가 왜 창생원에 들어와?"

"그러게. 그걸 모르겠다니까. 좌우지간 루검비라는 놈을 살리려고 애를 썼던 모양이야."

"그놈은 죽었잖아?"

"애를 썼다고. 살렸다는 말이 아니라 애만 쓴 거라고. 어른께서 생사침을 놓으라고 했는데, 엉뚱한 곳에 났나 봐. 그래서 놈이 살아났는데, 마침 그곳에 노동거사께서 계셨다네. 끝난 거지."

"유화가 왜 그랬을까? 의도에만 매진했는데?"

"나도 그게 궁금해. 왜 그랬을까?"

그녀는 약재 창고에 몸을 숨기고 잡다한 수다들을 주워들었다.

약재 창고는 사방이 막힌 폐쇄 공간 특성상 사람들이 쉽게 비밀을 털어놓는다. 비밀까지는 아니더라도 세상 돌아가는 이야기는 쉽게 접할 수 있다.

그녀는 자신이 알고 싶었던 것을 모두 알았다.

무천이 왜 자신을 잡으려고 했는지 알았다. 루검비가 죽었다는 사실은 덤으로 들었다.

자신이 무천을 나설 때까지만 해도 멀쩡하던 인간이 갑자기 죽었다니, 믿어지지 않는다. 그보다 자신이 환희교의 간세로 낙인찍혔다니, 도대체 무슨 소리인지 모르겠다.

'스승님을 찾아봐야겠어. 자초지종을 말해주시겠지.'

왕신파는 밤늦도록 취침을 하지 않고 책을 읽었다.

유화는 불 켜진 방을 보면서 조심스럽게 물러섰다.

스승님이 기거하시는 방 앞에는 석등(石燈)이 두 개 있다. 왼쪽 것은 평상시에 켜는 것이고, 오른쪽 석등은 유사시에 켠다.

오른쪽 석등이 켜지면 손님이 계시니 출입을 금하라는 뜻이다.

밤늦은 시간, 봉창에 비친 그림자는 스승님밖에 없다. 스승님 혼자 책상에 앉아 책을 읽고 계시다. 한데 오른쪽 석등이 켜졌다.

'감사합니다. 많이 배웠습니다. 이대로 물러가는 절 용서해 주시고, 존체 편안하시길.'

유화는 마음속으로 안녕을 빌며 은밀히 물러났다.

루검비를 살릴 방도는 없다. 왕신파도 살리지 못한 놈을 무슨 수로 살리랴. 기약선초(奇藥仙草)가 있는 것도 아닌 바에야. 또 그럴 목적으로 안고 나온 것도 아니다.

놈에게 세심옥은 너무 춥다.

세심옥에 묻히기에는 너무 따뜻한 마음을 지녔다.

그는 왕신파가 사망 선고를 내릴 때도 의식이 깨어 있었다. 루검비가 손을 쓸 때도 멀쩡히 지켜봤다.

그가 무슨 짓을 했냐고?

직접 보지 않은 사람은 믿지 못할 일을 했다.

살신성인(殺身成仁).

말은 쉽다. 남을 위해서 죽을 사람도 많아 보인다. 인의(仁義)를 부르짖는 사람이 얼마나 많던가. 길 가는 사람을 붙잡고 물어보면 절반은 인의가 최고라고 말할 게다.

루검비는 살신성인을 몸소 보여주었다.

어떻게 그럴 수가 있을까? 다른 사람도 아니고 자신을 해한 사람인데, 그를 살리기 위해 자신의 목숨까지 던지는 행위를 어떻게 받아들여야 좋은가.

그가 알기로 정의의 화신인 무천에서도 그만한 인의를 지닌 사람은 찾아보기 어렵다.

양지바른 곳에 묻어주기라도 해야겠다는 심정에서 안고 나왔다.

생각해 둔 곳이 있다. 그곳이라면 놈이 쉬기에 적당하리라. 풍광도 좋고, 햇볕도 따스하다.

한데 무천을 벗어나 이십 리를 채 달리기도 전에 앞을 가로막히고 말았다.

"미안하지만 좀 물읍시다. 품에 안고 있는 그놈, 혹시 루검비란 색마 아니오?"

"용건이 있소?"

"조카 년이 하나 있는데, 웬 사내놈을 알더니 눈에 뵈는 게 없습디다. 밤이슬을 밟게 하지 않나, 무천 담장을 엿보게 하지 않나."

"다 알고 온 듯한데, 승산은 있소?"

"승산은 무슨…… 천하의 노동거사 앞에서 승산 운운하는 인간이 몇이나 되겠소. 나야 몇 수 만에 나가떨어질 게고. 그놈, 이미 죽은 놈 아니오. 잠시만 빌려주시면 안 되겠소?"

"시신을 빌려달라?"

"말이 안 되는 줄은 알지만, 먼저 말했다시피 조카 년이 목을 매는 바람에. 죽은 시신이라도 보여주고 싶은 마음이오."

"……"

노동거사는 침묵했다.

루검비의 시신은 아무에게나 보여줄 수 없는 것이다. 그래서 무천을 빠져나온 이후, 산길만 거슬러 올랐다.

그는 물론 채의마웅을 안다.

소월신투가 루검비를 좋아할 뿐 아니라 유수신투, 채의마웅까지 가세하여 은근히 무천에 압력을 넣고 있다는 사실도 안다.

모적방은 좀도적들의 집단이지만 가볍게 생각해서는 안 된다.

그들은 많은 비밀을 알고 있다. 거의 대부분 도적질을 하면서 소 발 뒷다리에 뭐 걸리는 식으로 주워들은 비밀이지만, 그런 비밀일수록 은밀한 것이다.

모적방이 입을 열면 무림이 발칵 뒤집힌다.

소문에는 정도인이라고 자부하는 무인들 중에 삼 할은 낯을 들고 다니지 못할 것이라고 한다.

유수신투와 채의마웅은 그런 점을 내세워 무천을 압박했다.

루검비의 무공을 폐쇄해도 좋으나 목숨만은 건들지 말아 달라는 세부적인 조건까지 내세웠다.

압박만 한 게 아니다. 반대급부도 있다. 무림에서 사라진 사기(四奇)의 행방을 알려주겠다고 제안해 왔다.

구생 갈굉촉, 절죽원주 포명봉, 호리수 서유동, 무수루고 무가의.

그들은 한날한시에 종적을 감췄고, 아직까지 모습을 드러내지 않고 있다.

무천은 그들이 상관세가에 갔으며, 그곳에서 변고를 당했다고 추측하지만 마땅한 증거가 없어서 들이치지를 못한다.

모적방은 그 증거를 주겠다는 것이다.

루검비의 목숨만…… 무공은 어찌해도 좋으니 목숨만 부지시켜 달라고 했다.

그 청을 들어주지 못했다.

소월신투는 빼어난 미녀다.

출신이 모적방이라서 그렇지 미모나 성품만 놓고 보면 어디 내놔도 부족함이 없다.

그녀를 아는 사람들은 그녀가 명문대가의 자제와 혼인할 것으로 생각해 왔다. 실제로 그녀 역시 도둑임에도 불구하고 청혼이 쇄도하고 있다.

그런 처자가 무엇이 아쉬워 환희밀공을 익힌 색마를 좋아한단 말인가. 남의 정혈이나 빨아먹고, 여인의 음기나 훔치는 놈을.

모두가 그렇게 생각한다.

노동거사는 아니다. 충분히 좋아할 수 있다고 생각한다. 아니, '충분히' 라는 말도 잘못되었다. 그녀는 루검비의 본질을 꿰뚫어 봤다. 어진 심성을 봤다. 겉만 번지르르한 놈을 고른 게 아니라 속이 꽉 찬 놈을 골랐다.

그녀의 안목은 뛰어나다.

'이럴 수 있지. 충분히 이럴 수 있어.'

"이놈을 묻어줄 생각이오."

"짐작했소이다."

"여기서 멀지 않은 곳에 계곡이 있는데, 성으로 둘러싸였대나 어쨌대나."

'골짜기…… 곡(谷). 성은 성(城). 곡성산!'

"척박한 곳이라 땅을 파려면 반 각 정도는 걸릴 거외다. 시간이 없다는 말이지요. 이놈을 빌려달라 하셨는데, 거절해야겠소이다. 빌려주지 못해 미안하오."

"사정이 그런 걸 어쩝니까."

채의마옹은 길을 열어주었다.

두 사람의 눈길이 허공에서 얽혔다.

곡성산에는 채의마옹 이외에도 노인 한 명과 세 여자가 더 있었다.

이미 예측한 일이다.

박빙 서채하가 왜화창부를 빼돌렸다. 목적은 뻔하다. 소월 신부를 만나게 하려는 것이다. 투섬비와 왜화창부가 근 보름 동안 살을 섞고 난 후의 일이니 들림없다.

유수신투도 나올 줄 알았다.

곡성산에는 흉(凶)이 많다.

참으로 빼어난 산이었는데, 채의마옹과의 대화를 엿들은

자가 있어서 갑자기 흉산(凶山)으로 변했다.

아마도 이곳에 놈을 묻지는 못하리라.

"유수신투요?"

"그렇소이다."

"철골지가 뛰어나다 들었는데, 어디 한번 봅시다."

노동거사는 루검비를 커다란 나무에 기대어 앉힌 후, 다짜고짜 유수신투를 향해 일권을 뻗어냈다.

슈욱!

느릿하나 전력이 담겨 있어서 무척 위맹하다.

"저야 영광이지요. 언제 노동거사와 손속을 대보겠소이까."

유수신투도 물러서지 않았다.

슈욱! 슈슈슈숙!

한달음에 달려와 오지(五指)를 뻗어냈다.

그들의 일 초 일 초에는 강맹한 살기가 담겼다. 이마에는 힘줄이 곤두서고, 두 눈은 섬광처럼 빛났다.

누구든 앗차! 실수하는 날에는 즉사를 면치 못할 것이다.

"가가(哥哥)!"

왜화창부는 눈치도 없이 목매어 울부짖으며 달려나와 루검비의 시신을 와락 꺼안았다.

소월신투는 그러지 못했다. 처연히 쳐다보기만 했다. 두 눈에 그렁그렁 고인 눈물은 숨기지 않았지만 왜화창부처럼 한달음에 달려나올 용기는 없었다.

그녀와 루검비는 아무 사이도 아니다.

엄밀히 말하면 그렇다.

서로 따뜻한 말 한 번 주고받지 않았다.

한데 가슴이 찢어지는 것은 왜일까?

그녀는 터져 나오는 울음을 간신히 참으며 말했다.

"무천을 용서하지 않을 거야!"

왜화창부는 루검비를 안는 순간 수룡의 움직임이 이상해지는 것을 감지했다.

툭! 툭툭! 툭툭툭!

급히 뛴다. 너무 급히 뛴다.

주위에는 화룡이 많다. 유수신투도 화룡이고, 노동거사도 화룡이다. 그들 외에도 많은 화룡이 있다. 암암리에 숨어 있는데 조금만 시간을 주면 숨은 위치는 물론이고, 몇 명인지까지도 말할 수 있다.

그들의 존재는 이미 알고 있었다.

지금은 그때와 다르다. 그들을 파악할 때도 수룡이 뛰었지만 지금처럼 급히 뛰지는 않았다.

'가가?'

그녀는 울음을 멈추고 루검비를 꽉 껴안았다.

그녀와 루검비의 가슴은 공기조차 존재하지 않을 만큼 밀착되었다.

"흥! 부끄러운 줄도 모르고. 하긴 괜히 왜화창부이겠는가."

등 뒤에서 비웃는 소리가 들렸지만, 무슨 소리인지 알아듣지 못했다. 솔직히 그런 말에 신경을 쓸 바에는 죽은 루검비의 얼굴을 한 번 더 보겠다.

툭! 투툭! 투투툭!

수룡이 콩 튀듯 튄다.

'확실해! 살았어! 죽지 않았어!'

마음 같아서는 펄쩍 뛰고 싶다. 하늘을 향해 두 손을 활짝 펼치고 고함이라도 지르고 싶다.

그러면 안 된다. 지금부터가 중요하다.

그녀는 루검비의 이마에 입맞춤을 했다.

다른 사람들의 눈에는 이별의 의식처럼 보였다. 죽은 사람에게 잘 가라고 마지막 인사를 하는 것 같았다.

그녀는 일어났다. 그리고 소월신투에게 걸어갔다.

"저이 좋아하죠? 마지막이에요. 인사하세요."

"꺼져."

소월신투는 그녀의 얼굴조차도 보기 싫었다.

이번이 두 번째다. 요색천에서도 이런 여자를 건드리더니, 두 번째는 더 심하다. 세상에 여자가 없어서 왜화창부를 건드린단 말인가. 억장이 무너진다.

그때, 그녀의 귀로 한가닥 전음이 들려왔다.

[가가는 죽지 않았어요. 제가 그를 안고 도주할게요. 숨는
건 정말 자신있어요. 믿어주세요.]

그녀는 왜화창부를 노려봤다.

무슨 수작이야?

[제발요. 제발 믿어줘요. 제 수룡이 가가의 화룡을 느껴요.
정말 죽지 않았어요. 제가 가가를 안고 도주할 테니, 잠시만
막아주세요. 저 사람들이 쫓아오면 저로서는 감당 못해요.]

왜화창부가 입술을 달싹였다.

소월신투도 마주 전음을 보냈다.

[수작…….]

[수작이 아네요. 정말이에요. 이번만…… 제발 이번만 믿어
줘요. 가가는 제 수룡이 뛰어나다고 했어요. 환희교에 딱 어
울리는 여자라고. 그래서 절 취하신 거예요. 전 가가의 부인
이 아네요. 가가의 수족이에요. 제발…… 질투하지 마시고,
제 말을 믿어주세요.]

소월신투는 눈만 끔뻑였다.

그녀가 보기에 왜화장부는 절실했다. 진음을 보내면서도
어찌할 줄 몰라 쩔쩔맨다. 마치 흘러가는 시간이 아까워서 견
딜 수 없다는 표정이다.

[정말…… 살았단 말이야?]

[일단 이곳을 벗어난 후…… 저들이 다 물러가고 이틀만

더 계세요. 제가 찾아올게요. 어디에 계시든 찾을 수 있거든
요.]

그녀는 언젠가 루검비가 자신에게 했던 말을 했다.

그때는 ‘어떻게’라고 의문을 표시했지만, 이제는 방법을
안다. 화룡을 알고, 수룡을 알면 사람을 찾는 건 시간문제다.
하지만 설명이 안 된다. ‘어떻게’라고 물으면 꿀 먹은 벙어리
가 될 수밖에 없다.

[수작 부리면…….]

[제가 시체를 가지고 무슨 수작을 부리겠어요. 제 목숨을
걸만큼 시체가 소중한가요?]

소월신투는 믿어보기로 했다.

[어떻게 하면 돼?]

[같이 가요. 가서 인사를 하는 척하고, 같이 뛰어요. 제가
가가를 안을게요. 숨어 있는 자들이 틀림없이 뒤쫓아올 거예
요. 그때 뒤를 막아주세요.]

[날 무신(武神)으로 알아? 내가 저들을 어떻게 막아?]

[숨 열 번. 숨 열 번 쉴 동안만 막아주세요. 그동안 전 숨을
게요.]

[그걸 지금 말이라고…….]

누가 일류 고수들 앞에서 숨 열 번 쉴 동안에 숨을 수 있다
고 자신하는가. 그것도 무공이라고는 전무한 여인이. 루검비
의 시신을 보더니 미친 것 아닌가?

[해봐요. 그리고…… 믿어줘서 고마워요.]

그녀가 먼저 걸어갔다.

탁! 타악!

두 여인은 동시에 뛰었다. 그러나 채 두 걸음도 떼기 전에 계획에 큰 차질이 있음을 알았다. 소월신투와 왜화창부의 걸음 차이가 너무 난다. 한 사람은 신법을 쓰고 다른 여인은 달음박질을 하기 때문이다. 더군다나 루검비까지 안고서야.

소월신투는 되돌아와 왜화창부의 목덜미를 움켜잡았다.

쉐에엑!

그녀는 한줄기 섬광이 되어 날았다.

쒜엑! 쉐에에엑!

여기저기서 벌들이 날아들었다.

벌집을 쑤셨을 때처럼 사방에서 요란하게 솟구쳤다.

"여기! 놔줘요!"

소월신투는 잠시 망설였다.

무인들이 빤히 보고 있다. 달려오는 모습이 한눈에 읽힌다. 헌데 놓아달라고? 잡히려고 작정한 겐가?

"빨리요!"

소월신투는 다급한 외침에 급히 손을 놓았다. 정말 엉겁결에 놓고 말았다.

"숨 열 번!"

왜화창부는 마지막 당부까지 잊지 않았다.

그녀가 달음박질쳐 멀어져 간다. 하나 그 모습은…… 소월 신투 같은 무인에게는 굼벵이가 꾸물거리며 기어가는 것 같다.

차앙!

그녀는 검을 뽑으며 뒤돌아섰다.

'숨 열 번 정도야.'

쒜에엑!

벌들이 내리꽂혔다.

"비켜!"

그들 중 한 명이 쩌렁 고함을 내지르며 냅다 검을 쳐왔다.

쒜에에엑!

소월신투도 검을 전개했다.

모적방의 난수는 도적질하는 데 아주 유용하다. 특히 소매치기에 자주 쓰인다. 사람들은 현란하다고 하지만 실은 아주 단순하다. 옷섶을 뚫고 들어가 전낭을 낚아채 빠져나오기까지 세 수밖에 소용되지 않는다.

'변(變)은 섬(閃)에서 나오니!'

창! 창창창창……!

검과 검이 연이어 부딪쳤다.

짓쳐오던 무인은 뒤로 물러설 수밖에 없었다. 혼자서 소월신투의 검세를 뚫기에는 역부족이었다.

일대일의 승부는 소월신투 승(勝)이다.

"좋군!"

누군가 냉갈을 지르며 달려들었다.

쒜에엑!

검이 다가오기도 전에 한풍(寒風)부터 몰아친다.

소월신투는 마주쳐 가지 못하고 급급히 물러섰다.

그녀가 상대할 검이 아니다. 검과 검이 부딪쳤다면 검신이 잘려 나갔으리라. 그리고 연이어 터진 검초에 죽음을 면치 못했을 것이다.

아주 위험한 자다.

"쫓아!"

그가 외치자 벌들이 다시 날아올랐다.

이제 길을 막을 수 없다. 그녀 앞에는 훤칠한 키에 잘생긴 미청년이 검을 겨누고 있다.

그의 안색이 점점 창백해진다. 두 눈은 충혈된 듯 시뻘겋게 변하더니 이윽고 빨간 혈광(血光)을 쏘아낸다.

"백…… 면 구욱동."

칠봉녕 중에 한 사람의 이름이 신음처럼 새어 나왔다.

상대가 아니다. 첫 검을 무사히 흘려보낸 것만도 천만다행이다. 두 번째는 그런 요행도 없으리라.

그때, 다행스럽게도 싸움을 말리는 소리가 들려왔다.

"이봐, 자네가 이곳엔 어쩐 일이야?"

노동거사가 유수신투와의 싸움을 멈추고 다가왔다.

"물러서십시오."

"야! 나야, 나. 나 노동거사야."

"물러서십시오!"

구욱동이 쩌렁 고함을 질렀다.

"이놈, 이거…… 장해파, 그 늙은이 체면을 봐서 귀엽다, 귀엽다 했더니 아예 수염을 뽑자고 기어오르네. 내 오늘 네 버릇을 단단히 고쳐놓지 않으면……."

노동거사가 두 팔을 걷어붙이자 백면 구욱동이 깊은 한숨을 쉬며 검을 내렸다.

"이번 한 번, 무천의 인연을 생각해서 양보하겠습니다."

"다음은 안 되고?"

구욱동과 일단의 통령들이 뒤를 밟고 있다는 사실은 이미 인식하고 있었다. 통령들의 미행이 은밀하다고 해도 옆에서 관찰하는 모적방의 눈길을 피할 수는 없었다. 또한 노동거사가 그만한 일을 모를 사람도 아니었다.

알면서도 내버려 두었다.

그게 그들의 임무다. 루검비의 시신을 외인에게 보여서는 안 되며, 다른 사람이 가져가도 안 된다. 그들은 노동거사가 루검비를 묻을 때까지 뒤를 쫓았을 게다.

이게 표면적인 이유고…… 속사정도 짐작한다.

노동거사가 루검비를 묻으면 다시 캐내가려는 수작이다.

압송을 보름이나 늦추며 지법 석화를 빼낸 게 그 증거다. 광전신군은 환희밀공에 대해 관심이 많다.

소월신투는 싸움이 중단되자 퍼뜩 고개를 돌려 왜화창부가 사라진 곳을 바라봤다.

자신이 첫 번째 검을 받을 때, 다른 자가 옆으로 스쳐 지나갔다. 백면의 검을 받을 때는 두어 명이 지나갔고, 서로 마주보고 섰을 때는 모두가 스쳐 간 후다.

'풋! 그 말을 믿다니.'

다시 생각해도 어이없다. 무공도 모르는 여인이 무인들을 따돌릴 수 있다는데 그 말을 곧이곧대로 믿었다니.

고개를 돌렸을 때, 그녀는 입을 벌리고 말았다.

없다. 그녀가 없다. 그녀를 쫓아간 무인들은 닭 쫓던 개처럼 사방을 두리번거릴 뿐, 찾아내지 못하고 있다.

사람이 감쪽같이 증발해 버린 것이다.

이제야 백면 구욱동이 물러선 이유를 알겠다.

왜화창부가 사라지자 싸울 이유가 없기에 검을 물린 것이다. 모적방만 있었다면 생사 가름이 되었겠지만 노동거사가 나선 이상 물러설 수밖에 없었다.

그녀는 할아버지를 쳐다봤다.

유수신투의 눈길이 사방을 더듬고 있다.

채의마옹도 마찬가지다.

위에서 아래로, 우측에서 좌측으로…… 공간을 잘게 썰어

뒤져 나간다. 상대가 어디 숨었는지 모를 때 쓰는 수법으로 상당한 효과를 거둔다.

모두들 그녀가 숨은 곳을 찾지 못하고 있다.

'기가 막힌 재주네.'

그녀는 가슴이 두근거렸다.

이런 재주를 가진 여자였다. 눈으로 보고도 알아내지 못한 재주다. 하면 루검비가 살았다는 말도 진실이 아닐까?

'이들이 물러나고 이틀만 더 있으라고 했지.'

소월신투의 입가에 웃음이 걸렸다.

3

수룡의 효능은 말로 다하지 못한다. 개발하고 개발할수록 가짓수는 늘어간다. 그야말로 약으로 치면 만병통치다.

무인들의 눈을 가리는 데는 찰나의 시간만 있으면 족하다. 그리고 그녀는 찰나를 어떻게 이용해야 하는지 안다.

쒜엑!

그녀의 신형이 번쩍였다가 사라졌다.

그녀는 먼 곳을 봤다. 일 장쯤 떨어진 곳이다. 몇 걸음이나 떼어놓아야 그곳에 갈 수 있을까? 아니다. 걸음은 안 된다. 걷는 동안 계속 무인들에게 주시받는다.

단숨에, 이곳에서 저곳까지 순식간에.

생각을 마치자 그녀의 신형이 움직였다.

수룡 덕분이다. 수룡이 아니었다면 이런 일을 할 수 없다.

다음은 숨을 죽여야 한다.

이것은 경험이 있어서 비교적 쉽게 할 수 있다.

먼저와 마찬가지로 수룡에 의식을 집중한 후, 잠들기 직전의 혼몽한 상태로 들어간다. 그리고 자신이 인간이 아니라 나무가 되었다고 생각한다.

나머지는 수룡이 알아서 해준다.

그녀는 루검비와 함께 바위 틈바귀에 끼어 하루를 꼬박 지새웠다.

툭툭툭툭툭……!

수룡이 순조롭게 흘렀다.

콩 볶듯 튀지도 않고, 유별나게 느리지도 않다.

주위에 사내는 물론이고, 여인까지 없다. 아무도 없다. 누구에게라도 자신있게 말할 수 있다.

그녀는 밖으로 나와 루검비를 꺼냈다.

아직도 그의 화룡은 움직인다. 내면 깊숙이 침잠되어 움직이지 않을 뿐, 존재하기는 한다.

그를 엎었다.

그의 몸은 겨울나무처럼 앙상한 뼈만 남았다.

무천은 도대체 무슨 짓을 한 것일까? 어떻게 사람을 이 지경으로 만들 수 있을까?

그녀는 자신의 수룡이 화룡에 반응하듯이, 화룡 역시 자신의 수룡에 반응하고 있다는 것을 안다.

'너무 미약해.'

화룡을 움직이게 해줘야 한다.

크게 키울 필요는 없다. 웅크린 곳에서 일어나 움직이게만 하면 화룡이 알아서 살아난다.

사락! 사라락!

옷을 벗었다.

사내 앞에서 옷 벗는 것쯤은 대수롭지 않게 여겼다. 수백 번도 더 벗어봤고, 미친놈을 만나면 찢기기까지 했다.

부끄럽다. 아무도 보지 않는 산속이지만 그래도 벌건 대낮에 알몸이 된다는 게 무척 신경 쓰인다.

나신이 된 그녀는 루검비의 몸 위에 살포시 안겼다. 그리고 그가 그랬던 것처럼 몸을 바짝 밀착시킨 채 승장혈끼리 만나게 했다.

쏴아아아아……!

이상한 기분이 느껴진다.

무엇인가가 썰물처럼 빠져나간다.

이건 안 될 것 같다. 이게 빠져나가면 목숨이 위험하다. 왜 그런지는 모르지만 그런 생각이 본능적으로 든다.

'수룡…… 수룡이 빠져나가네.'

그녀는 빠져나간 수룡을 어떻게 다시 받아들이는지 모른
다. 거둬들이는 방법은 전혀 모른 채 주기만 한다.
　'아아…….'
　입을 벌려 소리 지르고 싶다.
　너무 어지럽다. 세상이 빙글빙글 돈다. 피를 많이 흘렸을
때처럼 아무 기운이 없다. 아무 생각도 하지 말고, 아무것도
하지 말고 이대로 푹 쉬었으면 좋겠다.
　'가가…….'
　그녀는 루검비를 떠올리며 고개를 떨궜다.

　루검비는 화룡을 모두 쏟아내지 않았다.
　왕신파의 곤주신술은 그에게 큰 배움을 주었다.
　곤주신술을 당해서 목 아랫부분을 인식하지 못할 때, 그는
화룡을 보지 못했다.
　신체를 차단하면 화룡 역시 보지 못한다는 거다.
　노동거사에게 화룡을 불어넣을 때, 이 방법을 사용했다.
　발목 아랫부분이 없다. 그래서 걷지 못한다. 어디를 갈 요
량이면 엉금엉금 기어가곤 했다.
　그는 자신의 과거는 물론 현재까지 철저하게 다리 없는 사
람으로 자신을 각인시켰다.
　상상이 아니다. 상상을 느껴서 현실처럼 받아들여야 한다.
그래야 화룡도 명령에 따른다.

그는 자신이 다리가 없다는 확신이 든 다음에야 노동거사의 몸에 화룡을 불어넣었다.

예상대로 화룡은 모두 빠져나갔다. 아무것도 없는 빈 허공에 방사되었다. 그리고 그는 죽었다. 몸속의 생기가 모두 빠져나갔으니 죽는 게 마땅했다.

그는 죽는 순간까지도 자신이 다리 없는 불구자라고 생각했다.

현실은 어떤가? 다리가 있다. 다리에 화룡이 있고, 그의 의식이 미치지 않는 곳이라 다른 곳의 화룡이 모두 빠져나갈 때도 발목만은 건재했다.

여기서 문제가 발생했다.

죽음에 이르기까지는 성공했는데, 다시 깨어나는 방법이 없다는 거다. 죽은 사람은 의식도 없다. 의식이 있어야 발목 아랫부분이 건재하다는 사실을 일깨우는데, 그럴 수가 없다.

정말 죽어야 할 시간인가.

그런데 수룡이 들어온다. 승장혈로 들어와 온몸을 휘젓고 다닌다.

무주공산(無主空山)이다. 화룡도 수룡도 없는 텅 빈 공간이라 마음껏 활개를 친다. 그리고 어느 한순간, 발목 밑으로 내려온 수룡이 화룡을 만났다.

꾸르르르룽!

두 용은 서로 엉켰다.

싸우는 건 아니다. 반가움에 서로의 몸을 비볐다.

두 용의 충돌은 루검비의 전신을 강타했다. 조용히 잠자고 있던 뇌를 일깨웠다.

의식이 깨어나기 시작했다. 발목 밑에 숨어 있던 화룡을 보았고, 끌어당긴다.

꽈르르릉!

화룡은 수룡을 수분혈로 밀쳐 냈다. 그리고 자신은 승장혈로 올라가 이체관통을 시작했다. 정상적인 화룡과 수룡의 음양교합이 시작된 것이다.

왜화창부는 루검비의 말대로 박빙을 만난 일이며, 그녀에게 끌려가 소월신투를 만난 일까지 재미있게 이야기했다.

"가가, 그녀가 절 보자 어떤 표정을 지었는지 알아? 악취를 맡은 사람처럼 코를 찡긋거리는 거야. 호호호! 그 모습이 어찌나 귀엽던지……."

"가가, 소월신투가 가가를 좋아하는 거, 알아?"

"가가, 이제 무천에는 가지 않아도 되는 거지?"

"가가, 가가와 난……."

그녀는 입에 '가가' 리는 말을 달고 살았다.

루검비는 웃으며 응했다. 그러나 속마음은 무겁기만 했다.

'어떻게 힌디…….'

환희교의 숙제를 풀지 못했다.

　　다접(多接)과 세상이 보는 시각에서 발생하는 차이를 좁히지 못하는 한, 환희교는 일어서지 못한다. 영원히 지하에 묻을지언정 색마들의 집합처로 만들 수는 없다. 아니, 색마라는 소리조차 들어서는 안 된다.

　　왜화창부는 어떻게 해야 하나?

　　옛날, 서화의 마음을 돌리기 위해 수문위라는 가공의 직함을 생각해 낸 적이 있다.

　　그녀는 제일위가 되었고, 그가 세상에 나가는 것을 허락해 주었다. 그의 수하가 되어 충실히 세상을 안내했다.

　　왜화창부를 보내며 마음이나 편하라고 수문 제이위를 주었다.

　　그녀는 그것이 처첩 정도 되는지 안다. 루검비와는 마음 놓고 정사를 벌여도 되는 사이로 착각하고 있다.

　　환희교를 일으킬 생각이었다.

　　왜화창부같이 수룡이 좋은 여자가 환희교도로 입교하면 죽은 교주가 이상향으로 그리던 환희교가 만들어질 것 같았다.

　　보름이란 기간 동안 그녀의 사기를 제거하며, 수룡을 가다듬은 것도 그런 이유가 컸다.

　　하지만 다접이란 문제를 해결하지 못하는 한, 환희교는 거론되지 말아야 한다. 환희교를 일으킬 수 없다면 그녀와의 관계는 어떻게 정리해야 하나.

참으로 심사가 복잡했다.

또 하나, 기녀들의 죽음을 잊고 있었다.

무천에 잡혀 있었으니 알고 싶어도 알 수 없었지만 이제 밖으로 나왔으니 누가 환희밀공을 썼는지 알아내야 한다.

루검비는 곰곰이 생각하다가 입을 열었다.

"왜화창부라는 말은 앞으로 쓰지 마."

"……!"

왜화창부가 눈을 크게 뜨고 그를 쳐다봤다.

"이름이 뭐지? 아직까지 이름도 모르고 있었네."

"류취취(柳翠翠). 류취취야."

그녀가 활짝 웃으며 말했다.

루검비가 꼬박꼬박 존대를 하다가 말을 놓자 '가가' 라는 호칭을 받아들인 것으로 생각했다.

"서화가 수문 제일위, 취취가 수문 제이위야."

"그럼 소월신투가 제삼위?"

루검비는 못 들은 척 말을 이었다.

"수문위는 오직 수문장만 보좌해야 해. 앞으로는 정조를 목숨보다 중히 여겨야 돼. 할 수 있어?"

"할 수 있어."

"좋아. 그럼 지금 이 길로 청음산으로 가."

"또?"

"청음산 쌍괴목에 교리가 있어. 그걸 찾아서 외워. 자면서도 읊을 수 있도록 달달.”

“같이 가면 안 될까?”

“이번이 마지막이야. 다음에 만나면 절대 안 헤어져. 언제든 옆에 있을 거야. 죽는 순간까지.”

그는 마음의 결정을 내렸다.

사람들이 왜화창부라고 부르던 화냥년, 그 여자를 내실로 맞아들인다. 그래야 지난 보름간 나눴던 정사가 당당해진다.

꼭 그것 때문만은 아니다. 왜화창부 시절의 그녀는 어땠는지 모르지만 사기를 모두 제거한 류취취는 귀엽고, 아름다우며, 현명하다. 종알종알 한시도 입을 다물지 않아서 심심할 틈도 없게 만든다.

그녀는 사랑스러운 여자다.

수문장은 당분간 잊는다.

다접을 해결하지 못한다면 영원히 잊어야 할지도 모르겠다.

“정말이야? 다음에는 정말 절대 헤어지지 않는 거지?”

루검비는 대답 대신 그녀의 입술을 찾았다. 손은 어느새 허리를 휘감고 있었다.

그녀는 흔쾌히 루검비를 받아들였다.

속눈썹이 파르르 떨린다. 많은 경험이 있으나…… 진정 가슴이 떨렸다.

류취취는 편한 마음으로 루검비를 보냈다.

그가 없어도 있는 것 같다. 그의 마음을 온전히 읽었기에 먼 곳에 있어도 늘 곁에 있는 것처럼 지낼 수 있다.

'내 낭군……'

무수히 많은 사내와 살림을 차려봤다.

사내들에게는 집착이라는 것이 있고, 집착이 목숨을 뺏을 수도 있다는 사실을 알게 되기 전까지는 마음 편하게 남자들을 만나 살림을 시작했다.

한 달 만에 끝난 관계도 있고, 조금 길게 이어지기도 했다. 가장 긴 것은 넉 달까지 간 것도 있다.

그들 중 누구도 '낭군'이라 생각되지 않았다.

연정이 불처럼 활활 타오르지만 언젠가는 꺼질 것이고, 그러면 가벼운 마음으로 헤어질 생각을 했다.

루검비는 다르다.

그가 곁에 있으면 가슴이 숫처녀처럼 콩쾅콩쾅 뛴다.

그는 다정하며, 믿음직하다. 무엇보다 늘 새롭다.

그는 떠나갔다.

다시 돌아온다는 기약을 하고 떠나갔지만 언제 돌아올지는 루검비 자신도 모른다.

류취취도 그런 사실을 안다.

직감으로 아는 것이 아니라 수룡이 그런 느낌을 전해준다. 그리고 또 다른 느낌, 그가 자신을 아주 귀히 생각하고 있다는 사실도 전해왔다.

그의 화룡이 아주 조심스럽게 수룡을 다룬다.

사기그릇처럼 떨이지면 깨질까 봐 애지중지한다.

이것이 루검비의 마음이다.

'언제까지고 기다릴게.'

그녀는 루검비가 떠난 자리에 한참 동안 앉아 있었다.

해가 중천에 걸렸다. 뜨거운 뙤약볕이 내리쬔다. 어느덧 계절은 폭염을 향해 달리고 있다.

그녀는 천천히 일어나며 수룡을 관찰했다.

그녀를 찾아야 한다. 찾는다고 약속했으니까.

"정말 찾아왔네?"

소월신투와 박빙은 놀란 표정으로 류취취를 쳐다봤다.

"그 사람은?"

"갔어요."

"가? 죽은 사람이…… 정말 살아났단 말이야?"

"살았다고 했잖아요."

그녀는 소월신투 맞은편에 앉았다.

그녀들은 작은 동굴에 자리를 잡고 류취취를 기다렸다.

토끼도 잡고, 새도 잡아먹으며 꼬박 이틀을 산속에서 생활했다.

채의마옹과 유수신투도 멀지 않은 곳에 있다. 그들에게 소월신투는 눈에 넣어도 아프지 않은 보물이다. 무천과 충돌이 있은 직후인지라 더더욱 그녀 혼자 내버려 두고 갈 수 없었다.

또 한 사람, 노동거사도 남았다.

왜 가지 않느냐는 말에 그저 웃기만 하면서 주위를 맴돌았다.

그들 세 사람의 귀가 류취취의 입에 집중되었다.

"솔직히 말해. 어디다 묻었어?"

"가가께서 말해주시더군요. 곡 소저를 공사장에서 만났다고. 매일 전낭을 털어가셨다면서요?"

"뭐?"

"그때 이걸 배웠다고 하더군요."

류취취가 손을 들어 허공을 집었다. 날아가는 새를 희롱하는 듯 유유히 흘렀다.

한데 묘한 착각이 생긴다.

그녀의 손이 움직이지 않는 것 같다. 원래부터 한자리에 있었던 듯 딱 고정되었다. 아니다. 변했다. 손등을 보였는데, 지금은 손바닥을 보인다. 언제 손을 뒤집었단 말인가.

"난수!"

"미안해요. 이걸 보여줘야 믿을 거라면서."

"……."

소월신투는 말을 잇지 못했다. 입을 쩍 벌린 채 류취취만 쳐다봤다.

“언제…… 부터 배운 거야? 그 난수?”

박빙도 어지간히 놀랐는지 말을 더듬거렸다.

“어제요. 잠깐 가르쳐 주셨어요.”

박빙과 소월신투는 서로를 마주 봤다.

있을 수 없는 일이 벌어졌다. 직접 눈으로 봤으면서도 믿기지 않는다. 어떻게, 어떻게 이런 일이 생길 수 있단 말인가.

유수신투도 난수를 알고 소월신투도 안다. 하나 류취취의 난수는 그들보다 훨씬 뛰어나다. 절기를 훔쳐 배운 자가, 그것도 수련 기간이 하루밖에 안 되는 자가, 무공이라고는 처음 수련한 자가 원주인보다 뛰어나다니 말이 되는가.

“지, 진기는 어떻게 운용했어? 경혈 흐름이 어떻게 돼?”

“그런 건 몰라요.”

“뭣! 놀리는 거야!”

“아뇨. 정말 경혈 흐름 같은 건 몰라요. 저도 그렇고, 가가도 그래요. 가가께서 저에게 난수를 가르쳐 주셨지만 가가도 진기 같은 건 쓰지 않아요.”

“그럼 뭐로……?”

“저희는 수룡이라고 해요.”

“그게 진기 아냐! 그걸 어떤 경락으로 운용시켰냐고!”

“운용할 필요가 없어요. 생각이 일어나면 몸이 따라 움직인다. 불가능하다는 생각을 버리고 온전히 집중하라. 의심은 수룡의 적, 의심이 있는 곳에 수룡은 모습을 드러내지 않는다.”

"무슨 소리야!"

"선화신공 구결이에요. 선화신공은 수룡을 기르는 방법이
고요. 환희교 화녀가 배우는 유일한 무공이죠."

"그, 그건 배운 지 얼마나 됐는데?"

박빙이 물었다.

"환희교도가 되면서요. 가가와 보름 동안 같이 있을
때…… 아시다시피 전 밤마다 그분과 동침했어요. 그래요. 하
루도 거르지 않고 정사를 나눴어요."

"그런 말 하면서 창피하지도 않아?"

박빙이 툭 쏘았다.

"아뇨. 그분과 같이 있던 게 정말 좋아요. 제가 그 일을 창
피해하면 그분을 욕되게 하는 거예요. 창피하지 않아요."

"하!"

박빙이 기가 막힌 듯 헛바람을 토해냈다.

소월신투는 고개를 푹 수그려 땅을 쳐다보면서 묵묵히 듣
기만 했다. 표정 변화도 없었다. 마치 남의 일을 듣는 것처럼
담담했다.

"그때 전 다른 목적이 있었어요. 어떻게 해서든 그분을 유
혹해서 환희밀공 구결을 빼내야 했죠. 절 세심옥에서 풀어주
는 조건이었으니까요."

"백면…… 기이이 일을 저질렀군."

"그 사람은 절 죽이려고 했는데, 제가 탈출한 거예요. 가가

말대로 서 소저를 찾아서 살려달라고 애원했고요. 그때서야 비로소 알았어요. 가가가 보름 동안 절 왜 안았는지.”

“정사를 벌이는 데도 이유가 있어? 뭐? 자식 낳으려고?”

“아뇨. 수룡. 수룡을 정화시키려고요. 나쁜 수룡을 착한 수룡으로 바꾸는 과정이었어요.”

“뭐라고?”

“그게 환희교예요. 환희교가 왜 나쁜지, 왜 욕을 먹는지 전 아직도 모르겠어요.”

“그건…… 몸을 함부로 굴리기 때문이야.”

소월신투가 싸늘하게 말했다.

“난수는 쓰지 마. 난수가 출현했다는 소문을 들으면 반드시 널 죽일 거야.”

그녀가 일어섰다.

류취취가 급히 따라 일어서며 그녀의 옷소매를 잡았다.

“한마디만 더요.”

“……”

“저와 같이 가요.”

“뭐?”

“제 수룡이 말하고 있어요. 곡 소저의 수룡은 알을 깨고 나오는 상태. 금방, 금방 느낄 거예요, 수룡의 존재를. 그러면 지금 제가 무슨 말을 하는지 아실 거예요.”

“헛소리는…….”

"가가가 살았다고 할 때 절 믿으셨죠? 가가는 살았어요. 지금도 그래요. 무조건…… 절 믿고 따라주세요. 제가 반드시 수룡의 존재를 보여드릴게요."

"나더러…… 환희교도가 되란 말이야!"

소월신투의 얼굴에 노기가 가득 맺혔다.

"아뇨. 그럴 필요 없어요. 수룡이 뭔지만 보여드릴게요. 그런 후, 마음대로 하세요. 정말이에요. 음…… 이틀 어때요? 이틀만 시간을 주세요. 그럼 가가가 일생을 걸고 있는 화룡이 어떤 건지 아실 거예요."

류취취는 간절히 매달렸다.

소월신투 곡조하의 수룡이 독기를 품었다.

느껴진다. 혀를 톡 쏘는 느낌이다.

이대로 물러나면 그녀는 루검비를 상종조차 할 수 없는 인간 말종으로 여길 것이다. 그리고 환희교라는 말을 들으면 적극적으로 처단하는 쪽에 설 것이다.

독기를 풀어내는 방법 같은 건 모른다. 하나 이대로 보낼 수는 없다. 어떻게든 해보고 싶다.

류취취는 간절한 마음이 북받쳐 눈물까지 흘렸다.

"제발요……."

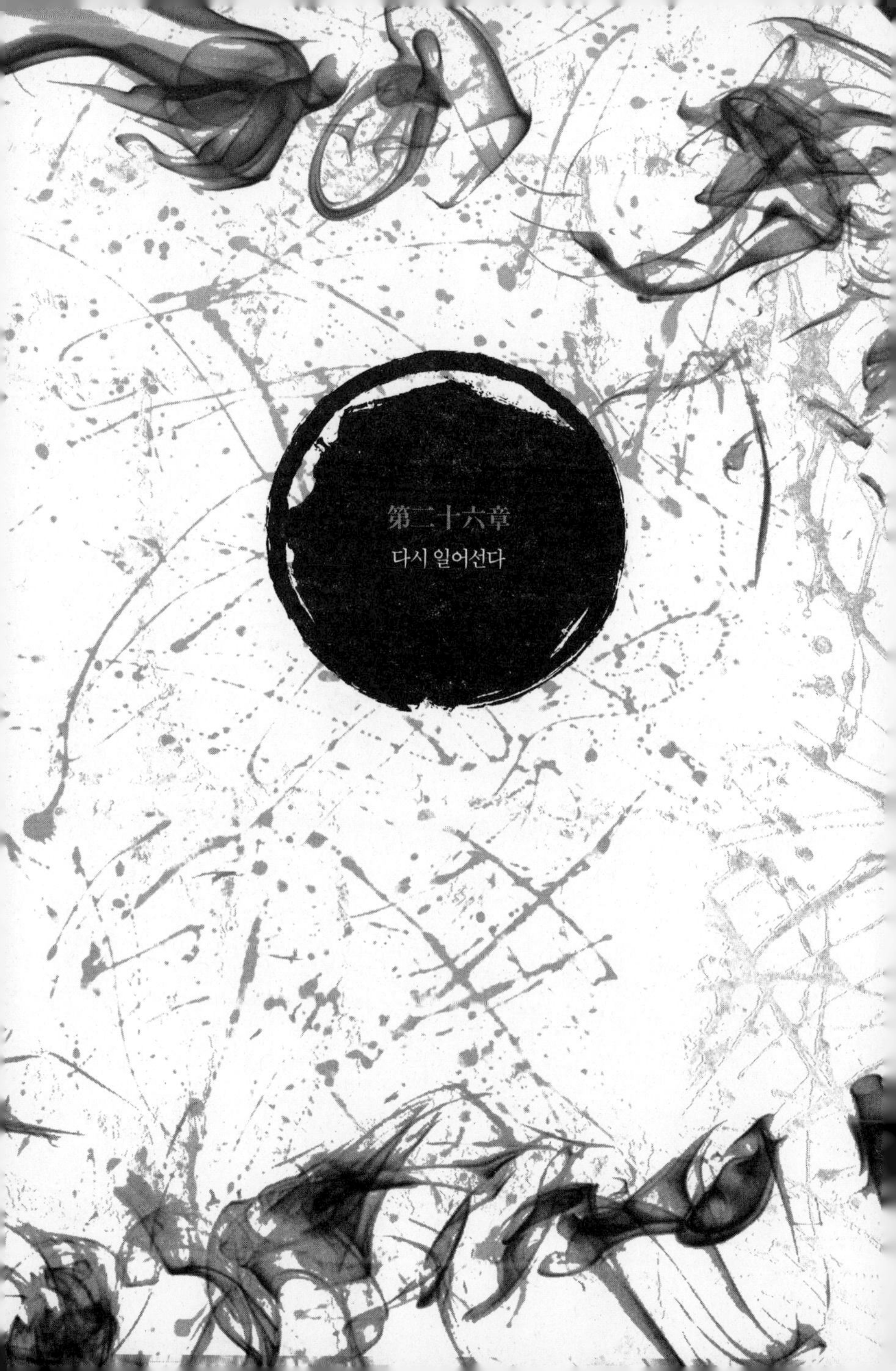

第二十六章
다시 일어선다

歡喜密功
환희밀공

1

루검비는 정처없이 길을 걸었다.

갈 곳도 없다. 오라는 곳도 없다. 어디로든 가야 한다는 마음만 있을 뿐, 특별히 생각해 둔 곳도 없다.

갈 곳이 있기는 하다. 아니, 꼭 가봐야 한다. 청음산에 가서 쌍괴목을 찾아야 한다.

그는 꼭 해야 할 일을 뒤로 미뤘다.

지금 상태에서는 순수한 믿음으로 교리를 대할 수 없다. 읽으면서 비판하고 분석할 것이다.

환희교는 난해하다.

인간의 상식을 완전히 뒤집어 버리기 때문에 받아들이는

데 비판적이 될 수밖에 없다.

루검비는 자기 손으로 교리를 찢어버릴까 봐 겁났다.

그럴 바에는 차라리 쌍괴목에 잠들어 있는 편이 나으리라.

어디를 어떻게 걸었을까?

눈앞에 강이 보였다.

큰 강이라고 할 수는 없지만 강안(江岸)에서 바라다보는 경치가 빼어난 곳이다.

루검비는 그곳이 마음에 들었다.

"이게 무슨 강입니까?"

지나가는 어부에게 물었다.

"단강(丹江)이네. 어디서 왔나?"

"어디서 왔는지도 모르겠군요."

어부는 별 이상한 놈을 다 봤다는 듯 위아래를 쓱 훑어본 후 멀어져 갔다.

'단강……'

단강 강안에 부러진 나뭇조각들이 쌓였다.

첫날은 수북한 정도이더니 이튿날에는 지나가는 사람마다 모두 쳐다볼 정도로 상당한 양이 되었다.

루검비는 나뭇가지에 진흙을 발라 차곡차곡 쌓아올렸다.

삼 일째로 넘어서자 간신히 비나 가릴 정도의 초라한 움집이 생겨났다.

마음이 편안했다.

일을 하는 내내 즐거웠다. 진흙과 나뭇가지가 쌓여서 집이 되어가는 과정이 참으로 기뻤다.

즐거운 일은 하라. 즐겁지 않은 일은 하지 마라. 고통스럽더라도 보람 있는 일을 하라. 그것이 환희다. 고통스럽기만 하고 보람도 없는 일은 하지 마라.

집을 짓는 간단한 일에서조차 환희교의 교리는 살아 있다.

밤이 되었다.

루검비는 불을 밝히지 않았다.

처음부터 등잔이나 초는 준비하지 않았다. 불을 피울 도구가 일체 없다. 자연이 만들어준 시간에서 살 생각이다. 자연이 일어나라 하면 일어나고, 잠들라 하면 잠을 청한다.

당장 선급하게 처리할 일이 있다.

'무공부터 만들어야겠군.'

그렇다. 무공을 지녀야 한다. 그것도 상당히 강력해서 무인들이 쉽게 넘보지 못할 정도가 되어야 한다.

교주는 자신만의 환희교를 만들지 못했다. 무공이 약했기 때문이다. 그래서 무공이 강하면서 환희교를 보호해 줄 자, 수문장의 존재를 간절히 원했다.

그도 이번에 겪은 일로 느낀 바가 많다.

특히 노동기사에게 속수무책으로 당한 사건은 자신이 얼마나 허약한지를 알려주는 단적인 사례가 되었다.

무공이라면 그도 지니고 있는 게 있다.

단번에 사람을 말려 죽일 수 있는 기공 중에 기공이다.

그걸 쓸 수 있는가? 환희밀공을 사람 죽이는 데 쓰겠는가?

못 쓴다. 환희를 불러와야 할 밀공이 사람 살상에 쓰이면 저주가 내린다. 꽃밭을 누벼야 할 나비가 독초가 밀집된 늪지를 헤맨다면 어떻겠나.

환희밀공은 무공으로 사용할 수 없다.

단, 무인들이 말하는 진기 대용으로는 쓸 수 있다. 하면 아주 강력한 내공이 될 것이다.

시발(始發)은 류취취가 끊어주었다.

그녀는 수룡을 이용해 가공할 신법을 구사한다. 이 세상에 나온 적이 없는 그녀만의 신법이다.

은신술로도 활용했다.

나무가 되고, 바위가 되고, 흙이 되어 무천 무인들의 눈과 귀를 속였다.

수룡이 할 수 없는 일은 없다.

진기를 나뭇잎 정도로 치부하면서 나뭇잎이 할 수 있는 일을 못한다는 건 말이 안 된다.

그녀는 수룡을 그녀가 원하는 대로 응용시켰다.

바람직한 현상이다. 수룡을 밖으로 끄집어내어 쓸 수 있다면 얼마든지 해야 한다.

루검비는 그녀에게 수룡의 존재를 일깨워 줬으면서 정작

자신은 강하게만 키울 뿐, 활용할 방도를 찾지 못하고 있었다. 아니, 무공으로 사용해서는 안 된다는 일종의 강박관념이 화룡의 가치를 한참 밑으로 떨어뜨려 버렸다.

'광검소천!'

나뭇가지를 검 삼아 일초 검식을 뻗어냈다.

사앗! 파앙!

바람 소리조차 흘리지 않고 날아가던 검초가 팔이 완전히 펼쳐졌을 즈음 강한 폭발음을 냈다.

화룡의 응축도가 너무 강해서 나뭇가지를 산산조각 내버렸다.

화룡을 진기 대용으로 써서 검초를 펼치려면 웬만한 검으로는 안 될 것 같다. 상당한 강도를 가진 보검이 필요하다.

팟! 파팟! 팟!

난수와 철골지가 연이어 펼쳐졌다.

혈파신공은 쓰지 않았다.

그에게는 신공이나 심법이 필요없다. 세상에서 가장 강력한 화룡이 있는데, 하위(下位)의 것들을 써서 뭐 하겠는가.

그는 절조를 원한다.

많은 사람들이 사용해 본 결과, 뛰어난 설기라고 인정받은 절초면 더욱 좋다. 그게 전부 다 필요한 것도 아니다. 변화(變化)만 있으면 된다. 초식을 구성하는 형태만 알면 된다.

불행히도 그는 많은 무학을 보지 못했다.

팟! 파팟! 팟!

난수와 철골지가 연이어 펼쳐졌다.

두 번, 세 번, 네 번…… 손에 익어 언제 어느 때든 펼칠 수 있을 만큼, 밥을 먹으려고 수저를 집을 때처럼, 일상생활의 한 부분이라고 생각될 때까지 반복을 거듭했다.

낮이 되면 강가에 낚싯대를 드리우고 고기를 잡았다.

잡은 고기는 대부분 자신이 먹다가 나중에는 원하는 사람에게 그냥 나눠 주었다.

"그 사람, 고기 한번 잘 잡네."

"그러게 말이야. 저 자리가 명당인가?"

"허! 또 잡네. 저 크기 좀 봐. 어떻게 넣었다 하면 월척이야?"

처음에는 지나가는 사람들만 기웃거렸다.

시간이 지나자 일부러 구경하러 오는 사람들까지 생겼다.

"미끼가 뭐야?"

"지렁이 쓰지?"

"응. 지렁이 맞아. 여기 지렁이가 잘되나?"

사람들의 웅성거림은 그의 귀에 들어오지 않았다.

그는 지렁이를 통으로 쓰지 않고 토막을 냈다.

일단 죽이는 것이다. 그리고 바늘에 꿸 때, 자신의 화룡으로 구석구석을 꽉 채웠다.

그는 고기를 잡지 않았다. 물고기 같은 것은 잡히든 말든 신경조차 돌아가지 않았다. 그가 수련하고자 하는 것은 이체관통을 통한 화룡전이(火龍轉移)였다.

'됐어.'

토막 난 지렁이에 화룡이 그득히 채워졌다.

쉬익!

낚싯대를 던졌다. 그리고 하나, 둘…… 줄이 팽팽하게 당겨졌다.

물고기도 생기는 안다. 먹어서 좋을 것과 좋지 않을 것을 구분한다. 생기가 강한 먹이는 싱싱하다는 차원을 넘어선다. 먹어도 절대 안전하다는 안심을 준다.

낚싯대에 물린 미끼는 생기가 없다.

독에 중독된 고기도 생기가 없다.

불안하거나 좋지 않은 상태에서는 생기 대신에 탁기(濁氣)가 흘러나온다.

물고기는 미끼에 인위적으로 생기를 불어넣는 방법이 있다는 것을 짐작조차 못했으리라.

화룡전이는 성공이다.

전이한 양은 무척 작다. 겨우 토막 난 지렁이를 채우는 정도다. 하지만 이는 자신의 생명이니 지극히 조심해서 써야 한다.

루검비는 조금씩, 조금씩 화룡을 쓰며 하루 종일 낚시를 했다.

저녁 무렵까지 지속했지만 몸에는 아무런 이상도 생기지 않았다.

다음날은 낚시를 하지 않았다. 낚시를 할 때보다 더 바쁘게 움직였다. 인근 동네를 돌며 먹다 버린 음식 찌꺼기란 찌꺼기는 모두 수거해 왔다.

양이 무척 많다.

썩는 냄새가 강변 한구석을 차지할 정도로 많이 거둬들였다. 오죽하면 거지가 동냥하는 줄 알았다가 나중에는 돼지 키우냐고 물어올 정도였다.

그리고 밤이 될 때까지 푹 쉬었다.

음식 찌꺼기는 돼지만 잘 먹는 게 아니다. 쥐도 잘 먹는다. 특히 강변에 사는 쥐는 덩치도 커서 많은 양을 먹어치운다.

루검비는 찌꺼기를 사발에 담은 다음 화룡을 넣었다.

토막 난 지렁이보다 훨씬 많은 양이다.

찌찍! 찍찍! 찌찌찍!

쥐들이 앞 다투어 달려들었다.

움막 주변은 온갖 음식 찌꺼기가 즐비하다. 쥐들이 좋아하는 먹이가 널려 있다.

쥐들은 다른 음식들은 거들떠보지도 않았다. 화룡이 담긴 음식에만 앞다투어 달려들었다.

찌찌찌찍! 찍찍! 찌찍!

쥐들은 먹이를 서로 먹으려고 싸우기까지 했다.

그때, 섬광처럼 머릿속을 스쳐 가는 생각이 있었다.

'이럴 게 아니라……'

원래는 거둬온 먹이를 밤새도록 줄 생각이었다.

낮에 낚시를 했던 것처럼 조금씩 화룡을 덜어내다 보면 자신의 한계를 알 수 있지 않을까 싶었다.

머리가 아프다거나 현기증이 생기면 당장 멈춰야 한다. 구역질이 치밀거나 배가 아파와도 마찬가지다. 때로는 뒷목이 당기는 현상이 생길 수도 있다.

화룡이 부족한 증상은 다양하게 일어난다.

삼법 덕분에 보통 사람은 엄두도 내지 못할 만큼 큰 그릇을 가지게 되었지만 얼마나 큰 그릇이고 화룡이 어느 정도나 컸는지는 그 자신도 알지 못했다.

일단은 계획대로 한다.

쥐들이 먹어버려 깨끗이 비워진 그릇을 가져다가 음식을 담았다. 그리고 다시 화룡을 불어넣었다.

찌찌찍! 찌찍! 찍찍! 찌찌찍!

동이 터올 무렵, 그 많던 음식은 깨끗이 비워졌다.

가만히 놔뒀어도 쥐들이 먹어치웠을 것이다. 다른 곤충이나 벌레도 달려들어 먹었을 게다. 그래도 최소한 칠 주야 동안은 독한 냄새를 풍겨냈으리라.

그 많은 양이 하룻밤 사이에 깨끗이 없어졌다.

몸은 이상없다.

상당히 많은 양을 쏘아냈는데도 멀쩡하다.

화룡은 상처가 생기면 스스로 치유를 하는데, 루검비의 경우에는 회복 속도가 경이로울 정도로 빠르다.

화룡을 방사하고 뒤돌아서면 어느새 보충되어 있다.

그러면 화룡은 어디서 그 많은 양의 생기를 보충하는 것일까?

공기다. 땅이다. 하늘이며, 나무다. 천지자연이다. 이 땅에 가득한 생기를 먹는다.

일시에 다 쏘아내는 충격적인 방법만 사용하지 않는다면 부족함이 없으리라.

루검비는 먹이를 먹는 쥐들 중에 가장 작은 놈을 잡았다.

쥐를 잡기 위해 뛰거나, 기거나, 올무를 사용하거나, 덫을 놓을 필요는 없었다.

손가락으로 작은 생쥐를 가리켰다. 그리고 생쥐와 자신이 일직선으로 연결되어 있다고 생각했다. 그러자 손에서 화룡이 방출되어 생쥐와 연결시켜 주었다.

생쥐는 제 발로 걸어와 루검비 앞에서 찍찍거렸다.

류취취가 찾아낸 방법인데, 아주 유용하게 잘 쓰인다.

루검비는 생쥐의 몸에 화룡을 불어넣었다.

생쥐는 얌전했다. 고양이를 만난 쥐도 꼼짝하지 않지만 자세히 지켜보면 바들바들 떨고 있다는 것을 알 수 있다. 루검비의 손에 올라탄 생쥐는 전혀 떨지 않았다. 마치 자기 집에 온 것처럼 편안하게 왔다 갔다 했다.

생쥐를 놓아주었다. 무리 속으로 돌아가게 해주었다.

그러자 기이한 현상이 벌어졌다.

커다란 쥐들이 앞 다투어 길을 비킨다. 생쥐는 그런 현상을 당연하다는 듯 받아들인다.

그들 세계에도 왕이 있는지 모르지만, 있다면 왕이 바뀐 것이다.

'이런 힘을 모든 사람이 가지고 있는데…… 누구나 화룡을 보기만 하면 되는데…….'

무인들은 멍청이다.

자신이 이미 가지고 있는 것은 보이지 않는 곳에 꽁꽁 숨겨 놓았다. 그리고 자신 것보다 훨씬 못한 것을 구하고자 불철주야 무공 수련을 한다.

무공 수련은 물론 해야 한다. 몸을 단련하는 것이 나쁘다는 것은 아니다. 하나 기왕이면 화룡을 이용한 것이면 더 좋지 않은가.

루검비는 하늘을 쳐다봤다.

비가 오려는지 우중충하다. 검은 먹구름이 잔뜩 깔러 있는 것으로 보아 틀림없이 비가 올 것이다.

이제 화룡전이는 완벽하게 시험했다.

쏘아내는 화룡의 양도 쥐에게 영향을 줄 정도로 많아졌다.

짐승이나 자연을 대상으로 한 실험을 이 정도면 충분하다.

이제는 사람에게 화룡을 써볼 차례다.

문제가 있다. 자칫 잘못하면 화룡끼리 충돌하여 즉사하는 경우가 발생한다. 여인도 마찬가지다. 화룡이 수룡과 교류하는 것과 몸속에 화룡을 남기는 것은 큰 차이가 있다. 여인 역시 끊임없이 충돌을 일으키다가 오공으로 피를 뿜으며 즉사한다.

지금까지는 그랬다. 백이면 백, 모두 즉사했다.

기련산 들쥐부터 상관세가 무인들까지 손을 대는 사람은 모두 요행을 면치 못했다.

딱 한 사람, 노동거사가 살아남았다.

그는 거짓 화룡도 아니고 진룡(眞龍)을 몸에 담고도 살았다.

결국 루검비가 손을 써줘서 목숨을 구했지만 다른 사람들처럼 오공으로 피를 쏟으며 즉사하지는 않았다.

그 사실이 루검비에게 영감을 주었다.

가룡(假龍)을 심으면 틀림없이 죽는다. 진룡을 심으면 즉사하지는 않는다.

왜 이런 현상이 일어났을까?

가룡에는 뜨거운 화기만 담겨 있지만 진룡에는 사람의 숨결이 남아 있기 때문이다.

'곧 알게 되겠지.'

루검비는 몸을 일으켰다. 그리고 며칠 동안 몸을 의지했던 움막을 미련없이 등졌다.

2

"누구요?"

"아프신 분이 계시다기에 찾아왔습니다."

"의원이오?"

"네."

"어디 의원이오?"

"행의(行醫)인지라 의원을 갖고 있지 않습니다."

"예끼, 여보쇼! 그런 솜씨로 침을 놓겠다고 왔단 말이오! 치도곤 치르기 전에 썩 가쇼."

"알겠습니다. 그럼 이거나 전해주십시오."

루검비는 서신 한 통을 내밀었다.

"이게 뭐요?"

"어떤 분을 치료해 드렸는데, 이곳에도 비슷한 병을 가진 분이 계시다며 가보라 하시더군요. 여기 주인과 잘 아시는지 서신을 전해달래시 가지고 왔습니다."

"알았소. 전해 드리리다."

문지기는 거들먹거렸다.

루검비의 행색이 초라하기 이를 데 없어서 무시하는 마음이 절로 일었다. 게다가 나이도 어려 보이고, 세상 사람들에게 머리만 조아리고 살았는지 문지기인 자신에게까지 극존칭을 사용한다.

오랜만에 윗사람 행세를 해도 좋은 사람을 만난 것이다.

"해, 행의! 생사의(生死醫)! 이, 이놈아! 그, 그분, 어디 계시느냐! 어디 계셔!"

서신을 읽은 대인(大人)은 자리에서 벌떡 일어나며 고함쳤다.

"가, 가, 가셨……."

"뭐야! 어서 모셔와! 어서!"

환자가 있어서 대화마저 조용조용히 나누던 집 안에 불이 떨어졌다.

하인들이 모두 쏟아져 나갔다. 하녀도 나갔다. 집 안에 있는 사람은 모두 뛰쳐나갔다. 문지기가 말한 인상착의를 토대로 그가 갔다는 방향을 향해 벌 떼처럼 달려나갔다.

"언제부터 이랬니?"

"괜찮아요. 조금 지나면 나을 거예요."

"꽤 아프겠구나."

"아픈 건 참을 수 있는데, 배고파서 죽겠어요. 떡이라도 사 줄래요?"

"그러자. 나도 마침 출출하던 참인데."

루검비는 꼬마 아이를 앉혀놓고 다리를 살폈다.

상처는 농이 되고, 농은 깊이 뿌리를 박았다.

상당히 심각하다. 뿌리가 너무 깊어서 치료를 하더라도 살을 뭉텅 도려내야 할 판이다. 그렇다고 치료를 하지 않으면 결국은 다리를 잘라야 한다.

아이도, 부모도 알고 있으리라.

그럼에도 웬수 같은 돈 때문에 의원을 부르지 못하고 집에서 헝겊만 대주고 있다.

루검비는 다리에 화룡을 불어넣었다.

쏴아아아!

화룡은 농이 박힌 부근만 맴돌았다.

화룡을 일정 부위에만 머물게 하는 방법은 자신이 창안해냈다.

노동거사에게 화룡을 불어넣을 때, 발목 이하는 없다고 생각했다. 그 방법을 응용하여 불어넣은 화룡이 전신을 휘돌지 않고 일정 부위에만 머물도록 했다.

"어! 시원해요."

"그렇지? 저기 좀 볼래?"

루검비는 다른 곳을 가리키며 소도(小刀)를 꺼내 재빨리 농을 도려냈다.

상어가 다리를 물어뜯은 것처럼 살이 움푹 파였다. 한데도 피는 많이 흘러나오지 않았다. 약간 흐르다가 마는 선에서 그쳤다.

그곳에 다시 한 번 화룡을 불어넣었다.

쏴아아아!

이번 화룡은 다르다. 한 곳만 봉쇄한 먼젓번 화룡과는 달리 소년의 화룡을 자극한다.

당연히 소년의 화룡이 맹렬이 달려왔다.

루검비는 예의 주시하다가 충돌이 임박한 순간에 자신의 화룡을 싹 빼냈다.

소년의 상처에는 자신의 화룡이 가득 찼다.

"안 아프지?"

"네. 전혀 안 아파요. 내 다리가 왜 이래요?"

소년은 아프지 않은 게 오히려 이상한지 울먹거리기까지 했다.

루검비는 금창약을 듬뿍 발라주었다.

사실 금창약은 필요없다. 화룡이 스스로 알아서 치료를 해 줄 것이다. 가만히 놔둬도 세월이 지나면 낫겠지만, 생기를 잔뜩 끌어올렸으니 사나흘이면 딱지가 앉는다.

금창약보다 훨씬 효과가 좋은 것이다.

그렇다고 굳이 금창약을 바르지 않을 이유는 없다. 약은 약대로 효과가 있으니, 생기와 어울려 더욱 빨리 회복시켜 줄 것이다.

"가자. 우리 떡 먹어야지."

루검비가 소년을 안아 일으켰다.

"역시 생사의야. 눈 깜짝할 순간에 살을 도려냈는데, 비명 하나 안 지르더라니까. 전혀 아프지가 않더래."

"이 시대 최고의 의원이라는 구생이나 중원제일의라는 무류도 그 정도일까?"

"그 사람들은 더하겠지. 행의가 이 정도인데 그 사람들이야 죽은 사람도 살리지 않겠어?"

"에끼, 이 사람! 그건 너무했다."

고평(高平) 사람들은 온종일 생사의 이야기만 했다.

그를 더욱 유명하게 만든 건 괴벽(怪癖)이다.

그는 치료를 하되 돈을 받지 않는다. 아프다고 찾아온 사람을 다 치료해 주지도 않는다. 일반 의원들에게 보여서 나을 상처 같으면 좋은 소리로 돌려보낸다. 하나 의원들이 불가능하다며 손 뗀 병자는 천 리 밖에 있어도 찾아가 치료한다.

그래서 언제부터인가 인간의 생사가 결정되는 마지막 순간에만 그를 볼 수 있다고 하여 생사의라는 별호가 생겼다.

'생사의……'

그녀, 유화는 입술을 잘근 깨물었다.

놈을 봤다. 소년의 다리를 치료할 때, 멀지 않은 곳에서 유심히 지켜봤다.

놈은 생전 처음 보는 의술을 펼친다.

다리를 잘라야 할 정도 깊이 파인 농을 그토록 간단히 처리하는 놈은 진정 처음이다.

그녀는 의술을 안다. 알기에 더욱 놀라고 있다.

'가면을 벗을 때가 됐는데.'

그녀는 루검비의 뒤를 주시했다.

"아, 아까는 죄송했습니다."

문지기는 허리를 땅에 닿을 정도로 깊이 숙였다.

루검비도 마주 인사했다.

"덕분에 아이를 만났습니다. 이유가 있어서 그런 일이 벌어진 것이니 괘념치 마십시오."

"나, 나리!"

문지기는 '나리' 라는 말까지 토해내며 부복했다.

많은 의원이 다녀갔지만 이처럼 대인(大仁)을 가진 의원은 처음이었다.

유화는 더 이상 루검비를 쫓지 않았다.

'미친놈.'

그렇게밖에 말할 수 없다.

삼법을 거친 놈이 대인이라니. 환희교가 몰락했고, 자신은 죽을 뻔했다. 한데 아무 일도 없었던 것처럼 세상 사람들을 향해 사랑의 손길을 뻗고 있다.

미쳐도 단단히 미쳤지 않은가.

루검비에게서는 환희교의 그림자가 보이지 않는다. 저주의 환희밀공도 떨어져 나갔다. 살기가 색기 같은 것은 눈을 씻고 찾아봐도 찾을 수 없다.

사람의 근본이 바뀌어도 이렇게까지 바뀔 수 있는 것인가.

그녀는 뒤를 그만 캐기로 했다. 따라다녀 봐야 자신만 점점 작아진다. 초라해서 견딜 수 없다.

사실 이제는 더 이상 따라다닐 수도 없다.

생사의라는 소문이 어디까지 났는지 모르지만 그를 알고자 하는 사람들이 꼬이고 있다.

의가(醫家)는 당연히 사람을 보냈고, 무천에서도 통령 한 명이 파견되어 왔다.

벌써 두어 명 정도 아는 얼굴을 만났다.

더 이상 쫓아다닌다는 것은 자신에게 위험하다.

환희교의 간세라는 말도 안 되는 오명을 뒤집어썼지만 결백을 증명할 길이 없으니 숨어 있어야 한다. 어쩌면 영원히 밝은 세상에 나서지 못할 수도 있고.

뭐 하러 왔던가. 루검비가 무슨 짓을 하든 상관할 게 뭐라고 한달음에 달려왔던가.

그녀는 터벅터벅 고평을 떠났다.

"이대로 가십니까?"

낯설지 않은 음성이 그녀의 발길을 잡았다.

'검비!'

소리가 난 곳으로 고개를 돌리자 루검비가 나무 그늘에 편히 앉아 있는 모습이 보였다.

유화는 나무 그늘로 걸어가 루검비 옆에 앉았다.

"어떻게 금방 나왔어? 들어가는 것 보고 떠났는데."

"내일 다시 오겠다고 하고 나왔지요. 그분이야 내일 고쳐도 되지만 제삼위(第三尉)는 지금 잡지 않으면 영원히 만날 수 없을 테니까요."

"제삼위?"

"제가 만든 직책입니다. 수문장을 호위하는 일종의 호법(護法)인데, 류취취는 첩으로 알더군요."

"류취취?"

"왜화창부의 이름입니다."

"호호호!"

유화는 웃었다. 기가 막혀서 웃었다.

"류취취는 제이위입니다. 제일위가 누군지 궁금하지 않으십니까?"

"누구야?"

“서.화.”

“뭐? 호호호! 어처구니없어서 말도 안 나온다. 서화가 네 호법을 서줄 것 같아? 서화가 호법을 서준다면 받을래? 두렵지 않아? 밤에 목 조심해야 할걸?”

“당분간 의원 행세를 해야겠어요. 정리할 게 있어서. 가죠. 어디 가서 술이나 마셔요.”

루검비가 일어섰다.

“너 정말 머리가 어떻게 된 것 아냐? 내가 널 따라갈 것 같아?”

“……”

루검비는 말을 하지 않고 그녀를 지긋이 쳐다봤다.

그러자 유화의 가슴이 쿵쿵 울리기 시작했다. 처음 사내를 만난 듯 얼굴까지 화끈거렸다.

“너, 이 자식! 내게 환희밀공을!”

“성신을 일깨워 준 것뿐입니다. 많은 환희교도를 알지만 제대로 된 성신을 아는 사람은 류취취뿐입니다. 왜화창부라고 비웃는 그녀만이 성신을 보고 듣습니다. 후후! 무공으로 응용도 하더군요. 덕분에 저도 성신을 무공으로 쓸 수 있다는 걸 알았어요.”

“뭐야!”

“성신을 보게 될 겁니다. 부정하지 않고, 의심하지 않고, 오로지 믿으면. 어디서 많이 들어본 말 아닙니까?”

교주가 늘 하던 말이다.

선화신공을 운용함에 부정하지 말고, 의심하지 말고, 성신이 있음을 믿으라고 했다.

"가요. 이야기는 술 마시면서 해도 늦지 않아요."

루검비가 앞서 걸었다.

이상하다. 그를 진심으로 미워했다. 왕신파의 제자가 되어 의원으로 한평생을 보내려고 했다. 하나 루검비가 다시 세상에 나오니 그녀도 환희교도로 돌아갈 수밖에 없었다.

싫었다. 환희교도 싫고, 루검비도 싫었다.

지금도 싫다. 무조건 싫다. 아니다. 그를 따라가 진정한 성신을 보고 싶다는 갈망이 생긴다. 그의 옆에 앉기 전까지만 해도 그런 생각을 하게 될 줄은 꿈에도 몰랐다.

'내게 환희밀공을 쓰다니. 나쁜 자식!'

유화는 이빨을 꽉 깨물면서도 루검비의 뒤를 따라 걷기 시작했다.

3

루검비는 고평 제일의 명사(名師)다.

고평에서 그를 모르는 사람은 없다. 그를 보는 사람은 노소 불문하고 깍듯이 인사를 한다. 식사 때가 되면 찬물에 만 밥 한 그릇이라도 대접하려고 안간힘을 쓴다.

"저놈, 잡기가 쉽지 않겠는데."

서자묵이 눈살을 찌푸리며 말했다.

무천 일을 하다 보면 이런 경우를 종종 맞는다.

악인이라 생각하고 추적했는데, 막상 잡으려고 보면 대인으로 변모해 있다.

그럴 때는 참으로 곤란하다.

어떤 경우에는 잡아 가지고 나오다가 성난 마을 사람들과 대치를 벌인 적도 있다.

과거에 지은 죄를 구구절절이 설명해도 필요없다.

마을 사람들은 현재만 본다. 그들에게 도움을 주는 사람이면, 그것이 쌀 한 톨이라고 해도 이익이 되는 경우에는 압송하기가 더더욱 힘들어진다.

루검비는 보통 유명한 게 아니다.

자칫하면 성난 이만 군중을 뚫고 나와야 할지도 모른다.

"오늘 밤에 처리하지. 조용히 들어가서 후딱 해치우고 빠져나오는 거야. 굳이 여러 사람에게 알릴 필요가 뭐 있어."

초진량이 귀찮다는 듯 말했다.

사실 이 일은 그들이 아니라 구욱동이 매듭시어야 할 일이었다. 그가 시작했으니 푸는 것도 그가 해야 하는데…… 총동령이 직접 지시를 내리니 따르지 않을 수 없다.

루검비는 무천에도 많은 영향을 끼쳤다.

우선 삼관 중에 한 명인 노동거사가 무천을 나가 모적방 쓰레기들하고 어울려 다닌다.

무천의 명예를 실추시켜도 그만한 게 없다.

무엇보다도 놈은 죽어서 나갔다. 한데 되살아났다.

이런 기막힐 일이 있나. 환희밀공이 불사신공(不死神功)이라도 된단 말인가.

놀라운 일은 여기서 그치지 않는다.

놈은 왕신파나 갈굉촉을 능가하는 의원으로 변모했다.

의원이란 행색만 갖춘다고 되는 게 아니다. 병을 치료할 줄 알아야 한다. 어설픈 의원 정도는 흉내가 가능하다. 하나 고평제일의 명사가 될 정도라면 지극히 뛰어난 의술을 지녀야 한다. 그리고 그런 의술은 평생 의도에만 전념해도 이루기 어렵다.

"지금 아무리 좋은 놈이라도 사람을 죽인 놈인 건 맞잖아. 그것도 진기를 빨아먹고 죽였어."

초진량이 자기 자신에게 다짐하듯 말했다.

쉬익! 쉬익!

두 사람은 담장을 넘었다.

객잔(客棧)은 그리 크지 않다. 안뜰만 지나면 바로 객사(客舍)다. 방은 여섯 개밖에 안 된다. 그것도 두 개만 손님이 들었고, 나머지는 텅 비었다.

고평 주민들이 값싸고 조용한 곳을 좋아하는 루검비를 위해 준비해 준 곳이다.

　저벅! 저벅!

　그들은 태연히 걸었다. 담을 넘은 후에는 모습을 굳이 숨기려고도 하지 않았다.

　"내가 계집을 잡지."

　서자묵이 말했다.

　"좋을 대로."

　초진량은 아무래도 상관없다는 투였다.

　사실이 그렇다. 유화나 루검비나 별 힘 들이지 않고 잡을 수 있는 위인들이다. 한데,

　덜컹!

　객사 문이 열리며 일남 일녀가 걸어나왔다.

　"어! 우리가 올 줄 알았나 보네?"

　서자묵이 잠시 놀란 듯 눈을 크게 떴다.

　"유화, 서자묵 통령이 그대를 지목했군요. 달은 없지만 춤은 추셔야겠습니다."

　"걱정 마."

　유화가 맞싸우자는 듯 걸어나왔다.

　"허어!"

　서자묵은 두 손을 허리에 대고 헛바람만 토해냈다.

　서자묵의 여유는 오래가지 않았다.

유화는 양손에 손바닥 두 개 길이의 대침(大針)을 쥐었다.
그리고 날렵한 신법을 전개하며 공격해 왔다.

쒜에엑! 쉐엑!

"헛!"

서자묵은 날카로운 경기에 방심하지 못하고 급히 물러섰
다.

쒜에엑!

바늘 끝이 그의 이마를 스쳐 갔다.

찰나만 늦었어도 관자놀이에 대침이 꽂힐 뻔했다.

"거, 깜짝 놀랐네."

서자묵은 여유있게 농을 했다. 하나 마음은 여유롭지 못했
다.

차창!

검을 뽑는 즉시 기수식을 취했다.

유화는 벌써 두 번째 공격을 가해오고 있었다.

'뭐가 이렇게 빨라!'

서자묵은 이번에도 정신없이 뒤로 물러섰다.

유화는 처음 보는 신법을 펼쳤다. 탄력있는 밧줄을 잔뜩 잡
아당겼다가 놓았을 때처럼 쭈욱 빨려왔다. 밧줄보다 서너 배
는 더 빨라서 눈에 보이지 않는다는 게 다를 뿐, 신법 형태는
그와 꼭 닮았다.

그렇다고 당황해서 쩔쩔맬 정도로 무능하지는 않다.

페엣! 파파파팟!

서자묵은 연달이 십이 초를 펼쳤다.

그를 칠통령 중 한 명으로 만들어준 명부검법(冥府劍法)이다.

첫 번째 검이 펼쳐지는 것을 방관하면 두 번째 초식부터는 절대 막지 못한다. 십이초가 모두 펼쳐질 때까지 검초가 미치지 않는 곳을 찾아서 뒤로 빠지는 수밖에 없다.

하나 유화는 그러지 않았다. 앞으로 치달려 왔다.

'둘 중에 하나는!'

서자묵은 선택의 여지가 없었다.

둘 중에 한 명이 살상당하는 한이 있어도 검초를 그대로 뻗어내야 한다. 초식을 펼치던 중이라 거두기도 쉽지 않다. 또한 유화의 기세가 너무 사나워서 검초를 변화시키는 순간 역습을 당한다.

쒜에엑!

서자묵은 짚단을 베어내듯 유화의 상반신을 비스듬히 갈랐다. 그러나 유화는 베이지 않았다.

파앗!

유화의 신형이 땅으로 푹 꺼졌다.

위기다! 지척에서 상대를 놓쳤다.

서자묵은 몸을 한 바퀴 빙 놀리며 팔방풍우(八方風雨)를 펼쳤다.

탁!

검끝에 무엇인가 걸린다.

유화를 벤 건 아니다. 사람의 벨 때의 느낌과는 전혀 다르다. 나무나 돌 같은 생명없는 것이 가로막았다.

'졌다!'

순간적인 판단이다.

상대를 놓쳤고, 검까지 무언가에 가로막혀 나아가지 못한다면…… 자신이 그런 상대를 만났다면 결코 기회를 놓치지 않으리라.

불행히도 유화는 놓쳤다.

순간적인 멈춤은 끝났다. 검은 다시 나아갈 길을 찾아 그어졌다. 유화도 찾았다. 그녀는 어느새 물러섰는지 검권(劍圈)에서 두 걸음 정도나 빠져나가 있다.

그는 빈 허공에 검을 휘두른 것이다.

'빠르다!'

이번에는 진정으로 감탄했다.

자신의 검초는 그녀를 따라잡지 못했다. 천하의 명부검법이 무공도 모르는, 아니, 모를 것이라고 생각했던 여인을 잡아채지 못했다. 그 정도면 다행이다. 아예 노리갯감이 되었다.

서자묵은 검을 봤다.

검신 정중앙에 장작이 박혀 있다.

어찌 된 영문인지는 쉽게 짐작된다.

장작이 괜히 박힌 게 아니다. 검이 장작을 칠 때만 해도 유화는 검권 안에 있었다. 검이 오는 것을 보고 장작으로 막은 다음, 여유있게 물러섰다.

이는 반대로도 생각할 수 있다.

물러서는 대신 다가오는 것을 택했다면 지금쯤 자신의 가슴에는 대침 두 개가 박혀 있을 것이다.

그녀가 목숨을 살려줬다.

"으음!"

서자묵은 안색이 새파랗게 질려서 뒤로 물러났다.

이 싸움은 백 번을 해도 안 된다. 신법에서 워낙 차이가 난다.

멧돼지와 독수리의 싸움이다. 멧돼지의 이빨은 독수리에게는 아무런 위험도 안 된다. 또한 멧돼지의 빠름도 독수리에게는 장난처럼 보인다.

그는 자존심이나 명예 때문에 무모한 싸움을 지속할 정도로 미련하지 않았다.

대신 농을 던졌다.

"하룻밤 자고 나니 사람이 달라지더라고…… 산삼이라도 고아 먹은 거요?"

"산삼은 아니고요."

그녀가 루검비를 봤다. 그녀는 루검비가 고개를 끄덕인 후에야 계속 말을 이었다.

"환희밀공을 썼어요. 어때요? 흡정대법처럼 보여요?"

"화, 환희밀공!"

"참고로 전 수문장과 잠을 자지 않았어요. 우리가 같이 잔 것처럼 보여요?"

유화는 진정을 토로하려는 듯 쩌렁쩌렁한 음성으로 말했다.

그녀의 말이 사실이라면 지금까지 생각해 왔던 환희밀공에 대한 고정관념이 모두 깨진다.

환희밀공을 마공이 아닌 정공으로 분류해야 한다. 단, 흡정과 색마가 되어야만 했던 과정을 설명할 수 있어야 한다. 그러한 함정에 빠지지 않을 방도도 제시해야 한다. 하면 환희밀공은 정공으로 인정받을 수 있다.

환희교는 다르다.

다색다접(多色多接)은 어떠한 이유에서든 용납되지 않는다.

"확실히 놀랍군. 우리도 손 한 번 맞춰볼까?"

초진량이 손목을 우두둑 꺾으며 나섰다.

두 사람은 한 번 격돌한 경험이 있다.

당시는 초진량이 목검을 만들어 왔었다. 일방적으로 가격했고, 환희밀공을 펼칠 수 없었던 루검비는 맞고 또 맞았다.

스릉!

이번에는 진검이다. 날이 시퍼렇게 선 장검의 루검비를 겨 눴다.

루검비는 발아래를 두리번거리다가 작은 돌멩이 대여섯 개를 주워 들었다.

"검이 없어서. 이걸로 괜찮겠습니까?"

"놀리나!"

"괜찮으시다면 이걸로 하죠."

"건방진!"

초진량이 버럭 노갈을 터뜨리며 달려들었다.

쒜엑! 쒜에엑!

검과 돌멩이가 동시에 날았다.

검은 단번에 루검비를 두 동강 냈다. 그런 기세로 쳐들어갔 다.

초진량은 좌우 어디로도 피할 수 없게끔 폭넓은 검세를 유 지했다. 유화와 서자묵의 싸움을 봤기 때문이다.

따앙!

우습게 보았던 돌멩이가 검신을 격타했다.

'훗!'

초진량은 움찔했다.

아주 작은 돌멩이일 뿐인데 큰 바위를 후려친 것처럼 손바 닥이 얼얼하다.

쒜엑!

작은 돌멩이가 또 날아왔다.

따앙!

이번에도 맑은 검성(劍聲)이 우러났다.

초진량은 검세를 유지하지 못하고 뒤로 물러났다.

서자묵은 유화를 향해 검이라도 휘둘러 봤지만, 그는 공격해 들어가다가 물러서고 말았다.

갑자기 검을 잡은 손아귀가 끈적거린다.

'제길!'

창피도 이런 창피가 없다. 돌멩이 두 개에 손아귀가 찢어졌다면 누가 믿을까.

그건 그렇고, 루검비가 이토록 강한 고수였나? 이 정도라면 삼관의 경지도 넘볼 것 같다.

"우리 잘못 온 것 같지 않아?"

"그런 것 같군. 확실히 잘못 왔어."

"가도 되겠나?"

상황이 역전되었다. 서자묵이 루검비에게 동의를 구했다.

한데 갑자기 루검비가 무릎을 털썩 꿇었다. 뿐만 아니라 두 손까지 모아 큰절을 했다.

"환희밀공을 잘못 사용한 과오, 책임지죠. 반드시 책임집니다. 언제 어떻게. 이것만은 제게 일임해 주십사 부탁드립니다."

서자묵과 초진량은 아무 소리도 하지 못했다.

루검비는 묘한 매력이 있다. 아니, 설득력이 있다. 그가 하는 말은 모두 진심일 것이라는 생각이 든다. 그의 영혼이 굉장히 맑을 것이라는 기도 차지 않는 생각까지 치민다.

"사이한 놈이군. 이런 순간에서도 무공을 써서 사람 마음을 조종하다니."

서자묵의 안색이 싸늘하게 변했다.

그는 유화에게 패배를 인정할 때도 웃음을 잃지 않았다. 농까지 던졌다. 그런 사람이 지금은 분노를 정화시키지 않은 채 고스란히 드러냈다.

"환희밀공은 거짓을 말하지 않습니다. 있는 것을 있는 그대로 보여줍니다. 거짓을 진짜로 꾸미진 못합니다. 저를 보실 수 있습니까? 열 길 물속은 알아도 한 길 사람 속은 모른다고 했습니다. 해서, 제 한 길 마음속을 열었습니다. 보셨습니까?"

서자묵의 안색이 더욱 차디차졌다.

이번에도 진실처럼 들렸고, 맑은 영혼이 보였다.

진심일 수 있다. 루검비가 진정 이러한 인간인지도 모른다. 하나 이런 식으로 사람 마음을 들여다본다는 것, 그는 그게 싫었다. 치사하지 않은가. 모두를 모른 제 살아가는데 혼자 빤히 들여다보다니. 그건 사람 사는 세상에서 아주 큰 반칙이다.

자기 마음을 보여주는 것도 그렇다.

있는 것을 있는 그대로 보여준다고 해도 이건 일종의 강요
다. 깨끗하니 믿어라 하는 말과 다름없다.

이런 강요를 왜 하는가.

본인이 깨끗하게 행동하면 지켜보는 사람이 스스로 알아
서 판단하지 않겠나.

사람 마음에 간여하는 것, 서자묵은 그런 자를 아주 싫어한
다.

"귀도 버리고, 눈도 버렸군. 갑시다. 썩은 냄새까지 맡기
전에."

서자묵이 먼저 등을 보였다.

"잘한 일인지 모르겠다."

패배하여 돌아가는 사람은 쓸쓸해 보인다. 서자묵과 초진
량이 그랬다. 그들의 뒷모습이 유난히 허전해 보였다.

"누군가와는 벌여야 할 일이었어요. 무천 통령이라면……
소문이 금방 퍼질 겁니다."

지금 이 순간에도 숨어서 지켜보는 사람들이 있다.

그들은 신분이 가지각색이다. 의원도 있고, 거지도 있으며,
무인도 있다.

루검비에 대한 정보를 수집하려는 사람들이 득실거린다.

개중에 몇몇은 아예 노골적으로 접근해 오기도 한다. 약재
상(藥材商)이라는 둥, 존경해서 찾아왔다는 둥 별별 소리를 다

늘어놓으며 옆에 있으려고 한다.

왕신파나 갈굉촉 같은 인물은 없어서 못 사귄다.

뛰어난 인물에 대한 정보는 수집하고 수집해도 부족하다.

그런 판에 생사의라 불리는 걸출한 의원이 탄생했는데 누군들 관심을 갖지 않겠나.

저들은 오늘 또 하나의 정보를 얻었다.

생사의는 왕신파나 갈굉촉과는 다르게 무공을 사용한다. 그것도 무천 통령을 간단하게 꺾을 만큼 기가 막힌 무공을 소유했다. 그러면서도 무릎까지 꿇고 양해를 구한다.

고평에서 보여준 생사의의 인격이라면 그리하고도 남는다.

그렇다. 사람들은 통령과 루검비가 나눈 대화를 듣지 못했다. 큰 고함이 터졌을 때와 치고받는 공방밖에 보지 못했다. 루검비에게 오해를 살까 봐 아예 담장을 넘지 않았기 때문이다.

단 한마디, 환희밀공이라는 말만은 여러 번 들렸다. 환희교라는 말도 들렸다.

유화의 음성이 너무 컸다.

소문이 괴상하게 날 것이다. 생사의라는 기인과 환희밀공, 환희교가 버무려져 기도 차지 않는 소문이 탄생할 것이다.

루검비는 그런 소문을 원했다.

알려져야 한다, 가능한 널리.

유화가 말했다.
"굳이 이럴 필요는 없었잖아?"
루검비는 씩 웃었다.

루검비는 두 가지 목적이 있어서 환희밀공의 출현을 고의적으로 알렸다.

물론 그에 따른 부담은 많다. 당장 무천에서 달려왔고, 상관세가에서도 모종의 움직임을 보일 것이다. 환희밀공을 온전히 수련한 사람이 있는데 오지 않고 배기랴.

루검비는 상관세가를 안다. 용검대도 알고 홍의랑도 안다. 그들은 명을 받으면 절대 물러서지 않는다. 몰살이 뻔한 곳일지라도 죽자사자 달려든다.

루검비는 애꿎은 살상을 피하고 싶었다.

무천 통령을 꺾었다는 소문이 돌면 인해전술을 이용한 공격은 생각하지 못할 것이다. 온다 해도 초상승고수들로 이뤄진 소수 정예만 달려올 공산이 크다.

그럼 됐다.

이게 첫 번째 목적이다.

두 번째는 기녀를 죽인 자를 찾기 위해서다.

그가 종적을 감췄다. 자신이 무천에 압송되던 시점에서 그도 사라졌다. 딱 그날부터 사내가 그리워 자진했다는 기녀가 없다.

환희밀공이 출현했다는 소문이 돌면 그도 나타나지 않을
까?
그렇다면 그의 환희밀공은 미완성이다.
미완성의 환희밀공을 드러내기가 저어되니까 루검비에게
누명을 씌운 것이다. 그래서 루검비가 사라지자마자 그도 살
인 행각을 멈췄다.
이제 환희밀공을 쓰는 자가 다시 나타났다고 하면, 기녀들
이 죽어나갈 것이다.
그자가 누구든 루검비를 잘 아는 사람이리라.
옆에서 자세히 관찰하지 않는 한, 그가 무천에 잡혀갔다는
사실을 알 리 없으니까 말이다.

소문이 어떻게 나든 루검비는 변함없이 사람들을 치료해
주었다. 그리고 사람들은 희한한 소문을 반신반의하면서도
기꺼이 루검비에게 병자를 보여주었다.
“사람 정혈을 빨아먹었어요?”
어린 꼬마아이가 철없이 물어왔다.
아이 엄마는 황급히 아이를 끌고 가려고 했지만 루검비가
웃으며 제지했다.
“그런 것 같아 보이니?”
“아뇨.”
“잘못 봤구나.”

"그럼 소문이 정말이에요?"

"그래, 그런 일이 있었단다. 어때? 무섭니?"

"아뇨. 하나도 안 무서워요."

"그걸 믿으면 돼. 너의 마음 깊은 곳에서 우러나는 것."

루검비는 아이의 화룡을 은밀히 자극했다.

어린아이의 화룡은 아주 예민해서 조금만 자극해도 활발해진다.

활발한 상태가 계속 유지되다 보면 화룡을 인식하지 못해도 좋은 성품을 가진 사람으로 성장한다.

그래서 그는 어린아이와 말을 할 때마다 화룡을 어루만지곤 한다.

그때, 유화가 급히 달려와 말했다.

"기녀가 죽었대! 이곳 고평이야!"

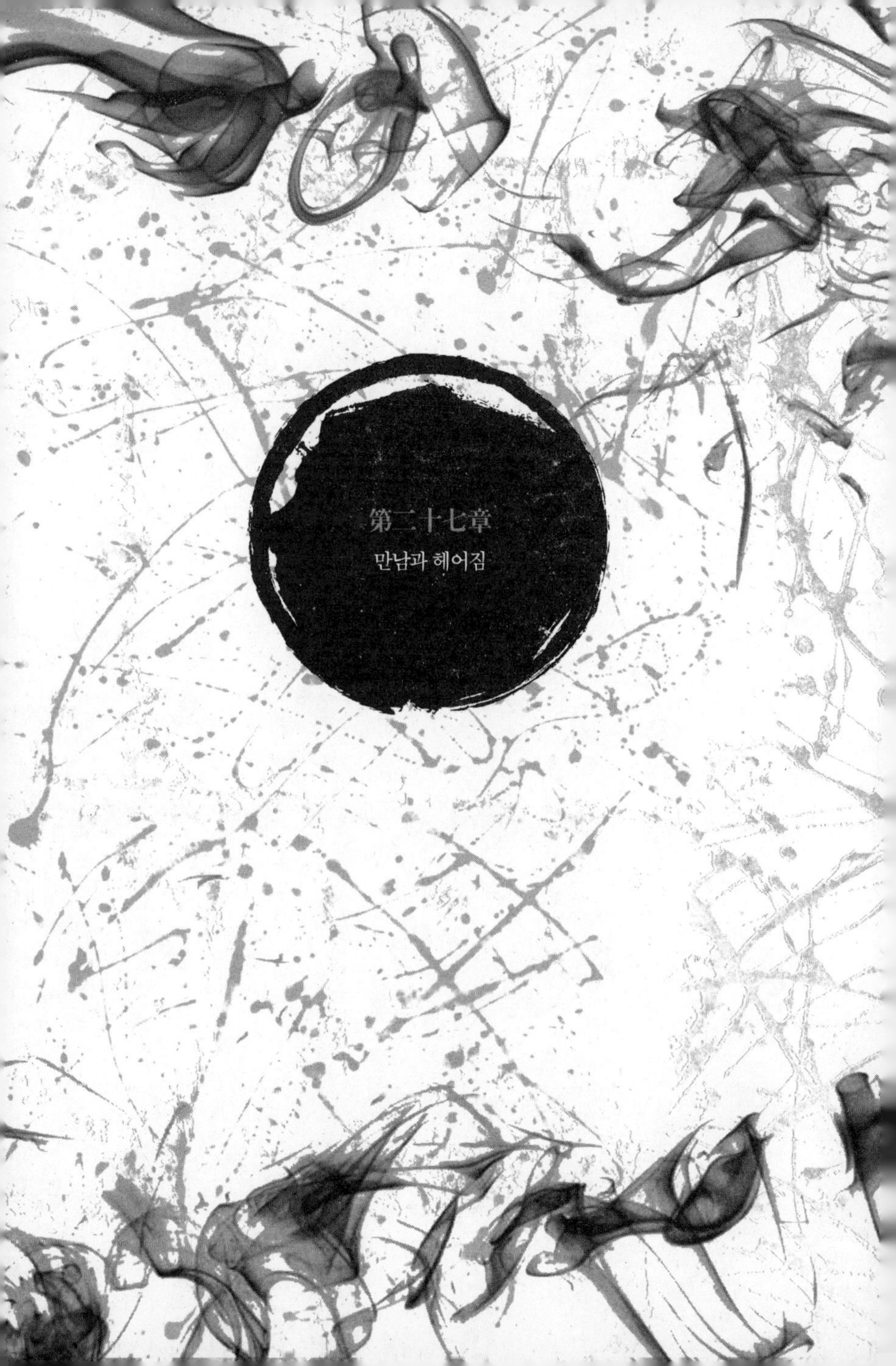

第二十七章
만남과 헤어짐

1

전에는 장의사에게 돈을 주고 간신히 구경하는 선에서 그
쳤다.

그 후, 목내이가 된 기녀들을 다시 살필 기회가 있었지만
환희밀공의 성취가 지금처럼 높지 않아서 수박 겉핥기식으로
대충 보는 선에서 만족했다.

당시로서는 승상혈과 수분혈에 흔적이 있다는 것만 알아
낸 것도 큰 성과였나.

이번에는 정식으로 기녀를 살폈다.

목에 동아줄 자국이 움푹 패어 있다.

"자살은 맞아?"

“……”

루검비는 대답하지 않았다. 할 틈이 없었다.

이번 기녀도 예전 기녀들처럼 승장혈과 수분혈에 흔적이 남아 있다. 분명히 이체관통이 된 흔적이다. 그렇다면 진작 목내이가 되었어야 하는데……

몸 구석구석을 살폈다.

화룡을 넣어볼 생각도 했다. 하지만 이미 목숨이 끊긴 시신은 통나무와 같다. 그것도 속이 꽉 찬 통나무라서 화룡은커녕 아무것도 들어가지 않는다.

“닷새 동안 지켜봐야겠어요.”

“한잠도 안 자고?”

“지금부터 지킬 필요는 없죠. 기녀들은 보통 삼일장을 치렀는데 그때까지는 멀쩡했다니까…… 삼 일 후부터 살펴보죠. 주인에게 양해를 구해보세요. 객사로 데려갔으면 좋겠는데.”

루검비는 그녀를 데려가지 못했다.

“후후! 또 만나는군.”

은창 모초권이 빙긋 웃으며 들어섰다.

파파팟! 파파파팟!

두 사람 사이에 무형의 기류가 맴돌았다.

루검비는 습관적으로 모초권의 화룡을 살폈다. 예전에도

그를 만났을 때 화룡부터 보았다. 너무 잔잔해서 아직까지 진한 인상으로 남아있다.

지금도 여전하다.

화룡과 화룡이 부딪치면 성질을 부리는데, 그는 머리를 쓰다듬고 지나가도 조용하기만 하다.

"초진량, 서자묵을 힘들게 했더군."

"무천으로 잡아가고자 오신 분들인데 정중히 대접할 수는 없죠."

"그렇게 자신있는가?"

'그렇습니다. 전 제 자신을 믿습니다. 무슨 일이든 해낼 것이라고 확신합니다.'

루검비를 그런 말을 하고 싶었다.

하지 못했다. 어찌 된 일인지 입을 열기만 하면 주먹 세례가 날아올 것 같다.

그의 화룡은 여전히 잠잠하다.

도대체 어디서 이런 기운이 일어나 공격을 가해오는 것일까?

"시신을 못 갖고 가게 하시니 여기 놔두죠. 삼 일째부터 관찰하면 되니 그때나 들르겠습니다."

루검비가 일어섰다.

"내가 시신이나 보자고 온 줄 이나? 시신은 어기 와서 알았고…… 초진량과 서자묵을 곤란하게 만든 환희밀공, 나에게

도 보여줘야겠네. 어떤 무공인지 알아보라는 임무가 주어졌
거든. 자, 앉게.”

“……?”

무공을 봐야 한다면서 앉으라니?

모초권은 의자를 끌어다 맞은편에 놓았다. 무릎이 서로 맞
닿을 정도로 가깝다.

“무공을 보이는 데 꼭 몸을 날려야 되는 건 아니지. 앉지.
수담(手談)이나 나눠보자고.”

루검비는 비로소 모초권의 뜻을 알았다.

타타탁! 타타타탁!

손과 손이 쉴 새 없이 부딪쳤다.

루검비는 마음이 일면 손이 움직이는 경지다. 손이 나뭇잎
처럼 가볍다고 생각하면 그리된다. 쇠처럼 단단하다고 생각
하면 화룡이 손에 운집한다.

한 수, 한 수…… 매 수마다 변화가 달랐다. 손에 깃든 힘이
달랐다.

모초권은 끄떡없이 받아냈다.

두 손이 눈에 보이지 않을 속도로 움직이고 있건만, 그의
입가에는 미소까지 매달렸다.

“상당한 내공이군.”

“내공이 아니라면 믿겠습니까?”

타탁! 타타타탁!

"아니니까 아니라고 하겠지."

"무슨 무공입니까?"

"무인은 자신의 무공을 대체로 알려주지 않는 편이네."

타타탁! 타타타탁!

모초권과 루검비가 나눈 손속을 초 수로 셈하면 족히 수백 초는 넘을 것이다.

"흡정은 안 하는가? 지금처럼 살과 살이 부딪칠 때 하고 싶다는 유혹은 안 생기나? 예전에는 왜 했나?"

"하지 않습니다. 유혹은 없습니다. 정종 무공에도 심마(心魔)라는 게 있습니다. 예전에는 심마에 빠져 흡정했다고, 그리 생각해 주십시오."

"지금은 확실히 안 한다는 거군."

"그렇습니다."

"그만하지."

두 사람은 동시에 손을 거뒀다.

손등이며, 손바닥이며, 손가락까지 시뻘겋게 달아오르지 않은 곳이 없었다.

"내일이면 파랗게 멍이 들 텐데, 괜찮겠나?"

"제 손은 멍들지 않을 겁니다."

"그런가?"

모초권은 빙그레 웃었다.

기녀가 죽은 지 삼 일째 되는 날, 루검비는 기녀의 시신이 안치된 방으로 갔다.

모초권은 이미 와 있었다.

기녀가 쓰던 침상에 비스듬히 누워 책을 읽는 중이었다.

루검비는 그의 손부터 살폈다.

자신은 무지막지한 타격을 받았다. 하나 화룡이 어혈을 풀어주어 멍자국을 면했다. 그렇지 않았다면 양손은 시커멓게 변색되어 있을 것이다.

모초권의 손도 깨끗했다.

참으로 이해하기 곤란하다. 그도 자신이 받은 만큼 강한 타격을 받았다. 두 사람이 손을 거뒀을 때, 그의 손도 시뻘겋게 달아올라 있었다. 하면 멍이 들었어야 하는데, 너무 깨끗하다.

"나는 목내이가 되는 시점을 잘 모르니, 때가 되면 말해주게. 혼자 구경하지 말고."

그는 책에서 눈을 떼지 않았다.

스스스스슷!

변화가 시작된다.

기녀의 몸이 햇볕에 내놓은 연시처럼 쭈글쭈글해진다.

수분이 급작스럽게 증발하고 있다.

루검비는 재빨리 칼을 뽑아 기녀의 피부를 베어냈다.

푸스스스! 푸스스······!

돼지 오줌보에서 바람이 빠질 때처럼 작은 몸이 더욱 작게 쪼그라들었다.

두 번째로 칼을 댔다.

기녀의 몸에 화룡을 들이밀 수 없다면 죽은 피부라도 살펴보려는 심산이다. 목내이가 진행되는 과정을 살피면 뭔가 나오지 않겠나.

그는 기녀가 완전히 목내이가 될 때까지 기다렸다가 마지막 칼을 댔다.

여인이 변화를 보이기 시작해 완전히 목내이가 되기까지 걸린 시간은 무려 두 시진이다.

거의 반나절에 걸쳐서 서서히 진행되었다.

목내이가 되기까지 두 시진밖에 걸리지 않았다면 다들 깜짝 놀라겠지만 환희밀공을 아는 사람에게는 너무 긴 시간이다.

루검비는 피부 세 조각을 들고 일어섰다.

"그걸로 뭐 하려고?"

그가 물어왔다.

"글쎄요. 뭐든 해봐야 하지 않겠습니까?"

"후후! 생사의도 모르는 게 있군. 방금 본 건 아주 정상적인 목내이 과정이네. 몰랐나?"

"그…… 렇습니까? 몰랐습니다."

"흡정대법에 진기를 잃으면 이런 상태가 되지. 환희밀공이 아니라 흡정대법이었군. 새로운 흡정대법이 출현했어. 후후후! 자칫했으면 환희밀공이 덤터기를 쓸 뻔한 걸 구해준 거야. 내게 고맙다는 말 정도는 해야지?"

"죽은 지 오 일 후에 목내이가 되는 흡정대법이 있습니까?"

"없지. 어느 대법이든 즉시 목내이를 만들지. 내가 정상이라는 것은 흡정대법에 당한 시신은 대략 반나절에 걸쳐서 목내이가 된다는 뜻이고…… 그래서 새로운 흡정대법이 출현했다고 하지 않았나."

모초권은 볼일이 끝난 듯 일어섰다.

그가 방문을 열고 나가기 전, 뒤돌아보며 말했다.

"우린 적일 것 같나, 아니면 스쳐 가는 인연일까? 무천에 사람이 없다고는 생각하지 마라."

쿵!

화룡이 뛰었다. 아주 크게 요동쳤다.

"후후후!"

그가 웃으며 나갔다.

루검비는 하얗게 질린 낯으로 그가 나간 문을 뚫어지게 응시했다.

화룡만 화룡을 건드릴 수 있는 게 아니다. 진기도 화룡을

건드린다. 모초권이 자신에게 시행한 것이 그것이다. 자신의
화룡은 그의 화룡을 건드리지 못했는데, 그는 진기를 사용하
여 간단하게 화룡을 들쑤셔 놨다.

상위(上位)의 화룡이 하위의 진기에게 당한 격이다.

하위가 얼마나 강하기에 상위를 주무를 수 있는가. 아니
다. 그런 일은 절대 있을 수 없다. 만약 그런 일이 생긴다면
하위가 강해서라기보다 상위가 약하기 때문이다.

'역시…… 정사 없이는 화룡을 키우지 못하는 건가. 음양
화합만이 최선인가…….'

루검비는 들고 있던 피부 조각을 기녀의 몸에 붙여주었다.

"자, 마셔."

유화가 술병을 불쑥 내밀었다.

루검비도 이유를 묻지 않았다. 술병을 받아 들고 술 한 병
을 한입에 털어 넣었다.

꿀꺽! 꿀꺽!

술이 물처럼 들어갔다.

"참 못났다."

"……."

"졌다고 생각해?"

수룡을 본다는 것은 분명 축복이다. 사람 마음을 미리 헤아
릴 수 있으니 답답하지도 않다. 그러나 없는 것을 만들어줄

수는 없다. 마음이 언짢아도 예전처럼 몇 마디 말로 위로해 주는 게 고작이다.

루검비의 화룡은 의기소침해 있다. 밑으로 축 가라앉아 일어날 생각을 하지 않는다.

모초권 때문이다. 그의 기도가 워낙 강했던 탓이다.

꿀꺽! 꿀꺽! 꿀꺽!

"그만 마셔. 마시란다고 다 마셔? 무슨 술을 냉수처럼 들이켜니."

그녀는 술병을 빼앗았다.

"모초권은 보통 통령이 아냐. 무공으로 따지면 총통령도 승부를 장담하지 못한다더라. 삼관도 마찬가지고. 굉장히 강한 자야. 사실 진 것도 아니잖아? 몇 마디 말에 위축되어서 이게 뭐야!"

손과 발을 쓴 싸움은 아니다.

기와 기가 충돌한 것뿐이니 사람 눈에 보일 리가 없다.

유화도 며칠 전 같았으면 이해하지 못했을 터이다.

지금은 이해한다. 눈으로 본다. 귀로 듣고 몸으로 느낀다.

모초권은 바다와 같아서 좀처럼 깊이를 측량할 수 없다. 물결이 언제 들이칠지 예측조차 못한다.

그녀에게 모초권은 하늘 위의 하늘이었다.

루검비도 그렇게 느꼈나 보다.

그의 화룡과 자신의 수룡이 거의 같은 수준으로 추락했다.

예전에는 느끼지 못한 것인데…… 수룡을 안다고 다 좋은 것은 아닌 것 같다.

"정신 차리고…… 오늘 수련하자."

유화는 일부러 밝게 웃으며 루검비에게 등을 보이며 앉았다.

"준비됐어. 시작해."

그녀는 척추를 통해 밀려들 뜨거운 기운을 기다렸다.

아주 작은 불꽃이 연못에 떨어지면 흔적도 없이 꺼져 버린다. 물이 차가우면 차가울수록 불꽃이 사그라지는 속도는 빨라진다.

루검비는 수룡을 자극하되, 손상시키지 않을 정도로 미량의 화룡만 쏘아냈다.

양이 많으면 수룡과 화룡은 싸움을 벌일 것이다.

물론 지리적인 이점을 안고 있는 수룡이 훨씬 유리하지만 조금의 손상도 없이 화룡만 없앨 수는 없다. 화룡을 제거하기 위해서는 수룡도 피해를 감수해야 한다.

루검비처럼 아주 적은 양만 들여보낼 때는 사정이 달라진다.

수십만 대군 앞에 두세 명이 달려들어 봐야 주먹 한 번 쓰지 못하고 순식간에 짓밟힌다.

루검비는 그 점을 노렸다.

유화의 몸 안에 들어간 화룡은 죽는다. 하나 그 순간, 유화는 수룡의 존재를 의식한다. 수룡이 있음을 알고 의식 안에 끌어들여 조정해 나간다.

어떻게든 시작만 하면 된다.

수룡의 존재를 인식하면 그 순간부터 사람이 달라진다. 어떻게든 수룡을 다시 보려고 목을 맨다. 수룡을 놓지 않으려고 발버둥 친다. 죽어야만 수룡을 볼 수 있다고 하면 목숨까지도 버릴 것이다.

그만큼 성신이 주는 환희는 지극하다.

마음이 평화로워지고 밝아진다. 세상이 즐겁고 아늑한 곳으로 변모한다. 머리칼을 스치는 작은 바람도, 세상을 뒤엎을 듯한 광풍폭우도 모두 아름답게 보인다.

루검비는 화룡 전이를 통한 포교(布敎)를 염두에 두었다.

유화는 성공했다.

그녀는 옛날의 악감정을 잊었다.

수룡을 보았을 때와 보지 않았을 때는 믿음이 달라진다. 믿음이라는 게 그래서는 안 되지만 눈으로 보고 난 후에야 믿게 되는 게 인간의 속성인 걸 어쩌랴.

유화에게 수룡을 느끼게 해주자 그녀는 끝없는 환희에 몸을 떨었다. 너무 기뻐서 한없이 울었다.

환희교? 좋아한다. 이제는 욕하지 않는다. 세상 사람 모두에게 환희교를 믿으라고 강요라도 하고 싶단다.

그녀는 교주가 말한 '성신을 아는 진정한 환희교도'가 된 것이다.

"뭐 해? 빨리해."

루검비는 망설였다.

그녀는 잘못 알고 있다. 자신이 모초권의 기도에 눌려 의기소침한 것으로 안다.

아니다. 환희밀공을 키우기 위해서는 음양화합이 필요하다는 것을 알았기에 고뇌하고 있는 것이다.

모두 마찬가지다.

화룡이 그렇다면 수룡도 그렇다.

본인이 느끼고 조종하게 되면 더 이상 이런 수련은 필요없다. 화룡 전이는 본인이 수룡이라는 존재를 의식할 수 있을 때까지 잠깐 도움을 줄 뿐이다.

결국은 정사로 넘어가야 한다.

유화의 어깨가 보인다. 하얀 목덜미도 보인다.

'정사…… 정사…….'

유화의 나신을 떠올랐다. 그 순간, 루검비는 흠칫하며 고개를 파딱 쳐들었다.

환희밀공에도 심마(心魔)는 있다.

지금과 같은 경우다.

그는 급히 화룡을 이끌어 미량을 튕겨냈다.

'흠……!'

유화는 미간을 찌푸리며 생각에 잠겼다.

어찌해야 하나, 어떻게 하면 좋을까.

그녀는 루검비보다 음양 이치에 대해서 밝다. 환희교도가 되면서 형당에 들기 전까지는 많은 사내를 만나보기도 했다. 그들의 땀 냄새와 입 냄새가 역겨워 구역질까지 해봤다.

루검비가 무엇을 원하는지 모를 리 없다.

단순한 욕정으로 자신을 탐하는 것이라면 서로를 위해 물러서는 게 좋다. 나이 차도 크고, 무엇보다 두 사람은 그럴 사이가 아니다. 서로에 대해서 친분은 있지만 남녀 간의 사랑을 논한다는 것은 어불성설이다.

정사는 수련의 일종이다.

지금처럼 몸속에 화룡이 투입되면 수룡은 이유를 묻지 않고 물어 죽인다. 반대의 경우도 마찬가지다. 수룡과 화룡은 물과 불로 서로 섞일 수 없다.

반면에 운우지락을 통해 서로 기운을 돌고 돌리면 상충이 아니라 상생 작용을 일으킨다.

기운은 몸을 따라간다.

몸이 좋아하는 상대를 만나면 반갑게 맞이한다. 즐거운 기분으로 찾아온 손님과 흔쾌히 즐긴다. 수룡과 화룡은 서로 얽히면서 사악한 기운을 씻어준다. 서로를 정화시킨다. 맑은 성신이 되도록 닦고 또 닦아준다.

그만한 이치쯤은 말해주지 않아도 이미 깨닫고 있었다.

'나로서 괜찮다면…… 한번 해보지.'

그녀는 버릇처럼 입술을 잘끈 깨물었다.

늦은 밤, 그녀는 루검비의 침소를 찾았다.

그는 절대 먼저 찾아오지 않는다. 일을 벌이려면 그녀가 찾아가야 한다.

"무슨 일……."

루검비의 눈이 부릅떠졌다.

촛불을 켜자 유화가 보였다. 매미날개처럼 얇은 옷을 입고 수줍은 듯 서 있다.

"무슨 일입니까?"

루검비가 다소 냉랭하게 말했다.

유화는 당황하지 않았다.

이럴 줄 알았다. 당연한 반응이다. 요즘 루검비의 화두(話頭)는 환희교와 다접이다. 이 숙제를 풀지 못하는 한, 개교(開敎)는 있을 수 없다는 점도 안다.

그렇기에 그는 금욕(禁慾)에 가까울 만큼 절제를 하고 있다.

"나도 알아, 환희밀공."

"……."

"해보려고."

"안 됩니다."

"왜화창부? 소월신투? 내가 그다음 할게. 나까지만 어떻게 안 될까? 아까 낮에…… 이상한 기분 느꼈거든. 화룡을 쏘아 주기 전에."

유화는 말을 하면서 속으로 웃었다.

아이를 낳았으면 아들뻘밖에 안 되는데, 이 무슨 추태인가. 색에 미친 것도 아니고, 수룡을 절실히 키워야 하는 것도 아니고. 루검비가 좋아서 죽는 것도 아니고.

단지 환희밀공이 정사를 통해서만 키워진다면 자신이 희생하자는 생각뿐이었다.

좋게 생각했다. 수룡을 알게 해준 보답이라고. 수문위가 되었으니 수문장을 위해 잠 한 번 같이 자주는 거라고. 옛날 환희교도에게는 늘 있었던 일이지 않은가.

"괜찮겠습니까?"

루검비는 의외로 사양하지 않았다. 냉담한 표정으로 물리칠 줄 알았는데.

그녀는 사박사박 걸어갔다.

그녀의 옷자락이 뱀 허물처럼 벗겨지고 있었다.

2

루검비는 더 이상 고평에 있지 못했다.

그에 대한 소문이 퍼질 대로 퍼져서 바라보는 시선이 곱지 않았다.

　세상에는 아픈 사람보다 아프지 않은 사람이 더 많다. 아픈 사람들 중에서도 치료가 불가능하다고 판단된 병자는 더욱 소수다. 일부는 그를 비호했지만 대다수 사람들이 따가운 눈총을 보내왔다.

　“저……”

　아침부터 찾아온 객잔 주인은 말을 하지 못하고 머뭇머뭇거렸다.

　“방을 비워줘야겠군요.”

　“죄송합니다.”

　객잔 주인은 말 나오기 바쁘게 급히 말했다.

　“신세 많이 졌습니다. 챙길 것도 없으니 바로 비워 드리겠습니다.”

　“죄송합니다, 어르신. 이거 받으십시오.”

　객잔주인은 진정으로 미안해하며 전낭(錢囊)을 내밀었다.

　“아닙니다. 어떻게 이런 걸……”

　“소인의 정성이라 생각하고 받아주십시오. 그리고 어르신을 쫓아낸 놈들 약 오르게 본때 나게 사람들을 고쳐 주십시오.”

　객잔 주인이 억지로 전낭을 쥐어주었다.

　루겁비는 차마 거절하지 못했다.

　객잔 주인의 몸은 멍투성이다.

얼굴은 깨끗한데, 보이지 않는 곳은 엉망진창이다.

때릴 줄 아는 자가 때렸다. 루검비를 쫓아내지 않는다고 몰매를 가한 것 같다.

"가죠."

루검비가 유화에게 말하며 먼저 일어섰다.

"다접이 무슨 상관이지? 방금도 당했으니 알겠지? 돈 한 푼 안 받고 자기들을 고쳐 줬는데 쫓아내잖아. 이게 인심이야. 이런 사람들을 뭐 하러 신경 써?"

객잔에서 쫓겨났기 때문에 하는 말은 아니다.

그녀와 루검비는 정사에 대한 생각이 조금 달랐다. 다른 환희교도들처럼 날마다 정욕을 불태우지는 않았지만 그래도 유화는 환희교 형당에 있을 만큼 성(性)에 개방적이다.

또한 환희교는 세상과 어울리지 않았다. 산속에 둥지를 틀고 환희교도끼리만 살을 맞대고 살았다. 세상에서 완전히 떨어져 나온 그들만의 세상이었다.

솔직히 요즘 들어 환희밀공이 부각되는 바람에 환희교가 알려졌지, 그전에는 환희교에 대해서 아는 사람조차 없었다. 기껏 환희교에 대해서 안다는 사람은 절곡에 모여 살던 환희교도가 전부였다.

그 안에서 웃고 떠들고, 이놈저놈 갈아치우고, 옷 벗고 난리를 쳐도 세상은 아무것도 몰랐다.

무엇이 문제인가?

수룡을 알게 된 지금도 루검비의 고민이 이해되지 않는다.

다접? 상관치 않는다.

세상의 인습이라는 허울을 벗어던져야 한다. 인간의 육체는 고깃덩어리일 뿐이다. 그곳에 성신이 깃들어 비로소 인간이 된다.

정사를 하면 쾌락을 느낀다. 그리고 끝난다. 이것이 인간이다.

환희교도는 한걸음 더 나아간다.

완벽하게 깨끗해진 수룡은 극도의 환희를 느낀다.

그것은 육체의 쾌락에 비유할 바가 아니다. 환락산(歡樂散) 같은 약물은 발뒤꿈치도 못 따라온다.

어젯밤은 그녀가 살아온 인생 중에서 최고로 즐거운 날이었다.

즐겁다는 말로는 부족하다. 온몸 가득히 무엇인가 꽉 들어찬 느낌, 자신이 더 이상 완벽해질 수 없다는 느낌마저 들었다.

그것은 쾌락이 아니라 환희였다.

그녀는 루검비와 긴 밤을 꼬박 밝혔다.

아직도 그녀의 몸에는 지난밤의 여운이 남아 있다.

기쁘고, 떨리고, 두렵다.

수룡을 알게 되어 기쁘고, 수룡이 하루아침에 부쩍 커버리니 떨리고, 이러다가 수룡을 잃으면 어쩌나 싶어 두렵다.

쾌락만 추구하는 정사는 원치 않는다. 하나 수룡을 발전시키는 정사는 언제든 환영이다.

유화는 그렇게 변했다.

사내와 몸을 섞기가 싫어서 형당 화녀까지 되었는데, 이제 성신을 이해하는 사람과는 관계를 가져도 괜찮다고 생각하게 되었다.

환희교의 교리는 흠잡을 데가 없다.

성신을 아는 사람들끼리 모여 살면 어떻게 될까?

예전 환희교와 별반 다르지 않을 것이다. 정랑과 화녀가 스스럼없이 어울릴 것이다. 옛날에는 가담하지 않았지만 지금이라면 유화 자신도 그들 중 일부가 되는 데 망설이지 않을 것이다.

세상 사람들이 보면 화냥년, 색마들의 마을이다.

인류가 땅에 떨어졌다고 한탄하리라.

그럼 다른 점은 무엇일까?

술이 없을 것이다. 운우지락만으로 지극한 환희를 느끼니 술의 힘을 빌릴 까닭이 없다. 고성(高聲)도 나오지 않는다. 이야기는 조용조용히 나눈다. 서로의 수도에 방해가 되지 않기 위해서다. 질투는 당연히 없다. 서로의 육신을 소유한다는 생각에서 벗어나 상대를 돕고 나를 발전시킨다는 지극의 도리만 공존한다.

이만한 성스러움이 또 어디 있는가.

루검비는 세상과 어울리려고 한다. 그럴 필요가 없는데. 이해하지 못하는 사람은 그들끼리 살라 하고, 이해하는 사람은 그런 사람들끼리 모여 살면 되는데.

환희교는 교세를 확장할 필요가 없다.

몇몇 사람이 모여서 시작하고, 뜻이 맞는 사람을 한 명, 두 명 받아들이면 된다.

루검비는 불교나 도교처럼 중원 전역에 널리 알리고 싶은 모양인데, 그런 일은 절대 일어나지 않는다.

그녀가 생각하기에는 고민할 필요도 없는 것을 가지고 고민하고 있으니 답답할 수밖에 없다.

"계속 대침을 무기로 쓰실 겁니까?"

동문서답(東問西答), 유화의 말에 엉뚱한 말을 했다.

유화는 담담히 받았다.

"왜? 마음에 안 들어?"

"옷에 피가 튈까 봐서요."

"아냐. 이거 생각만큼 피가 안 나와. 고통도 없어. 따끔거리는 게 고작인걸."

유화가 대침을 꺼내 들었다.

두 사람 앞에 무인 수십 명이 다가왔다.

쐐에엑! 파파파팟!

익히 아는 검초, 익히 아는 검진이 펼쳐졌다.

천수강막 안에서 펼쳐지는 천수검법은 무적을 자랑한다. 특히 용검대는 실전을 통해 미세한 부분까지 완벽하게 가다 듬었다.

스으읏!

유화는 천수검법 안으로 몸을 들이밀었다.

달려오는 전차를 향해 두 팔 활짝 벌리고 뛰어드는 것과 진 배없는 행동이었다.

쒜에에에엑!

그녀를 향해 여섯 자루의 검이 몰아쳤다.

죽여도 좋은 자, 가차없이 죽인다.

용검대의 살수에 인정이나 미련 따위는 기대하기 어렵다.

유화의 신형이 걸레 조각처럼 찢겨져 나갔다. 꼭 그렇게 보 였다. 여섯 자루의 검이 정확히 그녀를 베었다. 그 순간!

"크윽!"

"컥!"

짧은 단말마가 연이어 터지면서 천수강막 일부가 무너졌 다.

유화를 향해 검을 날린 여섯 명은 관자놀이에게 가느다란 핏줄기를 흘리며 쓰러졌다.

철벽같던 제방은 무너졌다.

여섯 명이 한꺼번에 쓰러진 역사가 없기에 구멍난 부분을 채우는 데 약간 시간이 걸렸다.

유화가 그 순간을 놓칠 리 없다. 그녀는 거침없이 천수강막 안으로 파고들었다.

번쩍!

"크으!"

"아악!"

비명이 계속 터졌다.

용검대 검수들이 허수아비처럼 무너졌다.

검을 쓰기는 하지만 아무것도 없는 빈 허공만 때릴 뿐이다.

유화는 너무 빨랐다. 인간이 아니라 요괴가 번뜩이는 것 같았다.

용검대 검사들은 어떤 신법을 쓰는지 파악조차 하지 못한 채 속수무책으로 무너져갔다.

"퇴(退)!"

수련 시에도 들어보지 못한 명령이 떨어졌다.

지난날, 용검대는 이 할 가까운 검사를 잃었다.

그들을 보충하여 백 명의 검사를 만들고, 한마음처럼 움직이게 하려고 부진 고련(苦練)을 시켰다.

이들 개개인은…… 장담하건대 일당백의 전사다.

한데 엇그제까지만 해도 무공조차 모르던 여인에게 무너진다.

옛날처럼 이 할 가까운 검사들이 관자놀이로 가느다란 피를 흘리며 절명했다.

검사들만 절명한 게 아니다.

쓰러진 자들 중에는 제일선을 담당했던 사동승(史東升)도 포함되어 있다.

용검대주 상관외의 팔 하나가 잘려 나간 것이다.

"무섭게 달라졌군."

천수강막 안에서 한 사내가 걸어나왔다.

루검비는 그를 안다. 풍위(豊偉)라는 이름을 가졌으며, 용검대주의 최측근이다.

"호호호! 무섭게 약해졌네? 겨우 이런 실력으로 최강입네 하고 허풍치고 다녔어?"

풍위는 그녀의 말에 대꾸하지 않았다. 그는 루검비를 보며 말했다.

"용건이 있소. 독대합시다."

그가 허리에 찬 검을 풀어 바닥에 던졌다.

싸울 뜻이 없다는 의사 표시였다.

"호호호호! 무력으로 제압하려다 안 되니까 협상을 하자? 너, 참 편하게 산다."

"편하게 사는 건 소저도 마찬가지요. 한 달 전에 우리와 만났다면 이리 말할 수 있겠소?"

"불행히도 우리는 지금 만났거든."

유화가 피 묻은 대침을 들어 보였다.

상관세가와 환희교는 양립불가(兩立不可)의 사이다.

선제공격은 환희교가 먼저 했다. 루검비가 백초원주 금령을 죽임으로써 싸움이 시작되었다. 결과는 당연히 환희교의 몰살로 이어졌다.

그것으로 끝난 싸움이었어야 한다.

이제 유화에게 상관세가를 상대할 힘이 생겼다.

복수를 하지 말란 법은 없다.

"독대, 안 하나!"

풍위가 신경질적으로 말했다.

루검비는 못마땅해하는 유화를 밀치고 풍위와 마주 앉았다.

유화는 십 장 밖으로 물러섰다. 용검대도 그만큼 물러났다. 그들 한 가운데 루검비와 풍위만 남았다.

"환희밀공 소문을 듣고 혹시나 해서 와봤는데, 정말이군. 살아 있었어. 그대는 사람을 놀라게 하는 재주가 있나 보군."

"단도직입. 용건을 말해도 괜찮습니다."

"자네를 잡아가려고 왔는데, 실력이 안 되는군. 도움을 청하네."

풍위가 고개를 숙였다.

루검비는 재빨리 용검대를 훑어보았다.

용검대는 옛날의 용검대가 아니다. 교두(敎頭) 중 상당수가 빠졌다. 상관외가 밖에서 데려온 직속 부하만 남고, 상관 성을 가진 자들은 모두 빠져나갔다.

검사들도 마찬가지일 게다.

단언하건대, 죽은 자들까지 백 명의 용검대 중에 '상관' 씨는 한 명도 없을 것이다.

무엇보다 이 자리에 상관외가 없다.

상관외의 신변에 이상이 생겼다는 뜻이다.

'일이 이상하게 돌아가는군.'

루검비는 미간을 찌푸렸다.

고평에서 발생한 흡정 사건을 캐내고 싶었는데, 상관세가의 일에 휘말리게 생겼다.

"무슨 말입니까?"

"본가에 환희밀공이 있네."

"알고 있습니다."

"본가에 환희밀공이 있네."

풍위는 같은 말을 두 번이나 반복했다.

다른 말을 물어도 그는 같은 말을 반복할 것이다.

"알겠습니다. 가죠."

루검비는 풍위의 속마음을 읽고 응낙했다.

풍위는 승낙을 얻은 후에야 귓속말을 한참 동안 했다.

"우리가 왜 저놈들과 같이 가?"

"환희밀공은 환희교도 것입니다. 다른 자가 쓴다면 거둬야죠."

"흠! 상관가주…… 참 집요하더니, 기어이 알아냈네."

"상관가주가 아니라 상관외예요."

"뭐! 그자가 어떻게 환희밀공을 알고?"

"무수루고 부가의에게 삼대가 먹고살 만한 돈을 주고 정보를 얻은 모양입니다."

"도굴꾼에게?"

"환희밀공과 흡사한데, 마공인 듯싶다는군요. 전에 제가 했던 것처럼……."

"흡정?"

"네."

"그럼 여기 기녀도?"

"그는 제압되어 상관가에 갇혀 있답니다. 가주의 아들에서 연구 대상으로 전락한 거죠. 용검대는…… 그를 구하고 싶어 합니다. 마공만 빼낼 수 있냐고요."

할 수 있다 없다는 물을 필요가 없다.

루검비는 할 수 있다. 화룡도 건드리는데 그까짓 진기 하나 못 건드리겠는가.

그는 일류고수도 단숨에 백면시생으로 만들 수 있다. 이런 사실을 무림이 알면 난리 나겠지만.

용검대는 한 명, 두 명 대열을 이탈했다.

루검비가 십여 장쯤 걸었을 때, 뒤따라오던 용검대 검사는 한 명도 남아 있지 않았다.

"처음부터 말로 했으면 죽일 것까지는 없었는데."

유화가 후회되는지 툭 쏘았다.

루검비는 픽 웃었다.

성신을 주목하다 보면 심성이 착해진다. 굳이 화룡으로 다듬지 않아도 착하게 된다. 하물며 유화는 화룡과 어울리기까지 했다.

과거가 만들어놓은 습성과 생활 환경 때문에 쉽게 변하지는 않겠지만 결국은 변하게 된다. 류취취처럼 보름여에 걸쳐서 사기를 씻어내면 단번에 요조숙녀로 변신할 수도 있다.

겉모습이 변한다는 게 아니라 심성이 변한다.

유화가 살인에 대해서 미안함을 느끼는 것도 같은 맥락이다.

루검비는 또 한 번 느꼈다.

'환희교는 무림과 어울리지 않아.'

3

"그놈 참…… 살아 있다는 말을 듣고도 믿지 못했는데, 정말 살아 있었네. 도대체 이놈은 뭘로 만들어진 거야? 분명히 죽었는데… 봐봐, 멀쩡하잖아?"

노동거사가 쪼르르 달려와 루검비를 살폈다.

주위를 한 바퀴 삥 돌면서 살도 만지고 볼도 꼬집었다.

루검비는 웃기만 했다.

사실 그와 대면했을 때의 기억은 별로 좋지 않다. 화룡을 빼앗아 허공에 방출해 버린 게 마지막 대면이었다. 그 후에는 세심옥에서 봤다. 그는 잠들어 있었고, 자신만 깨어 있었다. 반대의 상황도 있었다. 자신이 죽었고, 그가 깨어 있을 때다.

이래저래 상당히 어색했는데, 노동거사의 장난기 섞인 행동으로 인해 말끔히 가셨다.

채의마옹과 유수신투도 있다.

류취취와 소월신투도 있다.

루검비의 눈이 가늘게 좁혀졌다.

"그렇게 쳐다볼 것 없어. 화룡은 어쩌지 못하지만 수룡은 깨워줄 수 있잖아. 내 수룡이 뛰어나다며? 내가 보기엔 동생 수룡도 아주 좋더라고. 그래서 한눈에 가가를 보고 반한 거지. 잘했다고 칭찬 안 해줄 거야?"

류취취가 웃으며 말했다.

그녀들은 유화를 처음 본다. 그림에도 그녀가 누구이며, 어떤 관계인지 묻지 않았다.

서로의 몸에 흐르는 기운이 너무나 활기차기에 물을 필요가 없다. 수룡을 느끼는 자만이 떠올릴 수 있는 밝음이 보이기에 묻지 않아도 안다.

루검비는 고개를 내둘렀다.

화룡을 방사하여 사람을 치유하면서도 환희교에 대해서는 입을 다문 이유가 있다.

숙제를 풀지 못했다.

고평에서 만난 여인들 중에는 수룡이 뛰어난 여인도 있었다. 그녀들 대부분이 소월신투처럼 가까이 다가오려고 했다. 하룻밤 풋사랑만으로 만족하겠다는 여인도 있었다.

환희교를 전파하기에 아주 좋은 기회이지 않은가.

그녀들의 수룡을 일깨우면, 수룡을 알게 하면 그가 권유하지 않아도 환희교에 입문할 것이다.

형당 화녀들은 특이한 성향을 지녔다. 같은 여자를 좋아하기도 하고, 둘 다 싫어하기도 한다. 어쨌든 남녀 간의 정사에 대해서는 상당히 부정적이다.

그런 유화마저도 지금은 환희교를 인정하는데, 수룡이 뛰어난 여인임에야 말해 무엇 하랴.

애써 거리를 벌렸다.

이유? 말했다. 아직 숙제를 풀지 못했다.

그가 유화를 물리치지 않고 받아들인 것은 그녀에게 환희교의 정사가 일반적인 정사와 많이 다르다는 점을 알려주기 위해서였다.

그녀는 환희교와 세상 양쪽을 모두 다 안다.

루검비는 그녀에게 환희교의 정사를 알려준 다음, 다접과 인륜에 대해서 물었다.

그녀의 대답은 너무도 단순 명쾌했다.

환희교는 환희를 쫓으라고 했다. 루검비, 너의 환희는 어디로 향하는가. 어느 쪽으로 마음이 가는가. 마음이 일러주는 대로 가면 되지 않겠나.

가장 정답에 근접한 말이다.

하지만 한 가지 난관이 있다. 루검비는 자신의 마음을 보지 못했다. 성신을 널리 알려야 한다는 마음과 인륜이 무너지면 세상도 무너진다는 마음이 공존했다.

지금은 환희교를 설파할 단계가 아니다.

"당분간…… 당분간은 혼자서…… 개인 수련만…… 부탁합니다."

루검비는 세 여인을 보며 어색하게 말했다.

"그건 우리가 당부할 말이었는데."

소월신투가 수줍게 말했다.

"호호호!"

"호호호! 아유, 배 아파!"

두 여인은 배를 움켜잡고 웃었다. 하나 남자들은 무슨 영문인지 몰라 멀뚱멀뚱 쳐다보기만 했다.

노동거사는 세 여인에게 극도의 긴장감을 불어넣었다.

"무림에서 안 산다면 모를까, 살 바에는 강해지는 게 최선이지. 강해지는 방법 중에는 실전을 따라올 게 없어. 하니 너희는 오늘부터 치고받고 싸우도록 해. 사정 봐주지 말고 무자비하게 공격하는 거야. 밥 먹을 때도 하고, 뒷간에서 응아 할 때도 하고. 지금 공격하면 꼼짝없겠다 싶을 때 여지없이 한 방 먹이는 거야."

노동거사는 스스로 세 여인의 사부를 자청했다.

유수신투와 채의마옹은 입도 벙긋하지 못했다.

사실 그들의 무공은 하늘과 땅만큼이나 차이가 난다. 유수신투와 채의마옹이 합공을 해도 노동거사를 당해내지 못한다. 무천의 삼관은 백 명 이상의 절정 무인이 추대를 해야만 앉을 수 있는 자리다.

삼관이 무공 지도를 해준다는 건 그녀들에게는 복이었다. 어느 무림인이 이런 복을 마다하겠는가. 한데,

"꼭 해야 돼요?"

류취취가 싫은 표정을 지었다.

"무림인으로 살 것도 아닌데 뭐 하러 배워요. 지금만 해도 충분한 것 같네요."

유화도 한마디 거들었다.

"저도 싫어요. 이제 막 알기 시작했는데, 그러다 감정 상하면 어떻게 해요."

소월신투까지 가세했다.

"허! 요것들 봐라!"

노동거사는 양손을 허리에 얹고 씩씩거리더니 그때부터 식음을 전폐했다.

"알았어요. 할게요. 어휴!"

결국 유화가 제일 먼저 손을 들었다.

파팟! 파파팟! 파팟!

그녀들의 움직임은 신비로울 정도로 현묘했다.

부동(不動)에서 동(動)으로, 동(動)에서 부동(不動)으로의 전환이 눈 한 번 끔뻑이는 것보다도 빨랐다.

유화는 늘 대침을 들고 있어야만 했다. 소월신투는 철골지를 사용했고, 류취취는 철사(鐵絲)로 목을 조르려 했다.

일상(日常)은 달라지지 않았다.

아침이 되면 일어나서 세수하고 식사하고 길을 떠났다. 여행 중에도 서로 웃으며 잡담을 즐겼다. 태평무사(太平無事) 평온함 속에서 달콤함을 즐겼다.

싸움은 한순간에 일어난다.

누군가 한 명이 기회를 틈타 번쩍이면 연달아 다른 여인도 튀어 오른다.

그들의 움직임은 대부분 순식간이 벌어졌다 끝났다. 하나 사오 초, 길게는 십여 초까지 이어지는 경우도 있있다.

"우린 빠져도 되지 않을까? 조것들…… 감당이 안 되네."

채의마옹이 머리를 흔들며 말했다.

"아무래도 그래야 할까 보오. 이거, 따라가 봤자 짐만 되지."

유수신투도 입맛만 다셨다.

소월신투는 늘 걱정거리였다.

장난이 심하고 세상 무서운 줄 몰랐다. 그래서 그녀 곁에는 늘 유수신투나 채의마옹이 따라붙곤 했다.

이제는 마음을 놔도 될 것 같다.

"에라이!"

노동거사가 이를 악물며 옆에 있던 류취취를 후려쳤다.

쒜에엑!

손에 진력이 가득 깃들어 파공음이 무척 묵직했다. 곰이 앞발을 후려친 것처럼 장(掌)이 닿기도 전에 경풍부터 몰아쳤다.

파파팟!

류취취가 옆으로 물러나며 피해냈다.

이 순간이다! 그녀가 움직였다! 그녀의 정신이 노동거사의 일장 때문에 분산되었다.

파파팟! 파파파팟!

소월신투와 유화는 기회를 놓치지 않고 달려들었다.

스으읏!

류취취는 다시 뒤로 일 장이나 물러섰다.

세 사람 모두 빈 허공만 가격했다.

기습은 끝났다. 손을 놀렸던 네 사람은 언제 무슨 일이 있었냐는 듯 웃어젖혔다.

"요것아, 누가 내 옆에 앉으래?"

"거사님은 아무래도 저만 미워하시나 봐."

"밉기로 하면 저게 제일 미워. 너무 까칠하거든."

노동거사가 유화를 가리켰다.

"오늘 저녁 먹기 싫어요?"

"밥? 밥은 왜 튀어나와?"

"밥 얻어먹으려는 사람이 그런 말을 해요?"

"이것아! 뚫린 입으로 말도 못하나!"

순간! 세 여인이 다시 움직였다.

파파파파팟!

소월신투가 우스웠는지 손으로 입을 가리고 웃었다.

그때 아주 잠깐이지만 그녀의 눈꺼풀이 흔들렸고, 두 여인에게는 이만한 기회도 없었다.

스으으웃!

소월신투는 팽이처럼 몸을 빙글빙글 돌리며 협공을 피해냈다.

"오늘 저녁은 누구 차례지?"

"언니잖아요. 언니는 자기 차례가 되면 꼭 그러더라."

류취취가 입을 삐죽이며 말했다.

일행이 상관세가에 도착할 즈음, 노동거사가 한마디 했다.

"너희들, 가. 괜히 부담만 돼. 소월신투는 나도 감당하기 벅차. 너희는 있어봤자 방해만 돼. 모적방에 가서 돈이나 긁어둬. 이것들, 잠자리는 마련해 줘야지. 언제까지 떠돌게 만들 거야?"

유수신투와 채의마옹은 결국 모적방으로 돌아가기로 했다.

"나서지 말고. 까불거리지 말고."

"창피하게 그런 이야기를……."

"요것이 창피한 줄은 아는 모양이네. 저놈 순 바람둥이니까 눈 똑바로 뜨고 있고."

"알았다니까!"

소월신투는 눈에 눈물을 그렁거렸다.

"애가 왜 안 하던 짓을 하고 그래? 내가 죽으러 가냐?"

"알았어. 가."

소월신투는 유수신투의 등을 떠밀었다.

예전 같으면 이별도 담담하게 했을 게다. 아니, 늘 행동을 감시하던 귀찮은 눈길이 떨어져 나가니 기뻐서 춤이라도 췄을 게다.

지금은 그럴 수 없다. 할아버지의 마음이 읽힌다. 격동하는 화룡이 느껴진다. 할아버지가 자신을 얼마나 애지중지하는지 절절이 와 닿아서 격정이 치민다.

"검비, 나 없어도 되겠지?"
유화가 불쑥 말했다.
"돈 이야기가 나오니 생각나네. 교주님이 첨화에게 교의 재산을 맡겨놨어. 진작 생각났으면 이 고생을 안 하는 건데. 갔다 올게."
염려한다거나, 언제 만나자거나…… 한마디쯤 나눌 법한 말은 나오지 않았다.
이심전심(以心傳心), 서로 눈빛만 봐도 마음을 안다.
두 사람은 이제 끊으려야 끊을 수 없는 관계가 되었다.
오다가다 만나서 하룻밤 잠자리를 같이 하고 헤어지는 관계가 아니라 평생을 같은 운명 속에서 지내야 한다.
"다녀와요."
"그래."
그 말이면 충분했다.

"나도 가야겠네. 동생에게 기회를 주는 거니까 우리 없을 때 잘해봐. 우리가 공격할 때 늘 힘에 부쳤지? 혼자서는 크게 키우는 데 한계가 있어. 가가에게 많이 키워달라고 해."
류취취가 눈을 찡긋거렸다.
"어디 가려고요?"

“응. 나도 돈 좀 있어. 꽤 많아. 그 돈 쓰고 싶지 않았는데…… 돈에 귀천이 있는 건 아니잖아? 오히려 가만히 묵히면 업만 크게 자라는 것 같아서 싫으네.”

그녀의 어두운 과거와 연관된 돈이라면 상당히 많을 게다.

갑부들이 줄줄이 나가떨어졌다고 한다. 천석꾼 만석꾼이 전답을 팔아 바쳤다고 한다.

“환희교…… 돈 없어도 되는 곳 아닙니까. 비바람 막을 곳이 있으면 되고, 밥 굶지 않으면 돼요. 후후! 전 산속에서 십 년 동안이나 혼자 버텼어요. 먹을 것이 없어서 이것저것 막 주워 먹다가 큰 고생도 해봤죠. 그 돈은 놔뒀다가 요긴한 데 써요.”

“가지 말라고 잡는 거야?”

“네. 잡는 겁니다.”

“그렇다면 안 가야지.”

류취취는 루검비 곁에 다가서서 팔짱을 꼈다.

“그런데 언제까지 말 높일 거야? 무슨 수문장이 수문위에게 존대를 해? 그렇다고 내 입에도 존대는 안 맞고…… 우리 서로 말 놓자. 그게 편하잖아?”

류취취는 소월신투는 보며 눈을 찡긋거렸다.

그들은 느린 걸음으로 왔다.

세 여인이 실전을 방불케 하는 비무를 하느라 보통보다도 훨씬 더딜 수밖에 없었다.

끼이익!

상관세가의 뒷문이 열렸다.

"기다리고 있었소."

풍위가 마중 나왔다.

"그런데 이분은?"

풍위는 낯선 사람을 보고 의아해했다.

그가 본 사람은 루검비와 유화다. 한데 온 사람은 유화가 빠지고 노동거사와 생면부지의 두 여인이 가세했다.

"지인입니다."

루검비는 간단히 말했다.

두 여인은 괜찮지만 노동거사의 신분을 밝힐 수는 없었다. 노동거사 같은 거물이 일개 가문의 비사(秘事)에 간여한다는 건 알려져서 좋을 게 없었다.

"대주께 안내하리다."

그가 앞장섰다.

스스슷! 스스스슷!

용담호혈(龍潭虎穴)이 본색을 드러냈다.

담장을 기어가는 건 궁수(弓手)들이다. 전통에는 묵직한 철시(鐵矢)가 가득 들어 있다.

차착! 차차착!

담벼락을 타고 지네가 기어갔다.

그들의 움직임은 다람쥐보다 날렵했다.

"쥐새끼들이 꽤 설치네. 이렇게 시끄러워서야 어디 잠인들 자겠나. 그러고 보면 상관세가 사람들은 꽤 둔해. 이렇게 시끄러운데도 나와 보는 사람이 없으니 말이야. 그렇지?"

노동거사가 주위를 둘러보며 말했다.

풍위의 낯빛이 변했다.

어느새 부드러운 손바닥 하나가 그의 등을 지그시 누르고 있지 않은가.

"거짓말은 화룡의 적. 입으로 거짓말을 할 때, 화룡은 창피해서 숨는답니다."

풍위는 무슨 소린지 알아듣지 못했다. 분명한 건 계획에 차질이 생겼다는 거다.

"소저, 무슨 말인지……."

그때, 루검비가 말했다.

"가봐도 될…… 까?"

"호호호! 그 말 한번 놓기 되게 힘드네. 반말을 듣겠다는데도 이렇게 뜸을 들여. 여긴 안심하고 가봐."

류취취가 방긋 웃으며 말했다.

"소저, 이게 무슨 짓……."

"너도 가보고!"

퍼엉!

풍위의 등에서 묵직한 격타음이 울렸다.

노동거사의 절기인 복타장(腹打掌)으로 뼈와 장기를 박살낸다.

"크윽!"

풍위는 변변히 저항도 해보지 못한 채 허리를 뒤로 꺾으며 풀썩 쓰러졌다.

"발각됐다!"

"교두님이!"

여기저기서 고함이 터지며 암암리 뒤따랐던 무인들이 분분히 일어섰다.

"내 말했지? 무공을 높이는 데는 실전이 최고라고. 여기 변변치 못한 놈들이 있지만 손맛을 보기에는 아주 그만일 게다. 너희들, 마음이 여린 줄은 알겠다만 오늘만은 단단히 살계를 열어야 할 게야."

노동거사는 말을 마침과 동시에 신형을 띄웠다.

"크윽!"

비명이 벌써 터져 나왔다.

풍위는 임기응변으로 루검비를 끌어들였다.

용검대로는 도저히 상대가 되지 않으니까 상관세가로 불러들여 나포할 심산이었다.

류취취가 한 말은 거짓이 아니다.

거짓말은 성신과 상극이다. 입으로 거짓을 말하면 성신은 부끄러워 안으로 숨어들어 간다.

그가 루검비에게 상관외의 투옥 사실을 말하고 있을 때, 루검비는 그의 화룡이 안으로 숨어드는 것을 감지했다.

거짓말이다.

그걸 알면서 찾아왔다.

상관세가에서 거둬갈 것이 있다.

자신이 적어준 얼마 되지 않은 인법 구결과 지법 석화를 찾아서 파괴할 생각이다.

또 풍위가 완전히 거짓말만 한 것은 아니다. 상관외가 투옥되었다는 말을 할 때는 화룡도 제자리를 지켰다. 그가 주화입마를 당했다는 말도 진심이었다. 무수루고 부가의에게 비급을 받고, 연공 수련한 것도 맞는 말이다.

부가의에게 받은 무공이 무엇인지 모르지만 흡정대법과 연관된다면 찾아서 없앨 생각이다.

상관외뿐만이 아니다. 이 세상에 존재하는 모든 흡정대법을 지워 버릴 것이다.

꾸르르릉!

그는 백초원 사람들의 도움을 받으며 간신히 탈출했던 석동(石洞)을 열었다.

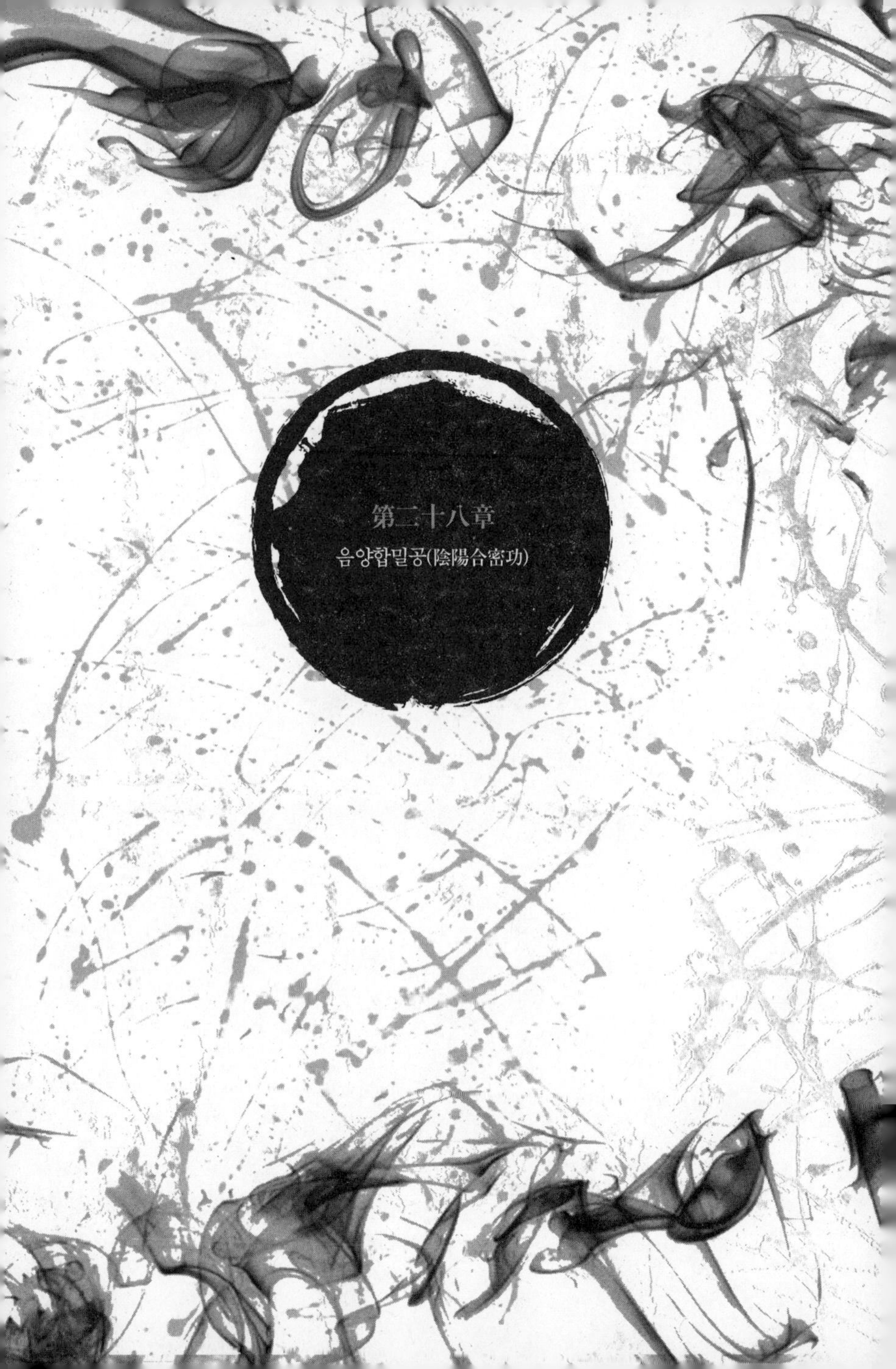

第二十八章

음양합밀공(陰陽合密功)

환희밀공

1

　루검비가 이곳을 제일 먼저 찾은 까닭은 죽음의 물, 한천(寒川)이 있기 때문이다. 시간이 지나 지법 석화를 파괴하게 되면 숨 가쁜 공격을 받게 될 터이고, 이곳까지 와볼 여유는 없을 것이다.

　이곳을 나갈 때와 지금은 많이 다르다.

　그때는 일어설 기력도 없었다. 지금은 활력이 넘친다.

　환희밀공을 대하는 자세도 다르다. 당시는 무공의 일종이라고 생각했으나 지금은 보다 근원적인 것을 본다.

　루검비는 옷을 벗었다.

　바깥은 한창 싸움 중일 것이다.

그들을 믿는다. 최소한 몸 하나 정도는 빼낼 수 있으리라.

첨벙!

한천에 발을 들이밀기가 무섭게 한기가 숏구쳤다.

얼음을 딛는 것보다 훨씬 차갑다. 북풍한설이 몰아치는 한겨울에 온몸에 찬물을 끼얹고 비바람을 고스란히 맞는 것보다 훨씬 춥게 느껴진다.

그때 뭐라고 생각했더라?

자연의 기는 인간의 기와 다르기 때문에 받아들일 수 없다고 생각했지? 들이쉰 호흡은 폐를 통해 걸러지고, 음식은 위장을 통해 걸러지고…… 그런 연후에야 몸에서 받아들일 수 있는 것이라고.

맞다. 무인은 자연 속에서 운공조식을 취하며 자연의 기를 고스란히 받아들인다고 하지만 일단은 자신의 몸에서 정화되는 과정을 거치게 된다.

정화라는 게 무엇인가.

나쁜 것은 버리고 좋은 것은 받아들이는 것이다.

그럼 나쁘다는 기준은 어디에 두는가.

자신의 마음이 결정한다. 숨 막혀 죽기 직전에는 혼탁하기 이를 데 없는 공기도 좋다고 생각하며 빨아들인다. 대자연 속에서는 평소 쉬던 공기조차 혼탁하다고 생각한다.

그때그때 몸의 상태에 따라서 기준이 달라진다.

'수룡!'

촤아아아아!

이체관통된 화룡이 한천을 휘저었다.

순간, 수룡이 빨려 들어온다. 화룡과 어울려 춤을 춘다. 환상적인 모습이다.

'아아!'

루검비는 강렬한 쾌락을 맛봤다.

자신의 몸이 자연과 일체가 되는 느낌은 무슨 말로도 설명이 안 된다. 머릿속에, 몸에 더 이상 집어넣을 것이 없다는 생각만 든다. 그대로 자연의 일부가 되었다는 환상이 생긴다.

"하아!"

깊은 숨이 외출한 화룡을 불러들였다.

몸을 충만케 한 수룡은 다시 한천 속으로 들어갔다.

자연과도 음양교류는 이루어진다. 단지 자신의 상태가 너무 나빴고, 한천의 기운은 터무니없을 만큼 강했다.

서로 어울릴 리 없다.

이는 매우 중요한 발견이다.

사람도 자신의 체질에 맞는 기운을 찾으면 운우지락이 없어도 성신을 키울 수 있다는 뜻이다.

다접을 해결할 방도를 찾아냈다.

문제는 개개인마다 다르고, 개인도 어제 다르고 오늘 다른 성신을 무슨 수로 비위를 맞추느냐이다.

'한 번에 한 가지씩. 서둘지 말고.'

루검비는 한천에서 나와 옷을 입었다.

깜깜한 석동이 대낮처럼 환하게 보였다.

뚜벅! 뚜벅!

루검비는 몸을 숨길 생각도 하지 않았다. 일정한 보폭으로, 잘 아는 곳을 걷는 것처럼 거침없이 걸었다.

쉐에엑!

검이 흐른다.

붉게 물든 낙엽이 떨어질 때처럼 하늘거린다.

그는 검이 날아오는 모습은 물론이고, 위아래로 흔들리는 모습까지 봤다.

상체를 살짝 비틀며 옆구리에 일권을 먹였다.

퍼억! 쿵!

붉은 옷을 입은 자는 비명도 지르지 못하고 나가떨어졌다.

쉐에엑! 쒜에에엑!

앞에서 둘, 뒤에서 둘!

퍼퍽! 퍼퍼퍽!

너무 느리다. 이렇게 느린 검에 맞는 사람도 있나? 검이 성광처럼 흘러야지 굼벵이처럼 느릿느릿 흘러서야 누가 맞아주랴.

눈이 배는 밝아졌다.

순식간에 날아온 검이지만 그의 머릿속에는 이미 공격해

오는 경로는 물론이고, 차후 변화까지 예상되었다.

혼의랑은 천수검법만 고집하지 않는다. 상대를 죽일 수 있다면 겸(鎌)이나 비수도 쓴다. 그들의 임무는 가주를 보호하는 것이지 무공 증진이 아니다.

루검비가 상대하는 자들은 거의 대부분 독특한 공격법을 구사했다. 정통 검사들이 쓰는 검법은 아니었고, 오로지 살상에 목적을 둔 무공 같았다.

어떤 무공이든 루검비를 위협하지는 못했다.

살상은 싫다. 해서 기절만 시킨다.

이들도 생명인 것을. 이들의 몸에도 화룡이 있고, 언제든 성신을 보기만 하면 성인으로 재탄생할 수 있는 것을.

공격이 몇 차례 더 있었지만 루검비의 앞을 가로막지는 못했다.

'이곳!'

막다른 길 앞에서 호흡을 골랐다.

길은 끊겼다. 앞이 막혔다. 하지만 이 근처 어딘가에 지법 벽화가 숨어 있다. 지법 벽화가 부른다. 빨리 꺼내달라고. 그래서 깨끗이 지워달라고.

석벽에는 만리향(萬里香)처럼 독특한 냄새가 배어 있다.

벌레가 꼬이지 않고, 풍우의 침습을 받지 말라고 표면에 염료를 발라놨기 때문이다.

루검비는 오 년에 걸쳐서 석벽의 냄새를 맡았다.

그때는 무의식중에 맡았지만…… 상관세가로 들어서면서부터 석벽이 어디 있는지 즉각 알 수 있었다.

그는 막다른 곳에서 잠시 석벽의 냄새를 맡더니 눈을 부릅떴다.

눈동자가 활활 타오른다. 불길이 숫구쳐 나온다. 화룡의 기운이 육신을 벗어나 벽면을 더듬는다.

'이곳이군.'

인간은 기름을 흘리고 다닌다. 무엇을 만지든 기름기가 묻는다.

그는 막다른 곳에서 인간의 기름이 가장 많이 묻은 곳을 찾았고, 화룡이 발견해 냈다.

손을 대자 자그마한 벽돌이 안으로 쑥 밀려 들어갔다.

꾸르르르룽!

커다란 굉음과 함께 석벽이 열렸다.

"엇! 저…… 살았네?"

"구생, 죽었다 하지 않았소?"

"글쎄 말이올시다. 분명히 죽었는데……."

루검비는 그들을 보지 않았다. 삼면 벽에 가득 그려져 있는 그림들을 쳐다봤다.

감개가 무량하다. 옛날 일이 소록소록 떠오른다.

"해독하셨습니까?"

눈길을 여전히 석벽에 둔 채 물었다.

"많이는 못했고, 막 해나가는 중이었네."

루검비는 그제야 말을 한 절죽원주를 쳐다봤다.

"어디 있습니까?"

바닥에 글이 적힌 한지는 몇 장 되지 않았다. 한쪽 구석에 한지가 수북히 쌓여 있지만 모두 빈 종이였다.

"가주가 가져갔지, 그게 여기 있겠나."

"급하더라도 잠시만 기다리시지요. 지금 나가면 개죽음당합니다. 누구인지 알려고도 하지 않고 무차별 살상할 테니까요."

루검비는 말을 하면서 석화 앞으로 걸어갔다.

"허! 오랜 만에 봤더니 사람이 됐네. 어법(語法)도 깍듯하고. 그런 짓을 한 놈이라고는 믿기지 않구먼."

구생 갈굉촉이 눈을 빛내며 말했다.

루검비는 자신을 몰아(沒我)의 상태로 몰아넣었다.

화룡이 장심(掌心)에 모아진다. 밀집되고 밀집되어서 비집고 들어갈 틈이 없다. 물방울을 떨어뜨려도 새지 않고, 바람도 통하지 않는다. 더욱 밀집된다. 바위나 쇠처럼 촘촘히 밀집된다. 화룡도 더 이상 들어갈 틈이 없나.

휘이익……!

손이 벽면을 휩쓸자, 식화가 내쾌로 깎은 듯 깨끗이 시워졌다.

쓰윽! 쓰으윽!

체위 백팔십 개, 운용 방법 세 개, 체질에 따른 공격 방법 스무 개가 숨 몇 번 쉴 동안에 말끔히 사라졌다.

"허! 허어!"

구생 갈굉촉이 연신 경탄을 쏟아냈다.

"이놈아, 넌 저기 뒤에 뚝 떨어져서 따라와!"

"왜 그러십니까? 빨리 가시기나 하죠."

"왜 그러십니이까아? 그 앞에 빼먹은 말, 없어? 늙은이가 돼질려고. 네놈이 자주 쓰던 말이잖아!"

"하하! 제가 언제요? 어서 앞장서시기나 하세요. 뭔가 섭섭한 일이 있었다면…… 이렇게 정중히 사과드립니다."

호리수 서유동이 깊이 허리를 숙였다.

"허! 정말 박쥐 같은 놈이로세."

"허허허! 재미있는 사람 아닙니까?"

"재미는 무슨…… 두 번만 재미있으면 귀에 딱지가 앉겠네. 늙은이가 돼지려고. 아가리를 뭉개 버릴 테니까. 또 있는데. 저놈이 잘 쓰던 말이 뭐지?"

"대갈통을 뽀사 버려가 빠졌네요. 허허허!"

"맞아! 대갈통을 뽀사 버려. 이그! 못된 놈 같으니라고."

세 사람은 오랜 시간 동안 석실에 갇혀 있었는데도 전혀 서두르지 않았다.

가는 중간 중간 붉은 옷을 입은 무인들이 쓰러져 있었다.

구생은 그때마다 잠시 멈춰 서서 상태를 살폈다.

"그냥 가시지요. 이미 쓰러진 놈들인데 살펴서 뭐 합니까?"

호리수가 약간 짜증 섞인 음성으로 말했다.

"이놈아, 재수없는 놈은 뒤로 넘어져도 코가 깨지는 법이여. 저놈이 손에 사정을 담긴 했지만 재수없어서 뇌라도 깨지면 뒈지는 수밖에 더 있어! 그런 놈 중에 몇몇은 빨리 발견하기만 하면 요행히 목숨은 건지더라고."

"그냥! 어휴! 그냥 가시지요, 어.르.신!"

"그냥은 못 가겠다, 이.놈.아!"

티격태격 싸움이 끝이 없다.

기묘한 점은 느긋하게 행동하는 구생이나, 불안불안해하는 호리수나 마음은 모두 평온하다는 점이다. 절죽원주는 말할 것도 없다. 죽음이나 위험 같은 것은 안중에도 없는 사람처럼 태연했다.

석실은 지하에 설치되어 있었다.

그들은 석실을 벗어나 계단을 올랐고, 오십여 명이 들어설 수 있는 큰 대청에 섰다.

"여기서 헤어지는 게 좋겠습니다."

루검비는 포권지례를 취했다.

"헤어지기는…… 자네, 가주의 처소를 찾는 것 아닌가?"

절죽원주가 빙긋 웃었다.

“그럼 날 따라오게. 내가 안내해 줌세. 지법 석화를 지운 것으로 봐서 우리들이 그린 도해도 없애려는 것 같은데, 그런 일이라면 백 번이라도 도와야지.”

화룡이 숨지 않는다. 거짓말이 아니다. 이들은 진정으로 자신들의 도해가 상관세가에 남아 있는 걸 원치 않는다.

루검비는 사양했다.

“세 분은 제 족쇄가 될 수 있습니다. 이 자리에 화살이라도 들고 나타나면 전 두 손을 묶일 수밖에 없습니다. 철시를 피하실 수 있습니까?”

“상관세가가…… 화살을 써?”

호리수가 한 말이다.

“그러니 여기서 헤어지는 게…….”

‘늦었어.’

루검비는 잠시 망설였다.

전각 밖은 포위되었다. 많은 무인들이 촘촘히 에워싸고 있다. 그래 봐야 자신을 막을 수는 없겠지만, 이들이 문제다. 이들의 목숨을 담보로 항복을 요구하면 들어줘야 하나?

“자네 표정을 보니, 짐작 가는군. 뭐 하는가! 어서 움직이지 않고!”

“네?”

“그래, 빨리 움직여야지. 저놈들이 쌍무식한 놈들이래도 우린 못 죽이네. 그러니 걱정 말게.”

구생이 발길을 재촉했다.

지금이라도 루검비 혼자 달아나는 게 좋다. 세 사람은 되잡힐망정 죽지는 않는다. 심성이 독한 자라면 세 사람의 죽음쯤은 아랑곳하지 않을 터이다. 하나 루검비는 그런 사람이 못 된다. 모르는 사람이라도 자신과 연관되어 죽는다고 하면 두 손을 들 놈이다.

세 사람은 루검비의 인간 됨됨이를 쉽게 파악했다. 그래서 혼자라도 도주하라고 종용하는 게다. 한데!

쒜에엑!

철시 한 대가 봉창을 뚫고 날아들었다.

쉬익! 까앙!

루검비는 손등으로 철시를 쳐냈다. 구생 갈굉촉의 안면에 틀어박히려던 찰나였다.

"허! 저놈들이 내 얼굴을 쏴!"

구생이 노갈을 터뜨릴 때, 대청문이 활짝 열리며 일단의 무리가 우수수 쏟아져 들어왔다.

그들은 활을 들었다. 일제히 세 사람을 겨눴다. 루검비를 제외한 다른 사람들이 표적이다.

"바보 같은 놈. 가라고 할 때 빨리 꺼지기나 하지."

호리수의 말투가 거칠어졌다.

밖은 조용했다.

여기저기 시신이 많이 널브러져 있는 것이 치열했던 싸움을 대신 말해준다.

많은 수가 눈을 부릅뜨고 입을 벌린 채 죽었다.

류취취의 작품이다. 철사로 목 졸라 죽였다.

수룡의 발출을 감당할 수 있는 병기가 없는 까닭에 육장으로 때려죽이거나 대침같이 작은 병기를 사용해서 신속하게 죽여야 한다. 조금이라도 시간을 지체하면 마찬가지로 산산조각 난다.

손가락 굵기의 구멍이 뻥 뚫려 있는 시신도 많았다.

소월신투의 철골지다.

두 여인의 손속은 분명하게 드러났다.

노동거사는 달랐다. 손에 잡히는 대로 아무것이나 잡아서 두들겨 팼다. 그중에는 검도 있지만 나뭇가지나 돌도 있다.

죽인 흔적에서 노동거사를 짐작해 내기란 무척 어려웠다.

사전 약속대로 한바탕 휘저어놓은 후, 감쪽같이 사라졌다.

상관세가로서는 실컷 두들겨 맞기만 하다가 닭 쫓던 개 지붕 쳐다보는 격으로 도주하는 세 사람을 멀거니 쳐다보기만 했을 게다.

덕분에 지법 석화는 깨끗이 처리했다.

홍의랑은 루검비의 손에 가죽 수갑을 채웠다.

발에도 족쇄를 채웠으며, 족쇄와 족쇄 사이는 쇠스랑으로 연결되어 뛰지도 못했다.

또 잡혔다.

"바보같이…… 도망가랄 때 도망가지 멍청하게 서 있더라니."

호리수가 비웃음을 흘렸다. 그러나 그 순간, 루검비의 귀에는 다른 소리가 들려오고 있었다.

[놀란 표정 짓지 말게. 노부도 전음 정도는 펼칠 수 있으니까. 자넨 효용도가 아주 높아. 가주가 미치지 않은 다음에야 자네 같은 보물을 죽이겠는가. 안심하게.]

절죽원주가 전음을 보내왔다.

"네놈이 도주하기만 했어도 우릴 구해줄 기회는 있었잖아. 어찌 머리가 그 모양이야. 그러니 돌 머리 소리나 듣지."

호리수가 신경을 건드렸다.

호리수와 절죽원주는 교묘히 말을 맞췄다.

호리수가 시비를 거는 동안 절죽원주가 입술을 달싹거린다.

전음입밀(傳音入密)이 신통치 않은 탓에 약간의 잔재주를 가미한 게다.

루검비는 호리수의 말은 귓가로 흘리고 절죽원주의 말을 유심히 들었다.

[자넨 가주 앞에 끌려갈 걸세. 지금부터 잘 듣게. 이렇게 잡히는 방법이 아니면 절대 가주의 금고를 열 수 없네. 무전 전목대가 찾았어도 찾지 못했다는 걸 염두에 두게. 그 사람들이

오죽 뒤졌겠나. 하지만 자네가 쉽게 찾은 지법 석화조차 찾지 못했네.]

대청에 지하가 있다.

지하는 긴 복도로 이뤄졌으며, 복도 양쪽에는 무공 비급을 놨다.

상관세가의 비처(秘處)다.

그런 만큼 천목대도 마음대로 뒤지지는 못했다. 한편으로는 주의를 더 기울여서 조사했다. 원래 비밀이란 것은 이런 비처에 더 많이 숨겨두는 법이니까.

하지만 그들은 끝내 아무것도 발견하지 못했다.

천목대 중에는 기관 건축의 달인까지 섞여 있었지만 대청 지하에 설치된 기관을 알아보지 못했다.

루검비처럼 냄새로 찾고, 화룡으로 석벽을 뒤지지 않는 한 어림없다. 지식과 경험으로 밀실을 찾는다는 건 어불성설이다.

[하니 조심 또 조심해서 행동하게. 최후의 기회라 생각될 때만 움직이란 말일세. 우리가 그린 건 모두 이백두 장이네. 필사본인지 꼭 확인하고. 완전히 없애주게.]

그 후로도 절죽원주의 전음은 계속 이어졌다.

상관가주를 만나서 취할 행동과 계책이 세부적으로 말해졌다.

루검비는 절죽원주의 예측대로 당장 가주의 처소로 끌려

갔다.

상관가주는 잠을 자다 일어났는지 아직도 잠옷을 입고 있었다.

그리고 보니 이번 사건은 풍위가 단독으로 저지른 사건 같다. 그렇지 않고서야 루검비의 생포를 간절히 원하는 가주가 잠을 자고 있을 리 없다.

"허! 이게 무슨 일인지. 자네 뱃심 한번 두둑하군그래. 여길 제 발로 걸어오고."

"풍위의 간계에 빠졌을 뿐이오."

상관가주의 눈길이 전신을 훑어왔다.

파파파앗! 파파팟!

두 사람의 눈길이 허공에서 얽혔다. 그리고 서로가 깜짝 놀라 다시 쳐다봤다.

"대…… 단한 내공이군!"

상관가주가 감탄을 터뜨렸다.

루검비의 몸속에 깃든 화룡을 내공으로 오인했다.

'대단한 내공!'

루검비는 속으로 말했지만 내용은 같았다.

상관가주의 눈길이 폐부를 찔러온다. 모초권과 흡사하다. 내공으로 화룡을 짓눌러 온다.

상관가주 성노는 가볍세 세압할 수 있을 것 같았다. 넷째 상관교를 죽였을 때처럼 크게 움직이지 않아도 제압하리라 생각했다.

지법 석화를 지우러 가면서 자신의 생각이 옳았다는 걸 확인했다.

무인들이 추풍낙엽처럼 떨어져 나갔다. 한천의 수룡과 어울린 탓인지 화룡이 펄펄 날았다. 상관세가가 이 정도였다면 혼자 왔어도 되는 건데 하는 생각까지 했다.

이 모든 생각을 수정한다.

"잘됐어. 하늘이 도와주는군. 그러지 않아도 막히는 부분이 많아서 고민했는데, 잘 왔어. 아! 하나 물어보지. 고평에서 환희밀공이 나타났다던데? 소문으로는 무천 통령 둘을 제압했다지? 그게 자네라는 소문이 있어서 말이네. 자네 맞는가?"

"……."

"허허허! 그만한 무공을 지닌 자가 낯선 사람들을 살리려고 스스로 잡힌다? 자넨 바보 아니면 성인이군."

루검비는 상관가주의 침소를 훑어보았다.

절죽원주가 말한 도해 같은 건 전혀 없었다.

2

무천은 중원에 존재하는 무림문파라는 어느 곳이나 간자(間者)를 두고 있다.

그게 누구인지는 아무도 모른다. 그들이 왜 무천의 간자가 되었는지도 모른다. 개개인마다 사정이 다 달라서 어떤 이는 막대한 은자를 받기도 하고, 어떤 이는 무공 비급을 받았다는 말도 있다.

상관세가에도 간자가 있다.

무천은 간자의 보고를 토대로 상관세가를 조사했다.

환희밀공에 대한 근거가 전혀 나오지 않았다.

간자가 은밀히 말한 곳을 수색했지만 이상한 점은 전혀 없었다.

결국 무천은 빈손으로 돌아갔다.

이럴 경우, 무천은 상관세가에 일 년치 양식을 제공한다. 명예를 실추시킨 데 대한 보상이다. 또한 전 무림에 무천의 실수를 낱낱이 공표한다.

최소한 이 정도는 해주어야 무천이 함부로 조사권을 발동하는 일이 없다.

무천은 신중했다. 참고, 참고 또 참았다. 그러다가 이제는 도저히 빠져나갈 구멍이 없다 싶어서 들이쳤다. 천목대 전 인원을 투입하여 샅샅이 뒤졌다.

결과는 깨끗하게 졌다. 상관세가가 멋있게 이겼다.

상관가주는 환희밀공을 어디다 숨겼을까?

체위 그림은 고사하고 춘화도 한 장 나오지 않았으니 얼마나 깊이 묻어뒀는지 짐작할 만하다.

"내게 환희밀공을 주면 내 자네에게 일인지하(一人之下) 만인지상(萬人之上)의 자리를 주지. 어떤가?”

“정말 환희밀공을 원합니까?”

“허허허! 농으로 들리나?”

“무수루고 부가의가 흡정대법을 줬다고 하더군요. 그것으로는 안 되는 겁니까?”

“그놈이 가져온 건 천축의 음양합밀공에다가 화화공자(花花公子)의 방중비기(房中秘技)를 접목한 것이었어. 완전 쓰레기지. 후후! 외가 말이네, 그딴 걸 삼대가 먹고살 만한 금을 주고 샀다지 않나. 내 한심해서……”

상관가주는 친한 벗과 대화를 나누는 듯 친근하게 대했다.

“환희밀공을 드리겠습니다.”

“그러겠나?”

상관가주는 좋아서 펄쩍 뛰지 않았다. 내놓고 확인한 후에 기뻐해도 늦지 않다는 투였다.

“세 가지 조건이 있습니다.”

“그럴 줄 알았지. 뭔가? 들어나 보지.”

“고평에서 일어난 기녀 흡정 사건. 상관세가가 한 겁니까?”

“허허허! 아무리 갖다 붙일 데가 없어도 그렇지 어떻게 그런 데 갖다 붙이누. 섭섭하구먼.”

“확인하게 해주십시오.”

“확인이라……”

"상관외를 보게 해주십시오. 정말 가주님 말대로 음양합밀공에 방중비기를 섞은 것인지, 아니면 흡정대법을 연마한 것인지 확인해 보겠습니다."

"좋아, 들어주지. 또 하나는?"

"구생 갈굉촉……."

루검비의 말이 시작되기 무섭게 상관가주가 말을 잘랐다.

"안 되네."

"……?"

"허허! 그들이 해독한 글을 보여달라는 말, 아닌가? 아직 필사가 끝나지 않아서 안 되네."

"가주, 석화는 제가 지워 버렸습니다. 보고받으셨습니까?"

"그랬다더군. 참! 아까 조건이 세 가지랬지? 마지막은 뭐였나?"

"환희교를 열고 싶습니다. 제가 원하는 절곡에 전각 네 채만 지어주십시오."

상관가주의 눈에 이채가 번뜩였다.

"자네…… 진심이었군."

루검비는 수갑과 족쇄가 풀려 자유로운 몸이 되었다.

'무천에도 지법이 남아 있지.'

이번 일이 끝나면 무천에 갈 생각이다. 그곳이 맹장들의 집합소라고 해도 간다. 가서 환희밀공의 잔재를 깨끗이 지운다.

세상에 단 한 점도 남겨놓지 않는다.

루검비가 이런 결심을 한 데는 모초권의 영향이 컸다.

원래 지법 석화는 환희밀공이 바탕이 되지 않는 한 큰 위력을 떨칠 수 없었다. 그래서 인법 구결은 철저히 숨겼고, 지법 석화는 마음 놓고 그려주었다.

하나 모초권처럼 화룡과 버금가는 내공을 지닌 자라면 지법 석화로 간공을 펼칠 수도 있었다. 상공, 반공도 역시 가능했다.

그는 세상에 큰 불씨를 남겨놓은 것이다.

상관가주는 더욱 위험하다. 그는 모초권처럼 내공도 깊은데다가 이미 지법 석화를 수백 번도 더 봤다.

이백두 장의 도해만 제거한다고 해결될 문제가 아니다.

도해만 없앨 요량이면 절죽원주의 계획대로 진행해도 문제없다. 그가 지시한 대로 말하고 움직이면 틀림없이 모두 제거할 수 있을 것 같다.

상관가주를 보지 않았을 때의 이야기다.

현재 상관가주가 지법을 쓸 수 있다면 상황이 달라진다.

절죽원주도 여기까지는 생각하지 못한 듯하다. 무공을 어깨너머로 배웠을 뿐, 깊이 파고들지 않은 탓이다.

환희밀공을 지상에서 지우는 것은 빠르면 빠를수록 좋다.

상관세가의 일을 마무리하는 대로 무천에 간다.

"뇌옥으로 모시라는 명을 받고 왔습니다."

무인 한 명이 문밖에서 정중히 말해왔다.

상관외는 가둬놓은 뇌옥은 루검비도 가본 곳이다.

무인은 루검비를 가산에 있는 통천동으로 안내했다.

통천동 앞에는 잘생기고, 남자다운 무인 홍의랑주 상관파가 팔짱을 낀 채 그를 기다리고 있었다.

"활약이 대단하군."

"……"

"지켜본다. 조금이라도 이상하다 싶으면…… 벤다."

"상관외를 보여주시오."

상관파는 싸늘한 눈길로 한참을 쳐다본 후, 고갯짓을 했다.

길 안내를 해온 무인이 그제야 통천동의 석문을 열었다.

"후후후! 너구나."

상관외는 멀쩡했다. 주화입마를 당하지도 않았고, 심마에 빠지지도 않았다.

타타타탁!

화룡을 쏘아 머리끝부터 발끝까지 훑었다.

생사의로 생활하면서 병자를 볼 때마다 쓰던 방법이다. 이리하면 망가지거나 다친 데가 반응을 보인다. 그런 곳은 몸이 자체적으로 치유하기 위해 화룡을 모은다.

화룡이 많이 모여 있으니 당연히 반응도 거세다.

싸움 하듯이 '타타탁!' 튀면 틀림없이 아픈 곳이다.

상관외는 아픈 곳이 전혀 없었다.

"뭘 한 거야?"

"아픈 데가 있나 살펴봤습니다."

"후후! 그래서…… 아픈 곳이 있어?"

"……."

"생사의라고? 그래, 의원해라. 넌 의원이 낫겠다."

"부가의에게 받은 게 뭡니까?"

"음양합밀공."

가주의 말과 같다.

"음양합밀공을 수련했다고 뇌옥에 갇힌 건……."

"후후후! 너도 모르는구나. 하긴 나도 몰랐으니까. 음양합밀공은 두 종류가 있어. 하나는 우리가 알고 있는 천축의 음양합밀공이고, 다른 하나는 속성을 목적으로 만든 것인데…… 후후후! 환희밀공과 아주 흡사하지."

상관외가 알고 있는 환희밀공은 흡정대법이다.

"그럼 흡정대법!"

"아주 재미있는 공부였어. 여자와 관계를 가질 때마다 내공이 부쩍 커지더군. 후후후!"

내공에 영향을 주는 채음보양.

환희밀공과는 많이 다르다.

루검비는 일어섰다.

뒷말은 들어보지 않아도 안다. 가주는 음양합밀공을 빼앗고, 비공을 알고 있는 상관외를 뇌옥에 가둬 버렸다. 물론 그의 내력은 다 빼앗겼을 터이다.

그는 몸에 아무 이상이 없지만 내공을 쓰지 못한다. 앞으로도 평생 무공을 쓰지 못할 것이다.

"왜? 벌써 가려고? 후후후! 너도 조심해. 후후후! 하하하!"

상관외의 웃음소리가 뇌옥을 쩡쩡 울렸다.

가주가 도해를 내놨다.

이백두 장 맞다. 자신이 적은 인법 구결도 있다.

환희밀공에 대한 모든 게 눈앞에 있다.

루검비는 훑어보기만 했다. 그들이 지법 석화를 어떻게 해석했는지 궁금하기도 했다.

태우지는 않았다.

상관가주는 쉬운 사람이 아니다. 사적으로는 넷째 동생을 죽인 원수인데, 그에 관한 말은 입도 벙긋 하지 않는다.

도해는 또 있다. 본인이 필사를 한다고 말해서가 아니라 그의 성격상 두세 개 정도 필사본을 만들어놔야 안심한다.

'화룡을 백회혈(百會穴)로 뽑어낸다고? 어떻게 이런 발상을……'

환희밀공을 구성하는 게 화룡이 아니라 진기라고 생각하면 종종 이런 실수를 한다.

진기는 경락을 따라 아무 곳에나 간다. 일정한 흐름이 있고, 경혈이 있는 곳이면 쉽게 들어갔다가 쉽게 나온다.

물론 발밑 용천혈(湧泉穴)에서 정수리에 있는 백회혈까지 단숨에 올라서지는 못한다. 경락을 따라 순서대로 한 곳씩 거쳐서 올라가야 한다.

진기를 염두에 뒀다면 백회혈 방사도 가능하다.

'화룡을 백회혈에서 방사한다는 것은 하늘의 극점을 무너뜨리는 것과 같은 결과를 나을 것…… 죽겠군. 죽어?'

생각 하나가 후딱 스쳐 지나갔다.

"다 봤나?"

"엉터리더군요."

상관가주는 고개를 끄덕였다.

"그래도 많은 부분을 보완해 주었지. 도움이 컸어. 이제 환희밀공을 줘야지?"

"약속했으니 드립니다. 지필묵을……."

상관가주가 피식 웃었다.

"지필묵 같은 게 필요한가? 구전(口傳)으로 하지. 자네가 직접 요혈을 말해주면 오늘 안으로 수련할 수 있을 것 같은데. 안 그런가?"

순간, 루검비는 불길함을 느꼈다.

화룡이 꿈틀거린다.

상관가주의 말에서 위협을 받았다는 뜻이다. 뭔가 경계할 일이 다가왔다는 증거다.

화룡은 거짓말을 하지 않는다. 오판하지도 않는다. 주위에 흐르는 기류를 읽고, 분석한 후에 정확한 판단을 내린다.

루검비가 파악하지 못한 위협은 분명 있었다.

그는 일어서서 상관가주에게 걸어갔다. 그러면서 다시 한 번 승산을 점쳤다.

상관가주의 내공이 모초권과 버금갈 정도라면 상당히 힘든 싸움이 될 것이다. 초식 면에서는 자신이 뒤지니 어쩌면 질지도 모르겠다.

환희밀공을 수련한 이후, 누구와 맞서도 진다는 생각은 하지 않았다. 한데 상관가주를 보는 순간 자신도 모르게 그런 생각이 든다. 손을 쓰지도 않았는데 패배감이 소록소록 밀려든다.

심공(心功)이다.

상관가주는 심공을 써서 자신의 의지를 꽁꽁 묶어버렸다.

이런 공격을 받으면 처음에는 불길한 예감만 느끼지만 나중에는 손끝 하나 움직이지 못하고 시키는 대로 다 하게 된다. 고양이 앞에 쥐가 되는 것이다.

화룡을 제압할 수 있는 심공이라면…… 음양합밀공에 수록된 비기가 아닐까?

루검비는 심공이라는 걸 알면서도 저항하지 못했다.

이것이 심공의 무서운 점이다.

"먼저 구결부터 말하는 게 어떤가?"

음성이 무척 부드러웠다.

루검비는 거미줄에 걸린 벌레처럼 꼼짝 못하고 거미가 다가오는 것을 봤다.

"구, 구결은……."

"어서 말해봐."

상관가주가 손을 뻗어 그의 인중을 눌렀다.

이제야 비로소 상관가주의 뜻을 알았다.

가주는 환희밀공 같은 것은 아랑곳하지 않는다. 환희밀공과 비슷한 것, 음양합밀공을 얻었기 때문이다.

수련 정도도 깊었다.

그의 골수는 이미 음양합밀공에 촉촉이 젖어버려서 다른 신공을 받아들일 수 없는 지경이 되고 말았다.

그는 환희밀공을 원치 않는다.

그가 원하는 것은 루검비의 진기다. 자신과 버금가는 막대한 진기를 탐내고 있다.

그렇다. 그는 자신이 무천에 잡혀갈 때부터 주시했던 게 틀림없다. 그래서 필요도 없는 환희밀공을 아직까지 붙들고 있었던 게다. 간절히 원하는 척하면서.

"가주!"

"우리 서로 미안해하지 마세. 그럴 필요 없지 않나. 자넨

날 제거할 기회만 엿봤고, 난 이 순간만을 원했고. 서로 비긴 거지.”

루검비가 그랬듯 그도 승리를 장담하지 못했다. 그래서 루검비가 그랬던 것처럼 그도 기회를 노렸다.

루검비는 화룡을 끌어내려고 안간힘을 썼다.

그의 목과 이마에 굵은 핏줄이 곤두섰다.

“애쓸 필요 없네. 지난 이틀 동안 자네에게 천중수(泉重水)를 복용시켜 왔지. 단전이 꽉 짓눌려져서 진기가 절대 일어나지 않아. 허허! 외가 그 말은 안 해주던가?”

“……”

루검비는 대답하지 않았다. 몸을 살피기에도 급급했다.

파아아아!

상관가주의 진기가 쏟아져 들어왔다. 그리고 아주 능숙한 솜씨로 경락을 이리저리 휘젓고 다니며 진기를 한곳으로 몰았다. 그러던 어느 한순간, 가주가 눈을 부릅뜨며 진기를 거뒀다.

“네 진기…… 진기가 다 어디 갔느냐!”

그의 음성은 덜덜 떨려 나왔다.

“진기…… 그 많던 진기…… 응? 아냐, 아직 있어! 근데 왜! 왜 없는 거야! 분명히 있는데 없어.”

횡설수설 종잡을 수 없다.

가주는 당혹했다. 루검비의 얼굴을 보면 분명히 막강한 진기가 있는데, 몸속을 뒤지면 아무것도 없다.

어떻게 이런 일이 일어날까. 그때,

파아아아아……!

하얗게 질렸던 루검비의 안색에 화기가 돌았다.

3

퍼억!

지법 석화를 지우던 단단한 손이 상관가주의 머리를 정통으로 가격했다.

둔탁한 소리가 났다.

상관가주가 힘없이 나뒹굴었다.

'휴우!'

루검비는 한숨을 토해내려고 했다.

하마터면 꼼짝없이 당할 뻔했다.

그가 심공에 걸린 것은 상관가주가 강해서가 아니었다. 그건 바로 자신이 스스로 만든 함정 속에 걸어 들어갔기 때문이다.

가주가 너무 강하다. 내공이 저렇게 강하니…… 공격했다가 실패하면 어떻게 하지? 틀림없이 실패할 거야. 모초권과 손속을 겨뤄봤잖아? 그때 어땠어? 그가 천적이라는 느낌이 들었지? 상관가주는 모초권보다도 강한 것 같지 않아?

이 모든 게 마음이 만든 함정이었다.

이럴 경우, 진기는 큰 호흡 한 번이면 해결된다.

마음을 단단히 먹으면 단전이 열리며 진기가 쏟아진다.

성신은 다르다. 철저히 믿어야 한다. 믿지 않는 자는 보지 못하는 것이 성신이다. 성신을 자유자재로 다루는 사람일지라도 믿음이 사라지면 순식간에 평범한 사람으로 전락한다.

루검비는 믿음을 잃었다.

상관가주에게는 뜻하지 않게 호기(好機)가 찾아온 셈이다.

루검비를 죽일 수 있는 기회였다.

가주는 루검비를 죽이지 않았고, 이는 루검비의 기회로 이어졌다.

상관가주는 천중수 이야기를 하지 말았어야 한다. 화룡은 목숨이 끊어지는 순간에야 움직이지 않게 된다. 천중수 따위에게 제압당하는 일은 결코 없다. 세상의 어떠한 극독도 화룡을 짓누르지 못한다.

그는 상관가주가 자신을 두려워하고 있다는 사실을 알았다. 천중수까지 쓸 정도로 조심스러웠다.

자신이 기회를 엿볼 때, 그도 그랬다.

화룡이 일어나지 않는 원인을 알아낸 순간, 그는 믿음을 찾았다.

이렇게 일수(一手)면 끝나는 것을!

그때, 쓰러졌던 상관가주가 몸을 일으켰다.

'훗!'

정말 깜짝 놀랐다.

바위로 짓이긴 것보다 더한 충격이었을 텐데, 아직도 목숨을 부지하고 있는 건가? 질기디질긴 것이 사람 목숨이라더니.

쒜에엑!

루검비는 급히 공격을 가했다.

환희밀공이든 음양합밀공이든 흡정대법을 수련한 자는 용서하지 못한다. 이 세상에서 사라져야 한다. 그렇지 않으면 옛날의 자신처럼 수많은 사람을 살상하리라.

어폐가 있다.

자신도 환희밀공을 수련했다. 지금은 흡정을 하지 않는다고 용서되는 건가? 언제 또 흡정을 하게 될지 누가 아는가. 다른 이를 용서하지 못하겠거든 자기 자신도 용서해서는 안 된다.

아니다. 삼법이 문제다. 삼법을 버린 환희밀공은 무엇보다도 순수하고 깨끗하다.

스스슷!

상관가주의 신형이 기름 속을 휘젓고 다니는 미꾸라지처럼 영활했다. 빠른 것 같지 않은데 잡을 수 없었다. 손만 뻗으면 꽉 쥘 것 같은데 막상 손을 뻗으면 허공을 짚었다.

가주가 고개를 쳐들었다.

정신을 완전히 차렸는지 눈에 파란 섬광이 일렁인다.

스릉! 쒜에엑!

검이 뽑힘과 동시에 수십 줄기의 햇살로 변해 쏟아져 들었다.

천수검법!

용검대 무인이 펼친 것과는 차원이 다르다. 낙엽이 떨어지는 것처럼 느리게 보이지도 않는다.

"헛!"

다급히 뒤로 물러났다.

사악! 서격!

핏물이 물감 뿌리듯 피어났다.

물러선다고 물러섰는데 그래도 완벽하게 피해내지 못했다. 첫 검은 가슴에, 두 번째 검은 복부에 맞았다.

쒜에엑!

다시 햇살 한 무리가 다가온다.

검이 아니다. 태양이 뿌려내는 빛살처럼 눈부신 빛무리가 쏘아져 들어온다.

퍽! 푸욱!

이번에는 베는 검이 아니라 찌르는 검이다.

그의 검이 복부를 관통하여 등 뒤로 삐져나왔다.

"진기, 진기 어디 있어?"

그의 음성이 귓가를 간질였다.

'너무 강하다.'

생각하지 않으려고 했지만 자꾸만 든다.

웬만한 고수들과는 싸워봤지만 상관가주처럼 절정에 이른

사람과는 싸워본 적이 없다.

노동거사의 말이 맞았다.

무공을 높이는 최고의 방법은 실전뿐이다.

소월신투였다면, 류취취나 유화였다면…… 그녀들이 상관가주와 싸웠다면 자신처럼 무너지지는 않았으리라. 그때, 그녀들이 실전 수련을 할 때, 자신도 같이했어야 한다.

너무 화룡을 믿었다.

이체관통과 화룡전이까지 하는 사람이 설마 세속의 무공을 이기지 못하랴 싶었다.

얼마나 건방진 생각인가.

쑤욱!

루검비의 신형이 뒤로 쭉 빠졌다.

피 분수가 솟구쳤다. 검이 박힌 자리는 생선 아가미처럼 붉은 입을 쩍 벌렸다.

'저기가 내 자리!'

파팟! 퍼억!

물러섰던 신형이 순식간에 되쏘아오며 일권을 떨쳐 냈다.

상관가주의 허리가 푹 꺾였다.

'옆으로!'

가주의 옆구리 쪽으로 찰싹 달라붙으며 무릎으로 올려 찼다.

이번에는 성공하지 못했다. 가주는 기민하게 움직여 무릎을 피했을 뿐만 아니라 다시 검을 내려쳤다.

파팟! 파파팟!

손과 검이 요란하게 얽혔다.

루검비는 난수를 펼치며 바짝 파고들었다.

검식을 전개하려면 공간이 필요하다. 공간이 없는 한 가주는 임기응변으로 버텨야 한다. 그 역시 권각으로 상대해야 한다. 조금이라도 거리를 주면 불리해진다.

불리한 점은 또 있다.

상처가 깊었는지 출혈이 심하다. 복부에서는 아예 계류(溪流)처럼 콸콸 쏟아진다.

지혈이라도 시켜야겠는데, 그럴 기회가 없다.

"타앗!"

루검비는 고함까지 지르며 최후의 초식을 펼쳐 냈다.

관수(貫手)가 광검소천을 담고 일직선으로 뻗어나갔다.

타탁! 탁!

관수는 가주의 가슴을 찔렀다. 가주의 검도 머리 위에서 흘러내려 등줄기를 훑으며 내려갔다.

검 대 육장, 너무 승산이 없다.

쎄에! 짜앙!

루검비는 앞으로 달려나가는 척하다가 봉창을 뚫고 뛰쳐나갔다.

"이곳이 네 집 안방인 줄 아느냐!"

봉창 밖도 상관세가다.

가주 방에서 일어난 소음은 많은 사람을 깨웠다.

홍의랑은 이미 전각 주변을 물샐틈없이 에워쌌고, 이제 상관락과 삼제 상관흘도 검을 들고 서 있다.

빠져나갈 구멍이 없다.

'검을!'

어디서 환청이 들려왔다.

'검!'

루검비는 퍼뜩 정신이 들었다.

손에 검만 있었어도 이토록 몰리지는 않았을 것 같은데.

파앗!

다짜고짜 공격을 가했다. 대상은 왼쪽을 막고 있는 홍의랑!

"막앗!"

"이놈!"

온몸에 피 칠을 한 루검비가 얕보였는지 홍의랑 중 대여섯 명이 일시에 덮쳐 왔다.

한 명이면 족하다.

루검비는 그중 한 명을 골라 철골지를 떨쳤다. 푸욱! 철골지는 정확하게 이마 한가운데를 꿰뚫었다. 그가 쥐었던 검은 벌써 루검비 손으로 옮겨와 있었다.

'검 한 자루에 일 초!'

루검비를 주위를 쓸어봤다.

가장 가까이에 상관흘이 있다. 상관가주 상관기에 버금가는 고수지만 지금 그의 손에는 검이 들려 있다.

파라락!

상관흘을 향해 검광이 쏟아져 나갔다. 상관가주가 펼쳤던 바로 그 검식, 천수검법이다.

콰앙!

폭발음도 이어졌다.

일반적인 삼 척 장검은 화룡을 감당하지 못한다. 장검에 화룡을 넣고 잠시만 지체해도 지금처럼 폭발을 일으키며 검편(劍片)을 사방으로 쏘아낸다.

루검비가 검 한 자루에 일 초라고 되뇌인 이유다.

"헛!"

상관흘은 세 번 놀랐다.

루검비가 천수검법을 쓴 데 놀랐고, 초식의 능숙함에 놀랐으며, 눈앞에서 갑작스럽게 터진 폭발에 놀랐다.

파파파파팟!

검편은 그의 전신을 덮쳤다. 얼굴에서부터 발끝까지 비수처럼 틀어박혔다.

"끄으으윽……!"

신음 소리는 뒤늦게야 터졌다.

루검비는 그의 등 뒤로 돌아 담장을 뛰어넘고 있었다.

"살려라!"

"절명한 걸 어떻게 살리겠소. 가주, 이제 그만 보냅시다."

"넌 목숨이 아홉 개라는 구생이다. 살려!"

"목숨이 열이라도 죽은 건 죽은 거요."

"그럼 네 목숨은 어떤가 봐야겠군. 넌 죽는 게 억울해서라도 되살아나겠지."

상관가주가 검을 들고 구생 갈굉촉에게 다가왔다.

"가주, 말이 되는……."

구생은 말끝을 흐렸다.

상관가주의 검이 폐를 꿰뚫고 등 뒤로 삐져나갔다.

"컥! 컥! 컥!"

구생은 숨도 쉬지 못하고 말도 하지 못했다. 그는 연신 바람 새는 소리만 냈다.

"가주! 이게 무슨 짓이오!"

절죽원주가 버럭 고함을 지르며 구생을 안았지만 이미 늦은 후였다. 구생은 고개를 돌려 절죽원주를 쳐다보더니 고개를 푹 떨궜다.

"방(傍)을 붙여라! 내일 정오, 이 두 놈을 처형한다. 죄명은 환희밀공 수련. 이놈들이 연구한 것들은 내가 압수해 놓고 있으니 시비를 걸 놈이 있으면 오라고 해!"

상관가주는 이성을 잃었다.

급작스럽게 증가한 내공 때문에 육신의 조화가 깨진 것이다.

"대형, 이 사람들은……."

둘째 상관락이 나섰지만 결국 입을 다물고 말았다.

상관가주의 검이 그를 겨눴다. 형제라도 뜻을 거역하면 베겠다는 의지가 분명했다.

"시신들을 치워!"

상관가주가 신경질적으로 말했다.

"쯧! 이게 뭔가!"

"괜찮습니다. 좀 쉬면 됩니다."

"자네는 나보다도 강하네. 상관가주 정도는 쉽게 처리할 줄 알았는데…… 어찌 된 건가?"

"음양합밀공이더군요."

"응? 그건 별다른……."

"내공을 속성시키기 위해서 편법을 사용했나 봅니다. 부가의가 얻은 게 그것. 자세한 건 알아봐 주십시오."

"그러지."

노동거사는 부지런히 붕대를 감았다.

루검비의 상태는 매우 위중했다. 보통 사람 같으면 최소한 반년은 요양해야 할 숭상이다.

루검비는 괜찮단다. 내일이면 움직일 수 있단다.

하기는 그가 바로 생사의 아닌가. 구생이나 무류와 같은 위치에 선 최고의 의원인데 그의 말을 듣지 않으면 누구 말을 들으랴.

"그나저나 이 아이들이 보면 난리깨나 치르겠다. 쯔쯧!"

"혼자 있고 싶습니다."

루검비는 고개를 뒤로 젖히고 편히 누웠다.

상관가주와 싸웠던 광경을 다시 떠올렸다. 처음부터 끝까지 되돌아봤다.

자신에게도 기회가 있었고, 상관가주에게도 있었다.

아니다. 자신에게는 기회가 없었다. 육장으로는 그에게 타격을 줄 수 없다. 첫 번째 일격을 가했을 때 절명했어야 하는데 멀쩡히 일어났다.

두 번, 세 번 두들겼지만 그때마다 멀쩡했다.

장기는 진기로 보호하고, 살갗은 철갑처럼 단련시킨다.

'철포삼(鐵布衫)인가.'

검은 어떨까? 검으로는 죽일 수 있을까?

그는 평생을 검과 함께 살아왔다. 여러 가지 무공들 중에서 검법에 가장 조예가 깊다. 그런 사람을 검으로 이길 수 있을까?

상관흘을 죽였다고 해서 가주를 가볍게 여기면 안 된다.

가주의 내공은 상관흘의 두 배가 넘는다.

막강해도 너무 막강하다.

하기는 상관외의 내공을 흡취했고, 그 외 또 어떤 자의 내공을 빨아들였을지 모를 일이다. 어쩌면 지금 이 순간에도 몇 명 정도는 내공을 빼앗기고 있으리라.

틀림없다. 자신을 잡지 못했으니 화풀이로라도 음양합밀공을 수련하고 있을 것이다.

그는 성난 독사다.

건드리지 않았다면 몰라도 건드린 이상 한시라도 빨리 제거해야 한다. 내일이라도 다시 가야 한다. 이견의 여지가 없다.

'검을…… 명검을 구해야 하는데……'

루검비는 출혈이 심했던 탓인지 금방 잠이 들었다.

그가 눈을 떴을 때, 그의 옆에 두 여인이 앉아 있었다.

"괜찮지?"

괜찮다. 수룡으로 이미 화룡의 상태를 살펴서 안다. 하지만 물어보지 않을 수 없었다.

루검비는 소월신투만 쳐다봤다.

머릿속에 상관가주의 생각이 가득 들어 있어서 여인들이 걱정하고 있다는 사실까지 망각했다.

"왜요?"

소월신투가 부끄러운지 얼굴을 붉혔다. 하기는 그가 이토록 빤히 쳐다본 적이 없었으니. 한데,

"이 근처에 명검이 있나?"

루검비의 말은 그녀의 마음을 산산조각 냈다.

"명검요?"

"모적방이니 혹시 아나 해서…… 아! 기분 상하게 하려고……."

"기분 안 상해요. 저도 수룡을 지녔다는 것, 몰라요? 명검…… 음! 잘 모르겠네요. 상관가주 때문에 그러죠? 금방 알아볼게요. 호호!"

그녀가 깔깔거리며 뛰쳐나갔다.

"정말 바보네. 미안하다, 고맙다. 한마디만 하면 더 좋을걸."

류취취가 중얼거렸다. 그리고 문득 생각난 듯 말했다.

"참! 내일 정오에 절죽원주와 호리수를 처형한대. 죄명은 환희밀공 연구래. 연구한 증거를 다 가지고 있대나? 정말 웃겨."

루검비는 몸을 일으켰다.

내일이라고 못 박았다면 이대로 있을 수 없다.

그는 화룡을 주시했다.

『환희밀공』 5권으로 계속…

共同傳人
공동전인

설경구 新무협 판타지 소설

마교를 재건하라.

혈마옥에 갇히며 마교 장로들의 공동전인이 된 시무진에게 주어진 과제.
역사상 가장 착한 마교의 교주.
하지만 역사상 가장 강한 마교의 교주가 되고 싶다.

고정관념을 버려요.
마교도라고 해서 꼭 나쁜 놈일 필요는 없잖아요.

지금까지와는 다른 마교.
이제 시무진이 만들어가는 새로운 마교가 모습을 드러낸다.

설봉 新무협 판타지 소설

환희밀공

무유칠덕(武有七德), 금폭(禁暴), 집병(戢兵), 보대(保大),
정공(定功), 안민(安民), 화중(和衆), 풍재(豊財), 자야(者也).
〈좌전(左傳), 선공 십이년(宣公 十二年)〉

무에는 일곱 가지 덕이 있다.
첫째, 난폭을 금지한다. 둘째, 무기를 거두어들인다. 셋째, 큰 나라를 보전한다.
넷째, 공적을 정한다. 다섯째, 백성을 편안하게 한다. 여섯째, 대중을 화합하게 한다.
일곱째, 물자를 풍부하게 한다.

섬서성(陝西省) 육반산(六盤山)에 신력(神力)을 바탕으로
패공(霸功)을 구사하는 가문(家門), 육반루가(六盤婁家).
세상에게 외면받고 멸시당하는 환희교(歡喜教).
육반루가의 후손과 환희교 교주의 운명적인 만남.

"넌 환희교를 지키는 수문장(守門將)이 될 거야.
강하게, 아주 강하게 키워주마."
'아버지처럼 죽지 않을 거야. 아무도 날 죽일 수 없어.
세상에서 최고로 강한 사람이 될 거야.'

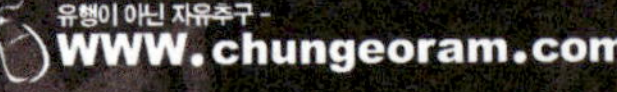

Book Publishing CHUNGEORAM

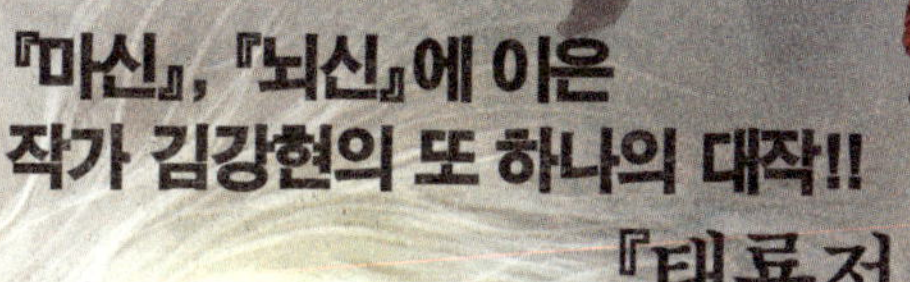

태룡전

『마신』, 『뇌신』에 이은
작가 김강현의 또 하나의 대작!!
『태룡전』

김강현
新무협 판타지 소설

내가 이곳 미고현에 위치한 천망칠십오대에
온 지도 벌써 두 달이 넘었거든.
그런데 아직도 이해하지 못한 일이 하나 있어.
그게 뭐냐고? 우리 대주 말이야.
우리 대주님이 가장 좋아하는 게 뭔지 아나?
바로 침상에서 좌우로 데굴데굴 굴러다니는 거야.
그다음으로 좋아하는 게 그렇게 뒹굴다 잠드는 거고…….
나려타곤(懶驢打滾)!
더도 덜도 아닌 딱 우리 대주님을 지칭하는 말일세.

천망칠십오대 대주 단유강!!
격동의 무림은 그에게 휴식을 허락하지 않는다.
단유강, 그의 일보가 천하를 떨쳐 울린다!